당신의 세상에서

당신의 세상에서 1

초판 인쇄 2016년 3월 25일
초판 발행 2016년 3월 30일

지 은 이 문언희
펴 낸 이 백주선
편   집 편집부
펴 낸 곳 베아트리체

등록번호 제2015-000107호
등록일자 2015년 5월 19일

주소 경기도 고양시 일산서구 가좌1로 10, 505동
전화 031-914-8944
투고 romance1314@hanmail.net

값 9,000원
ISBN 979-11-86907-45-0   [04810]
ISBN 979-11-86907-44-3 (세트)

※ 이 책은 베아트리체와 저작자의 계약에 의해 출판된 것이므로,
   무단 전재 및 유포, 공유를 금합니다.

문언희 장편소설

당신의 세상에서 1

베아트리체

~프롤로그~

"형아."

이제는 제법 익숙해진 여섯 살 진건의 '형아' 소리에 은우는 고개를 돌렸다. 생물학적으로 여자임이 분명함에도 불구하고 '형아' 소리를 들어야 한다는 게 여전히 억울하기도 했지만, 이젠 그냥 그러려니 했다.

"우리 아빠 멋있지?"

넓게 드리워진 나무 그늘 아래 진건이와 나란히 앉아 있던 그녀는 푸른 잔디밭을 뛰어다니고 있는 남자를 응시했다.

"아빠! 파이팅!"

슈팅이 빗나가고 아쉬움에 머리칼을 움켜쥐던 그가 아들의 목소리에 고개를 돌리며 만개한 꽃처럼 활짝 웃었다.

"진건아! 아빠가 꼭 한 골 넣는다! 기다려!"

"응! 파이팅!"

"은우 씨! 괜히 덩달아 고생이 많네요! 조금만 더 기다려 줘요!"

은우는 무심코 그를 쳐다보다 제 이름이 불리자 화들짝 놀랐다. 괜찮다며 어설프게 손을 들어 흔드는데 괜스레 민망했다.

"큰아빠도 파이팅!"

은우는 진건의 뒷머리를 쓰다듬으며 아이의 큰아빠를 힐끔 쳐다보았다. 둘째가라면 서러울 정도로 극강의 비주얼 형제였지만 분위기는 사뭇 달랐다.

형은 다소 냉소적이고 무뚝뚝한 반면, 동생은 다정다감하고 친절했다. 아마도 그래서 동생이 먼저 결혼도 한 것 같았다.

형이 나쁜 남자 이미지라 외모 상으로는 더 매력적일지 몰라도, 결혼상대로는 동생 같은 부드러운 이미지의 남자를 더 선호할 테니까. 그리고 저 역시 다르지 않다.

진건의 아빠가 이상형에 가까우니까. 저렇게 사람 좋기만 한 그가 왜 이혼을 하게 됐는지 늘 궁금했다.

종료 휘슬이 울리기 직전, 큰아빠인 재진의 발끝에 놓인 축구공이 상대의 골대를 강력하게 흔들었다.

"와아아! 큰아빠, 짱!"

진건을 따라 얼떨결에 벌떡 일어난 은우는 같이 만세를 하며 방방 뛰었다. 누가 보면 조기축구회가 아니라 국가별 평가

전에서 승리라도 한 줄로 알겠다.

 선수들끼리 인사를 나누고 먼저 자리를 뜨는 재진을 향해 달려 나간 진건이 양팔을 벌렸다. 항상 표정 변화가 별로 없는 그도 조카에게만큼은 예외로 안면 근육을 많이 움직였다.

 은우는 함박웃음을 지으며 진건을 안아 드는 그를 흐뭇하게 바라보았다. 아이를 저리 좋아하는 걸 보면, 그가 생각보다 더 좋은 사람일지도 모른다는 생각이 들었다.

 "아빠아!"

 재진의 품에 안겨 있던 진건이 몸을 바둥거렸다. 눈이 안 보일 정도로 환하게 웃으며 다가오는 아빠를 발견한 것이었다.

 '어쩜 남자가 웃는 게 저리도 예쁠까.'

 진건의 아빠를 쳐다보느라 멍하니 서 있던 은우의 몸이 갑자기 휘청거렸다. 상대 선수가 수다를 떨며 지나치다 실수로 그녀의 어깨를 툭 건드린 탓이었다.

 "엇? 죄송합니다."

 "어어!"

 허공에 손을 뻗어 허우적거리던 은우는 순간 제 손목을 낚아채는 누군가에 의해 몸의 중심이 뒤로 쏠려 젖혀졌다.

 "조심 좀 하지 그래요."

 놀란 가슴을 쓸어내리며 눈을 끔뻑거리던 은우는 가까이에서 자신을 내려다보고 있는 재진을 발견하고는 서둘러 몸을 바로 했다.

"아, 고맙습니다."

은우는 괜한 헛기침을 하며 그를 슬쩍 쳐다보았다. 검게 그을린 탄력 넘치는 피부와 땀에 젖은 머리칼을 쓸어 올리는 모습에서 수컷의 향기가 진하게 풍겼다.

그녀는 어쩐지 오늘따라 그가 좀 달라 보인다고 생각하며 황급히 시선을 돌렸다.

"강은우 씨."

어색함에 그만 자리를 뜨려 하는데 그의 나직한 음성이 뒤통수로 날아들었다.

"오늘 시간 좀 됩니까?"

은우는 의아한 얼굴로 그를 향해 몸을 돌렸다.

"VIP 시사회 초대권이 생겼어요."

"네?"

"영화, 같이 보자는 말을 하고 있는 겁니다, 지금."

은우의 눈꺼풀이 빠르게 껌뻑였다. 지금 제가 무슨 말을 들은 건가 되새김질을 하는 중이었다.

"아……, 그러니까…… 우리…… 둘이요?"

"둘이."

그의 대답은 간결하고도 단호했다.

은우는 아직도 믿기지 않는 얼굴로 그를 응시했다. 아무래도 류재진이 오늘 뭘 잘못 먹은 모양이다.

~1~

"후우. 여긴가?"

은우는 살랑거리는 봄바람에 흩날리는 머리칼을 정리하며 아파트 단지를 올려다보았다. 지난여름이 유난히 더웠던 탓에 머리칼을 과감하게 싹둑 잘랐는데, 막상 커트로 지내다 보니 그리 편할 수가 없었다. 가족들은 너무 선머슴 같다면서 다시 기르라고 하지만, 오히려 왜 진즉 자르지 않았는지 후회가 될 정도로 간편하고 좋았다.

[네가 유치원 교사로 받던 월급의 2배야. 그러니까 무조건 열심히 하겠다고 해. 선배한테 듣기로는 와이프와 이혼하고 아이랑 둘이 산다던데. 그래서 네가 더 신경 써야 할 부분이 많겠지만 그래도 이런 대우가 어디 있어. 게다가 선배 말로는 사람이 참 좋대. 까칠하게 군다거나 해서 널 피곤하게 할 사람

은 아니래. 원래 계시던 베이비시터가 집안 사정상 갑자기 그만뒀나 보더라고. 그래서 지금 당장 베이비시터가 필요하긴 한데, 조건이 맞는 사람이 없나 봐. 그런데 마침 네가 생각나서 내가 얘기 한번 해 보겠다고 했거든. 유치원 교사라고 하니까 너무 좋아하더라. 그러니까 너도 이 기회를 무조건 잡아.]

은우는 주희가 했던 말을 되새기며 주먹을 불끈 쥐었다. 벌써 백수생활 한 달째였다. 어지간하면 1년 가까이 몸담았던 유치원을 계속 다니고 싶었지만, 원장이라는 사람이 하는 행동을 가만 보고 있자니 참을 수가 없어 대판 싸우고 나와 버렸다.

쥐꼬리만 한 월급 주면서 온갖 생색은 다 내고, 그마저도 제때 주는 적이 별로 없었다. 아이들한테는 엄격하게 굴면서 부모들에겐 세상에 둘도 없는 천사처럼 가식을 떠는 것도 더는 봐줄 수가 없었다.

화끈하게 때려치우자! 그렇게 결정하고 하고 싶은 말을 죄다 쏟아낼 때는 속이 다 후련했는데, 일주일이 지나자 슬슬 노는 것도 지루해지기 시작했다. 온몸이 근질거려 더 이상은 집구석에 가만히 있지도 못할 지경인데다, 다달이 들어가는 생활비와 정기적금의 부담 때문에라도 일자리가 시급했다.

은우는 바지 뒷주머니에서 휴대폰을 꺼내 시간을 확인했다.

[약속 시간 준수해 주십시오.]

주희의 소개로 그와 첫 통화를 하던 날이 떠올랐다. 어찌나 사무적인 어투로 딱딱하게 말하던지 저절로 군기가 바짝 잡힐 정도였다.

마치 '어서 와, 지옥으로 온 걸 환영해' 같은 기분이랄까?

까칠하지 않을 거라는 주희의 말과는 사뭇 다른 느낌이었지만, 일단 아쉬운 건 저였으니 이게 웬 떡이냐, 어깨춤을 췄었다.

은우는 상기된 얼굴로 1층 출입문에서 1201호를 누르고 호출을 했다. 몇 초 지나지 않아 여전히 냉랭한 남자의 음성이 들려왔다.

-강은우 씨?

"아, 예. 오늘 면접 보기로 한……."

말이 채 끝나기도 전에 인터폰이 끊기며 문이 열렸다. 왠지 기분이 상하려 했지만 그녀는 이내 긍정적인 얼굴로 고개를 끄덕였다.

"쿨한 거야. 암, 그렇고말고. 이 남자는 쿨할 뿐인 거야."

엘리베이터에 올라 초조한 마음으로 손가락을 만지작거리던 은우는 땡 소리와 함께 문이 열리자 심호흡을 한 번 했다. 그녀가 속으로 파이팅을 외치며 1201호 앞에 서서 벨을 누르려는데, 벌컥 문이 열렸다.

"기다리고 있었습니다."

은우는 순간 저도 모르게 마른침을 꿀꺽 삼켰다. 열린 문틈으로 드러난 상대의 얼굴은 정말 상상 불가한 외모였다. 비주얼쇼크라는 건 이럴 때 쓰는 말일 거다.

"강은우 씨?"

"네? 아, 네."

"들어오시죠."

덤덤한 그의 뒤를 따라 조심스레 안으로 들어선 은우는 숨소리도 죽인 채 그를 힐끔거렸다. 정말 세상은 불공평하다는 걸 다시 한 번 깨닫는다.

저렇게 외모가 출중한 남자들은 보통 임자가 있거나, 혹은 게이이거나. 정말 슬픈 현실이 아닐 수 없다.

"앉으세요."

그의 음성에 정신을 차리며 소파에 앉은 은우는 그제야 집 안을 둘러보았다. 아이 키우는 집 같지 않게 깔끔한 실내 때문인지, 아빠와 아들 둘이 살기엔 집이 너무 넓어 보였다.

"이력서 가져오셨죠?"

오렌지주스 한 잔을 내온 그가 테이블 위에 내려놓았다.

"아, 네."

은우는 검정색 가죽 백팩 안에서 흰 봉투를 꺼내 공손하게 내밀었다. 슬쩍 고개를 끄덕인 그는 봉투를 받자마자 매의 눈으로 이력서를 훑었다.

째깍, 째깍…….

숨 막히는 정적이 흘렀다. 손에 든 이력서로 향해 있는 그의 시선은 좀처럼 떨어질 줄 몰랐고, 굳게 닫힌 입술 역시 열릴 생각이 없어 보였다.

"흠흠."

은우는 가시방석에 앉은 것처럼 불편한 이 상황을 견디지 못하고 헛기침을 했다. 혹시 제 존재를 잊고 있는지도 몰랐다.

"흠흠."

"감기 걸렸습니까?"

드디어 그가 입을 열었다. 여전히 시선은 이력서로 향해 있었다.

은우는 그리 무심하게 앉아 있던 그가 웬 감기 걱정을 다해 주는지 의아한 얼굴로 대답을 했다.

"아뇨. 이 화창한 봄날에 웬 감기……."

"다행이군요. 아이에게 감기 옮으면 곤란하니까요."

그럼 그렇지.

은우는 입술을 샐쭉거리며 멋쩍게 웃었다.

"걱정 마세요. 전 튼튼 체질이라 감기 같은 거 모르고 삽니다. 하하."

내내 아래로 향해 있던 그의 고개가 슬쩍 들렸다.

은우는 외모 하나는 정말이지 잘도 생겼다고 생각하며 눈을 끔뻑거렸다. 아이 아빠라는 걸 누구도 믿지 않을 거다. 유부남이라는 사실을 부정하고 싶을 만큼 빼어난 외모이긴 하다. 짙고 새카만 눈썹만큼이나 속눈썹 또한 빼곡하게 박혀 있는 눈매라니.

"그래 보입니다."

"네?"

그의 생김새를 뜯어보느라 저도 모르게 상체가 점점 앞으로 기울던 은우는 그의 음성에 흠칫 놀라 자세를 바로잡았다.

"튼튼해 보인다는 말입니다."

"아하하."

은우는 억지로 입술 끝을 올리며 머리를 긁적였다.

"유아교육학과 전공하셨고, 유치원 교사로도 근무하셨으니 아이 다루는 법 정도는 익숙하실 것 같고."

은우는 잔뜩 기대에 부푼 얼굴로 눈을 끔뻑거렸다.

'어서 더 말을 해. 어서 날 채용하란 말이야. 화끈하게 콜을 외쳐!'

"그런데, 우리 진건이가 마음에 들어 할지 의문이네요."

은우는 그의 말이 끝나기가 무섭게 테이블을 내리치며 번개 같은 속도로 몸을 일으켰다. 그녀는 서로의 숨소리가 느껴질 정도로 가까운 거리에서 속사포로 자기어필을 했다.

"제가 보기보다 굉장히 여성스럽고요. 또한 반전 매력으로 유머까지 겸비한 아주 웃기는 여자예요. 유치원 교사로 있었던 곳에서도 제가 제일 인기 많은 선생님이었어요. 아이들 눈높이에서 아주 잘 놀아 주니까요. 그리고 제가 또 요리까지 잘해요. 한마디로 제가 여러모로 쓸모가 많다는 겁니다."

그는 이렇다 할 반응이 없었다. 은우는 조급한 마음에 그의 손을 덥석 잡았다.

"어서 날 잡아요. 이대로 놓친다면 분명 후회할 거예요."

"손은 놓고 얘기를 하죠."

"아."

숨도 안 쉬고 쏟아 내고 나니 이제야 그와 너무 가까이 마주하고 있다는 게 느껴졌다. 은우는 민망한 얼굴로 콧잔등을 찡긋하며 얌전하게 앉았다.

유치원 교사 월급보다 두 배는 많은 보수였다. 이 자리를 결코 놓칠 수 없었다.

"그런데 성격이 굉장히 털털해 보이십니다? 여성스러운 것과는 어울리지 않아 보이는데요. 짧은 커트 머리도 그렇고."

은우는 눈을 살짝 가리며 흘러내린 갈색 머리칼을 억지로 귀 뒤에 꽂으며 배시시 웃었다.

"머리는 지난여름에 너무 더워서 자르다 보니 이렇게 된 거고요, 실은 굉장히 여성스러운 거 맞아요. 저 머리 길었을 때 찍은 사진이라도 보여 드려요? 너무 여성스러워서 깜짝 놀라실 텐데."

은우는 그가 떨떠름한 얼굴을 하자 재빨리 휴대폰의 사진을 찾아 내밀었다.

"그리고 보시다시피 제가 키가 커요. 170센티미터거든요. 게다가 비쩍 말라 보여도 사실 그렇지 않거든요. 나름 팔뚝에 근육도 있어요. 아이 키워 보셔서 아시겠지만 보통 체력 가지고는 힘들거든요."

"그건 맞는 말입니다."

"그러니 후회 않으실 거예요. 절 선택하신다면."

그녀가 콧잔등을 찡긋거렸다. 누군가에게 아쉬운 소리를 해야 하거나, 애교가 필요할 때 저도 모르게 나오는 습관이었다.

"그럼 일단."

"네, 말씀하세요."

"신건이를 만나보고 결정하죠. 진건이가 싫다고 한다면 아쉽지만 저희와는 인연이 아닌 걸로……."

"염려 마세요."

자신감 넘치는 그녀의 미소에 그가 살짝 당황한 듯 멈칫거렸다.

"그런데 아이는 어디 있죠?"

"아, 원래 낮잠을 잘 자는 녀석이 아닌데 벌써 세 시간째 곯아떨어져 있네요. 아무래도 할머니 집에 다녀온 게 나름 피곤했었나 봅니다. 할머니 보고 싶다고 우겨서 어제 하룻밤 자고 오늘 오전에 올라왔거든요."

은우는 아이 이야기를 하며 이전과는 전혀 다른 반응을 보이는 그의 모습을 신기한 듯 쳐다보았다. 쌀쌀맞고 차갑던 사람은 온데간데없고, 세상에서 가장 다정한 아빠의 얼굴을 한

온화한 사람만이 존재할 뿐이었다.

아이의 방을 쳐다보는 그의 시선만으로도 알 수 있었다. 이 사람에게 이 아이가 얼마나 소중한 존재인지.

"너무 오래 자면 밤에 못 자니까 깨우긴 해야 하는데……."

"아뇨, 깨우지 마세요."

은우는 자리에서 일어서려는 그를 붙잡았다.

"내일이나, 아니면 시간 되실 때 다시 약속을 잡죠, 뭐."

"그래도…… 괜찮겠습니까?"

은우는 시원하게 입매를 올리며 고개를 끄덕였다.

"그럼요, 시간도 많은데요. 내 아이와 함께 지낼 베이비시터를 구하는 일인데 소홀할 수 없다는 거 알아요. 이 정도 요구는 당연한 겁니다."

그와 눈이 마주쳤다. 말없이 시선을 주고받던 은우는 어쩐지 민망해져 먼저 시선을 피했다.

"그럼 오늘은 이만……."

"큰아빠. 저 형아는 누구야?"

인사를 건네고 그만 돌아서려던 은우의 귀가 쫑긋거렸다. 고개를 살짝 옆으로 틀자, 그의 어깨너머로 큰 눈을 비비며 방문 앞에 서 있는 남자아이가 망막에 맺혔다. 체구가 작은 걸로 보아 대여섯 살이나 됐을까 싶었다.

"진건이 시끄러워서 깼구나?"

아이가 저를 안아 달라는 듯 양팔을 벌리며 다가왔다. 한걸음에 달려가 아이를 안아 든 그가 가까이 마주 섰다.
"이 형아는 누구야?"
은우는 '형아'라는 말이 거슬렸지만 그러려니 했다. 머리가 짧은 탓에 아이들은 그렇게 오해할 수 있었다. 한데 아까부터 저 아이가 이 남자를 부르는 호칭이 이상했다. 주희에게 듣기로는 분명 아빠와 아이 단둘이 사는 집이라고 했었다. 아이가 큰아빠라고 부르는 걸 보면 아이 아빠의 형이라는 소리인데, 그러기엔 아이와 닮아도 너무 닮아 있었다.
"큰아빠. 이 형아 누구냐니까."
"신건아. 이분은 형아가 아니고······."
"네가 진건이구나?"
은우는 일단 아이에게 인사를 해야 할 것 같아 과장되게 밝은 표정으로 생글거렸다.
"와아, 진건이 잘생겼다."
"고맙습니다. 그런데 나도 알아요."
"으, 음?"
"사람들이 다 그러던걸요. 내가 아빠 닮아서 잘생겼대요."
맹랑하긴 하지만 맞는 말이긴 했다. 둘이 아주 많이 닮아 있는 건 사실이니까.
"저기, 그런데요. 아이 아빠······ 맞으세요?"
"아, 저는 진건이 아빠가 아니라 큰아빠입니다. 주희 씨라고 했던가요? 강은우 씨 소개해 주신 분이. 동생 친구 후배라고 들었습니다만."

"아……."

"동생이 좀 바쁘다 보니 오늘 제가 대신 이렇게 만나 뵙게 됐네요."

은우는 비로소 모든 걸 이해했다는 듯 격하게 고개를 끄덕였다. 어쩐지 이상하다 했었다. 주희에게 들은 것과는 전혀 다른 이 까칠한 남자가 아이 아빠가 아니라니 천만다행이었다. 돈을 아무리 많이 준대도 아이 아빠가 이렇게 깐깐하면 어디 오래 버티겠는가.

한데 아빠라고 착각할 정도로 조카 사랑이 유별난 점은 좀 의외였다. 아이를 보는 눈빛, 작은 손길 하나하나에 사랑이 넘쳤다.

"아, 그러셨구나. 주희한테 들은 바로는 베이비시터 구하시는 분이 아이와 둘이 산다고만 해서 큰아빠이실 거라고는 생각을 못 했어요. 그럼 혹시 지난번에 통화했을 때도……"

"네, 접니다. 그때도 같이 있었는데 동생이 전화 받을 상황이 아니라서 제가 대신 받은 거였어요."

"아, 어쩐지……."

"어쩐지, 뭐요?"

그의 눈썹이 미세하게 실룩거렸다. 은우는 서둘러 입을 막으며 고개를 저었다.

"아니에요. 하하."

"그런데 큰아빠."

여전히 그의 품에 안겨 가만히 지켜보기만 하던 아이가 뜬금없이 말문을 열었다.

"아빠 없을 때 나랑 놀아 주는 이모가, 이번엔 이 형아야?"

어색한 정적이 흘렀다. 아무래도 아이 눈에 비친 그녀의 모습은 영락없는 'boy'인가 보다.

당혹스럽긴 그도 마찬가지인지 서둘러 입을 뗐다.

"앞으로 진건이 돌봐주실 이모야."

"이모?"

아이가 믿을 수 없다는 듯 큰 눈을 더 동그랗게 떴다. 은우는 점점 얼굴이 화끈거림을 느끼며 목청을 가다듬었다.

"안녕, 진건아. 앞으로 우리……."

은우는 아이가 손을 앞으로 뻗자 제게 안기려는 건가 싶어 한 걸음 다가섰다. 역시 이 인기는 어딜 가나 변함이 없다면서 뿌듯해 하는데, 순간 무방비 상태로 노출된 가슴이 침범을 당했다.

짤막한 손가락으로 오른쪽 젖가슴을 쿡 찔러 보던 아이가 이내 고사리 같은 손을 펼쳐 더듬었다.

"어? 큰아빠, 이 형아한테 찌찌가 있어."

아이가 여전히 놀란 얼굴로 계속 가슴을 더듬어 대는데, 그녀는 아연해 그만하라는 말조차도 나오지 않았다.

그 역시도 민망함에 얼어 버렸다.

"전의 이모처럼 진짜 찌찌가 있어. 큰아빠도 만져 봐."

아아. 머리가 핑그르르 도는 것 같다.

은우는 당혹감에 간신히 한 걸음 뒤로 물러서며 호탕하게 웃어젖혔다.

"아하, 아하하하하!"

'내가 웃는 게 웃는 게 아니야.'

**

"풉! 푸하하하!"

은우는 제 얘기가 끝나자마자 배꼽을 잡는 주희를 못마땅하게 쳐다보았다.

"너 진짜 민망했겠다. 큭큭."

"그걸 말이라고."

은우는 다시 생각해도 아찔했던 순간을 떠올리며 맥주잔을 들고 벌컥벌컥 들이켰다. 여섯 살배기가 어찌 그리 말도 잘하고 맹랑하던지, 기가 찼다. 그 자리를 박차고 나오지 않은 스스로가 기특할 정도였다.

"그래도 축하해. 백수 탈출했잖아."

"으, 응. 그래. 고맙긴 한데 어쩐지 앞날이 평탄치 않을 것 같은 느낌이 든다. 그 형이라는 사람, 설마 같이 사는 건 아니겠지? 엄청 까칠해 보이더라고."

"흐음, 글쎄. 내가 선배한테 듣기로는 아들하고 둘이 산다고 하긴 했는데……."

"그럴 거야. 그래야만 해."

은우는 기도하듯 손을 모아 쥐며 간절히 빌었다. 눈이 호강할 만큼 미치도록 잘생기긴 했지만, 그만큼 까칠해 보이기도 했다. 아마도 결혼을 했을 텐데 와이프가 비위 맞추느라 꽤 고생이지 싶었다.

"그런데 아이 아빠라는 사람은 뭐 하시는 분인지 알아? 되게 바쁜 것 같던데."

"아, 맞다. 내가 얘기 안 했나? 제이엔터테인먼트 알지?"

"차민석 소속사?"

"응. 거기 기획실장이야."

"와, 진짜?"

은우는 잘만 하면 차민석을 가까이서 볼 수 있는 기회가 오겠구나 싶어 눈을 반짝였다.

"그러고 보니 네가 말한 까칠한 남자는 제이기획사 대표겠구나."

놀라움의 연속으로 은우의 입이 턱까지 벌어졌다.

"나도 아직 실물은 못 봤는데 소문에 의하면 그리 잘생겼다던데? 무슨 소속사 대표가 연예인보다 더 잘생겼냐고 그러던데."

제이엔터테인먼트는 이제 창립한 지 5년밖에 되지 않은 신생이나 다름없는 연예기획사였다. 요즘 가장 핫한 배우 차민석을 발굴해내 데뷔시킴과 동시에 그가 단숨에 스타덤에 오르며, 제이기획사 주가 역시 수직상승 중이었다. 처음엔 소속 배우가 차민석 한 명이었지만, 지금은 열 명 남짓한 배우들이 소속돼 있는 기획사로 굳건히 자리매김을 한 터였다.

제이엔터테인먼트가 5년이라는 짧은 시간 안에 이렇게까지 성장할 수 있었던 건 타고난 지략가 류재진과, 타고난 친화력과 사교성으로 발로 뛰어다니며 인맥을 쌓은 류재성의 환상적인 합에 있다고 봐야 했다.

서른넷, 서른둘이라는 나이에 한 기획사를 운영하는 대표로 있다는 건 실로 대단한 일이었고, 이 형제들의 성공 신화는 연예계에서도 꽤 유명했다.

"응. 얼굴은 진짜 헉 소리 나오긴 하더라. 그런데 진짜 신기하다. 내가 차민석 소속사 대표에게 면접을 본 거였다니. 게다가 아이 아빠는 기획실장⋯⋯. 으흥흥."

은우의 입술이 히죽 늘어졌다.

"나 이러다 차민석하고 밥도 먹게 되는 거 아니야?"

은우는 생각만으로도 황홀한 듯 두 눈을 질끈 감고 콧노래를 흥얼거렸다.

차민석은 은우가 처음으로 좋아하게 된 연예인이었다. 스물여섯 동갑인데다 데뷔와 동시에 신인상이라는 신인상은 모두 휩쓸 만큼 뛰어난 연기력을 인정받았고, 빼어난 인물만큼이나 성품도 좋기로 소문이 자자했다.

작년 봄, 영화 촬영을 하던 차민석을 우연히 만난 적이 있었는데, 차민석 정도의 톱스타면 사인 같은 것을 일일이 해 주지 않고 그냥 지나갈 법한데도 끝까지 웃으면서 사진까지 찍어 주는 매너에 한눈에 반했었다. 그래서 그녀도 덩달아 사람들 틈에 끼어 사인을 받았던, 작은 추억을 만들어 준 유일한 연예인이었다.

"그나저나 넌 언제까지 그렇게 바빠?"

늘어진 입매를 간신히 바로 잡은 은우는 다시 맥주잔을 들며 물었다. 가장 친한 친구임에도 불구하고 한 달에 한 번이라도 얼굴을 보면 다행일 정도로 늘 주희는 시간이 없었다.

"나야 항상 바쁜 몸이지. 특종을 위해서라면."

주희는 연예인 열애설 단독 보도로 명성이 자자한 온라인 신문사 'THE CATCH'의 연예부 기자였다. 몇 달 전에도 큰 건을 하나 터트려 이슈가 됐었는데, 요새 또 부쩍 얼굴 보기가 힘든 걸 보니 뭔가 특종이 될 만한 걸 찾은 모양이었다.

"또 뭔가 있는 거야? 나한테만 살짝 알려주면 안 돼?"

은우가 눈빛을 반짝이며 얼굴을 바싹 들이밀었다. 주희는 냉정한 얼굴로 단호하게 고개를 내저었다.

"절대 안 돼. 보안이 생명인 일이야."

"쳇. 뭐, 알았어. 난 차민석만 아니면 돼. 워낙 바르고 착해서 흠이 될 만한 것도 없겠지만."

"차민석은 아니야. 걱정 마."

은우는 그럴 줄 알았다는 듯 밝게 웃으며 건배를 청했다.

"암튼 고맙다, 주희야. 네 덕분에 백수 탈출했다. 오늘은 내가 쏠게. 건배!"

2

"잘 좀 부탁드릴게요. 저는 진건이 아빠, 류재성이라고 합니다."

은우는 산뜻하게 웃으며 인사를 건네는 재성을 뚫어져라 응시했다. 아무래도 이 집안의 유전자는 뭔가 남다른 듯했다. 어제 보았던 형도 미친 외모였지만, 동생이라는 사람도 만만치가 않았다. 형제가 많이 닮긴 했는데 형보다는 동생이 훨씬 인상이 부드러운 호감형이었다.

살짝 펌을 한 갈색 머리칼이 그와 잘 어울렸다.

"아, 네. 강은우라고 합니다. 저도 잘 부탁드릴게요."

"친한 친구 녀석이 소개한 분이니, 저야 아무 걱정이 없습니다. 인상도 좋으시네요."

'당신만 하려고요.'

은우는 순간 입 밖으로 내뱉을 뻔했던 말을 간신히 꿀꺽 삼켰다.

"좋게 봐주셔서 감사합니다. 진건이는 제가 정말 잘 보살필게요."

그녀의 말이 끝나기가 무섭게 그의 눈매가 휘었다. 은우는 괜스레 낯부끄러워 시선을 피했다.

"아, 은우 씨."

은우는 처음 봤는데도 아무 거리낌 없이 다정하게 은우 씨라고 부르는 그를 힐끗 쳐다보았다. 타고난 성품 자체가 다정다감한 것 같은데, 이를 다른 감정으로 착각한 여자들이 꽤 있을 것 같다는 생각이 들었다.

지금 저 역시도 혼자 괜히 쑥스러워하니까.

"맞다. 호칭을 이렇게 하면 안 되는 거겠죠? 워낙 동안이시다 보니 말이 편하게 나왔네요. 유치원 교사였다고 들었는데, 그냥 선생님이라고……."

"아, 아뇨!"

은우는 저도 모르게 언성을 높이며 손사래를 쳤다.

"선생님은 너무 어렵게 느껴지잖아요. 아하하. 그냥 편하게 이름 불러 주세요. 방금……처럼요."

괜스레 손가락을 만지작거리던 은우는 다시금 그를 훔쳐보았다. 그의 눈매는 여전히 휘어 있었다.

"그래도 괜찮으시겠어요?"

"그럼요. 물론입니다."

은우는 새색시처럼 볼을 붉히며 연방 입매를 올렸다.

"아, 은우 씨. 혹시 제가 무슨 일을 하는 사람인지 들으셨나요?"

"네. 대충은 들었어요."

"그렇다면 부탁 한 가지만 드릴게요. 아무래도 제가 하는 일이 그렇다 보니……."

"무엇이 되었든 봐도 못 본 척, 들어도 못 들은 척, 입 꾹 닫고 진건이만 잘 볼게요. 제가 할 일은 그것뿐이니까요."

재성이 하려던 말을 대신 내뱉은 은우는 걱정 말라는 듯이 웃었다. 재성 역시 입꼬리를 올리며 테이블 위로 노트 한 권과 신용카드 하나를 내밀었다.

"진건이가 뭘 좋아하고 싫어하는지 적어 놓은 거예요. 되도록 꼼꼼히 살펴봐 주시면 진건이 보는데 많은 도움이 되실 겁니다. 그리고 이 카드는 혹시 진건이에게 따로 들어가는 비용이 생길 시 사용하시면 됩니다. 영수증만 좀 챙겨 주시길 부탁드릴게요."

"네, 알겠습니다."

"아, 그리고 어제 혹시 형한테 얘기 들으셨나요? 아침에 유치원은 제가 등원을 시키는데, 간혹 출장 나가 있어서 못 할 때가 있어요. 형이 같이 사니까 시간이 나면 형이 대신하지만 그렇지 못한 경우는 은우 씨가 수고 좀 해 주셔야 해서요. 극히 드문 일이긴 합니다만……. 은우 씨?"

"같이 산다니요? 그 형님 되시는 분이랑…… 같이 산다는 말인가요?"

"원래 형은 혼자 따로 살았었는데 베이비시터가 갑자기 그만두면서 합치게 됐거든요. 아무래도 형이 같이 살면 진건이를 돌봐주기가 편하니까요. 그런데 그게 왜……. 아, 혹시 남자들만 사는 집이라 불편해서 그래요? 그러고 보니 은우 씨 나이가 이제 스물여섯이라고 했었죠? 저도 이렇게 나이가 어리신 베이비시터는 처음이라 그 부분을 미처 생각 못 했네요. 음, 아무래도 집에 남자뿐이라 신경은 쓰이시겠지만 저희 이상한 놈들 아니니까……."

"아뇨. 그런 얘기가 아니었어요. 무슨 말인지 알겠습니다. 이따금씩 진건이 등원도 시켜 줘야 한다, 이 말씀이시죠? 가능합니다. 가능해요."

간신히 충격에서 벗어난 은우는 애써 미소 지었다.

그 까칠한 형이 같이 산다는 절망적인 소식에 눈앞이 캄캄하긴 했지만, 어차피 마주치는 건 잠깐일 거였다.

"정말 고마워요, 은우 씨. 보수는 넉넉히 챙겨 드릴 테니 우리 진건이만 잘 좀 봐주세요."

"물론이죠. 걱정 마세요."

"아, 진건이 하원 시간 다 되어가네요. 그럼 같이 가시죠. 제가 일 때문에 바로 다시 나가 봐야 해서요."

재성을 따라 집에서 나선 은우는 조심히 한숨을 내쉬었다. 어제 재진과 얘기된 시간은 진건의 하원 시간인 오후 3시부터 밤 10시까지였지만, 아마도 종종 시간이 더 늦어질 수도 있다는 얘기까지는 들었었다. 그에 대한 보수는 충분히 더 챙겨 준다는 말과 함께, 늦은 시간 귀가하는 만큼 택시비를 따로 준다고도 했었다.

실로 이미 제시한 금액만으로도 상당한 보수이긴 했지만, 아무래도 근무 시간이 일정치가 않고 밤늦게까지 아이를 봐야 하는 일도 더러 있으니 이에 맞는 베이비시터를 구하는 건 쉽지 않았을 터였다. 그러다 보니 자연적으로 보수를 많이 줄 수밖에 없지 않았나 싶었다.

게다가 휴무 역시 정해진 게 아니라 그때그때 상황에 따라 조절을 해야 한다는 조건 때문에 저 역시도 잠시 갈등을 했다. 정말이지 이 엄청난 보수가 아니라면 흔쾌히 승낙하기 힘든 조건임은 분명했다.

은우는 한 층 한 층 내려가는 엘리베이터 숫자만 쳐다보다 슬며시 그를 곁눈질했다.

서른둘이라는 나이가 믿기지 않을 만큼 동안인데다 피부는 또 얼마나 희고 고운지 모를 일이었다. 어제 봤던 형은 강한 인상만큼이나 피부 또한 까무잡잡했었는데, 아무래도 피부색은 부모를 나눠 닮은 모양이었다.

"우리 진건이 잘 좀 부탁드립니다. 귀찮게 떼쓰고 그러는 일은 없을 거예요."

그의 얼굴을 훔쳐보다 갑자기 눈이 마주친 은우는 괜한 헛기침을 했다.

"흠흠. 걱정 마세요. 아이가 밝고 영특해 보이던데요. 그리고 떼 좀 쓰면 어때요. 아이인걸요."

"정말 다행이네요. 은우 씨가 좋은 분이신 것 같아서."

'당신만 하려고요.'

은우는 또다시 입안에 같은 말이 맴돌아 입을 꾹 닫으며 슬그머니 웃었다. 그와 함께 엘리베이터에서 내려 아파트 정문으로 나오기가 무섭게 노란색 유치원 버스가 도착했다. 진건이 차에서 내리자마자 번쩍 안아 드는 재성을 보고 있노라니 절로 웃음이 나왔다.

"어? 어제 그 형아네?"

은우는 진건이 저를 보며 알은척을 하자 손을 흔들었다.

"안녕, 진건아. 앞으로 잘 부탁해."

방긋거리는 은우를 바라보던 진건이 따라 웃으며 재성에게 다 들리는 귀엣말을 했다.

"있지, 아빠. 저 형아한테 찌찌 있다?"

차라리 못 들은 척을 하자.

은우는 순식간에 체온이 상승하는 걸 느끼며 휙 돌아 먼 산을 보았다.

"아, 날씨 좋다. 하하."

그녀의 망막에 맺힌 건 비가 오려는 듯 꾸물꾸물한 잿빛 하늘이었다.
젠장.

은우는 단둘이 마주 앉은 진건을 힐끔거렸다. 유치원에서 돌아오자마자 진건이 한 일은 누가 시키지도 않았는데 욕실로 가서 손을 닦는 거였다. 다음은 주방으로 향해 냉장고에서 우유 하나를 꺼내 거실 테이블에 가져다 놓더니, 동화책도 몇 권 갖다 놓았다.
"진건이 책 좋아하는구나?"
은우는 동화책 한 권을 집어 들며 기특하다는 듯이 웃었다. 보통 여섯 살이면 한글 가르치려고 옆에 끼고 앉아도 집중을 못 하는 법인데, 스스로 책을 가져다 놓은 것을 보니 엉덩이라도 토닥여 주고 싶었다.
"우리 진건이 착하네. 음, 뭐부터 읽어 줄까?"
"진건이가 읽을 건데요."
"와, 진건이 혼자 책 읽을 수 있어?"
진건은 대답 대신 고개를 끄덕거린 뒤 우유에 빨대를 꽂아 달라고 내밀었다. 여섯 살 또래에 비해서 체구가 작아서인지 손도 유난히 조그마해 보였다.
"진건아. 소리 내서 한번 읽어 볼래?"
은우는 아직 여섯 살인 진건의 한글 읽기 실력이 어느 정도

인지 궁금해 슬며시 물었다. 보통 여섯 살이면 읽는 것도 서 툰 경우가 대부분이었다.

눈을 껌뻑이며 바라보는 은우를 힐끔 쳐다본 진건은 이내 천천히 또박또박 동화책을 읽어 나갔다. 다소 발음하기 어려운 글자에서는 잠시 멈칫하기도 했지만, 또래 아이에 비해서는 수준급의 읽기 실력이었다.

은우는 정말 감탄한 얼굴로 박수를 크게 쳤다.

"와, 진건이 대단하다. 혹시 쓰기도 가능할까?"

진건이 대답 없이 빤히 쳐다보기만 했다. 은우는 역시 아직 쓰기까지는 무리겠지 생각하며 화제를 돌리려는데, 슥 일어난 진건이 연필과 연습장을 가져왔다.

야무지게 입술을 앙다물고 쓰기에 집중하는 진건을 바라보던 은우는 감탄사를 연발했다. 아직은 받침도 많이 틀리고 소리 나는 대로 쓰기는 했지만, 혹시 영재가 아닐까 싶을 정도로 집중력이 좋고 습득력이 남다른 것 같았다.

은우는 유치원에서 제가 가르쳤던 일곱 살 어린이들과 견주어도, 아니 그보다 더 수준급인 진건의 한글 쓰기 실력에 칭찬을 아끼지 않았다.

"진건이 최고! 짱 멋지다."

새치름한 표정으로 힐끗 쳐다본 진건이 우유를 쪽 빨아먹었다. 그런 진건이 마냥 대견스럽고 귀여운 은우는 흐뭇하게 바라보며 머리칼을 풀썩였다.

"우리 진건이 유치원에서도 분명 인기가 많을 거야. 얼굴도 잘생기고 똑똑하니까 친구들이 좋아할 거야."
"형아는 안 졸려요?"
은우는 난데없는 진건의 말에 자신이 너무 수다스러웠나 싶어 멋쩍게 콧잔등을 매만졌다.
"아하하. 조용히 할게."
"형아는 자도 돼요. 나는 이제부터 책 읽을 거니까, 형아는 자도 된다고요."
"진건이는 책 읽는데, 이모가 왜 자? 진짜 조용히 할게."
"다른 이모들은 다 그랬는데."
재성이 주었던 노트를 펼치던 은우의 손이 멈칫했다.
"나는 착한 어린이랬어요. 막 놀아 달라고 귀찮게 하지 않는다고 착한 어린이랬어요. 진건이는 혼자서도 잘 놀아요. 나는 착한 어린이니까."
다시 동화책으로 시선을 돌린 진건을 유심히 바라보던 은우는 자리에서 벌떡 일어섰다.
"진건아. 우리 밖에 나가서 놀자."
"나 책 읽을 건데."
은우는 진건이 보던 동화책을 덮으며 손을 내밀었다.
"진건아. 우리, 나쁜 어린이 놀이 해 볼까?"
"……."
"이건 우리 둘만의 비밀인 거야."

"……."

"어서."

은우는 씩 웃으며 손을 흔들었다. 가만히 바라보던 진건이 못 이기는 척 손을 맞잡았다.

"나는 정말 싫은데, 형아 때문에 억지로 그러는 거예요."

"그래. 그런 거야."

은우의 입가에 초승달이 걸렸다.

"그런데 진건아. 나는 형아가 아니고, 다른 이모들이랑 똑같은 이모인데. 어제 화, 확인도 했잖니? 하하. 물론 이모가 다른 이모들보다 엄청나게 어려 보여서 이모 소리가 잘 나오지는 않겠지만, 그렇다면 형아보다는 누나라고 하는 게……."

말없이 얼굴을 꼼꼼히 뜯어보던 진건의 그 작은 입에서 진지한 고민이 담긴 한숨이 새어 나왔다.

"하아."

"하아?"

"형아, 그냥 빨리 나가자."

끄응. 아무래도 머리카락을 다시 길러야 할 모양이다.

**

재진은 아파트 지하 주차장에 파킹을 한 뒤 시간을 확인했다.

저녁 8시.

원래 잡혀 있던 저녁 스케줄이 무산되는 바람에 생각보다 귀가 시간이 빨라졌다. 자신이 엔터테인먼트 대표이긴 했지만, 실상 더 바쁘게 뛰어다니는 건 기획실장인 재성이었다. 소속 배우들 관리를 비롯해 사소한 것 하나까지도 재성의 손이 닿지 않는 곳이 없었다.

재진은 엘리베이터에 올라 뻐근한 목을 뒤로 젖혔다.

현재 제작비 100억이 들어가는 한일 합작 영화가 막바지 촬영 중이었다. 남자 주인공은 소속사 간판인 차민석이었고, 여배우는 일본에서 요즘 가장 핫한 배우 스즈키 아사카였다.

한일 톱스타의 만남만으로도 이미 언론의 관심을 한 몸에 받고 있었고, 그 때문에 인터뷰 요청 또한 물밀 듯이 밀려왔지만 모두 정중히 거절한 터였다. 이번 영화는 개봉하기 전까지 철저하게 비공개로 가기로 한일 양측 다 합의가 된 사항이기 때문이었다.

오늘 오전에 한국에서 이틀 동안 촬영을 마친 아사카가 출국을 했고, 3일 후에는 일본에서 촬영이 잡혀 있어 차민석이 건너가야 했다. 차민석 전담팀은 물론이거니와 기획실장인 재성까지 직접 동행을 해야 한다. 그 때문에 일주일은 그를 볼 수 없을 것이다.

재진은 이 사실을 진건에게 또 어떻게 얘기를 하나 짧게 숨을 내쉬었다. 아무렇지 않은 듯 보여도 이제 여섯 살이었다.

여섯 살일 뿐이었다.

익숙한 듯이 아빠를 보내 주고 얌전하게 잘 지내곤 하지만, 막상 재성이 출장에서 돌아오는 날에는 한걸음에 달려 나가 품에 안기며 눈물을 글썽이는 어린아이였다. 싫다고 가지 말라고 떼쓰기보다는 괜찮다고 말은 하지만, 그럴 리가 없었다.

엄마 없이 아빠와 큰아빠 사이에서 자라는 진건에게 더 많은 시간을 할애해야 하는데, 현실은 녹록지가 않았다. 어느새 회사의 규모가 너무도 커져 버렸고, 많은 직원들이 있다지만 저나 재성이 직접 나서야 하는 일들이 많았다.

삑삑삑삑.

그가 도어록을 해제하기가 무섭게 익숙한 음성이 고막을 자극해 왔다.

"큰아빠다!"

재진은 제게 냅다 안기는 진건을 가볍게 안아들었다.

"큰아빠, 오늘은 빨리 들어왔네?"

"응. 진건이 보고 싶어서 빨리 들어왔지."

"정말?"

"정말."

"아빠는 진건이 안 보고 싶나?"

잠시 멈칫하던 재진은 이내 진건의 머리칼을 부스스 흩트렸다.

"큰아빠가 자꾸 일 시켜서 그래. 큰아빠가 못됐어. 그치?"

"음…… 아니야. 큰아빠는 좋은 사람이야."

진건에게 이마를 맞대 비벼대던 재진은 그제야 멀뚱히 서 있는 은우를 발견하고는 슬쩍 고개를 숙였다.

그녀 역시 뒷머리를 긁적이며 어색하게 인사를 건넸다. 빙금 전까지 한껏 올라가 있던 그의 입매가 순식간에 한 일자로 다물어진 채였다.

"일찍 오셨네요? 하하."

"힘든 건 없으셨습니까?"

"아, 없었어요."

재진의 시선이 뭔가 갖은 식재료들이 복잡하게 늘어져 있는 주방으로 향했다.

"아, 이제 막 저녁을 좀 챙겨 주려던 참이었어요. 아까 5시쯤 간식을 좀 줬더니 저녁 식사가 약간 늦어졌네요."

"냉장고에 찬 가지들이 다 있어서 특별히 따로 요리해야 할 게 없을 텐데요."

진건을 내려놓은 그가 주방으로 걸음을 옮겼다. 가사도우미 아주머니가 월, 수, 금 일주일에 세 번 오셔서 집안 청소와 음식을 준비해 놓고 가셨다. 재성과 그가 따로 살 때에는 가사도우미가 매일 왔었지만, 살림을 합친 이후에는 이틀에 한 번으로 조정을 했다.

밥은 그와 재성이 번갈아가면서 아침마다 새 밥을 짓고, 이후 베이비시터가 오면 있는 찬 가지들로 진건의 끼니를 챙겨 주는 형식이었다. 때문에 이렇게 요란법석을 떨며 음식을 만들 필요는 전혀 없었다. 소시지 정도 튀겨 주는 거면 모를까.
"큰아빠. 형아가 피자 만들어 준다고 했어."
"피자?"
"응. 시켜서 먹는 것보다 더 맛있게 만들어 준댔어."
재진의 시선이 은우에게 향했다.
"제가 어제 말씀드렸잖아요. 요리도 엄청 잘한다고."
은우가 어깨를 으쓱이며 눈이 안 보이게 웃었다.
"진건이가 피자 먹고 싶다고 하더라고요. 시켜 먹는 건 칼로리도 엄청나고, 얼마든지 집에서 간단히 해 먹을 수 있거든요. 오븐도 있고, 양파와 소시지도 다 있기에 또띠아하고 모차렐라치즈, 크림 토마토소스만 좀 사왔어요. 만들기 간단하니까 아이들과 함께 해 보는 것도 좋거든요. 서로 친밀감도 더 쌓을 수 있고, 아이들이 좋아해요."

그는 진건과 눈을 맞추며 찡긋거리는 은우를 물끄러미 바라보았다. 그간 몇 명의 베이비시터가 거쳐 갔지만 이런 경우는 없었던 것 같았다. 하루 사이에 이렇게 진건과 가까워진 경우도 없었고, 귀찮음을 무릅쓰고 손수 음식을 해 먹이는 경우도 없었다.

무엇보다 일부러 하지 않아도 될 일을 진건을 위해 하려 했다는 게 놀라웠다. 유치원 선생님이라 그런지 다른 베이비시터들과는 확연히 달랐다.

"큰아빠도 같이 만들자. 재밌을 것 같아."

진건이 그의 손을 잡아당겨 은우의 옆자리로 끌고 왔다. 잠시 난감해 하던 은우는 '에라, 모르겠다'라는 얼굴로 소매를 걷어붙였다.

"그래요. 같이 만들어 보아요. 하하. 자, 그럼 진건아. 우리 손부터 씻고 시작할까?"

세차게 고개를 끄덕인 진건이 쪼르르 욕실로 향했다. 진건을 따라 들어가던 은우가 고개를 빠끔히 뒤로 내빼며 말했다.

"손…… 안 씻으세요?"

"아."

"옷도 좀 갈아입으시는 게……."

말끝을 흐리며 쏙 사라지는 은우를 바라보던 재진은 뭔가에 홀린 듯한 얼굴로 방으로 향했다. 외출복을 벗고 편한 옷차림으로 갈아입은 그는 욕실로 들어섰다. 손을 닦고 문득 거울을 보는데, 지금 저가 왜 이러고 있는지 피식 웃음이 나왔다.

류재진이 피자를 다 만들다니, 누구도 믿지 않을 거다.

'대표님이요?'

'형이?'

쿡, 자꾸 웃음이 나온다.

"아……, 그러니까 말이죠."

은우는 '참을 인'을 한 번 더 새기며 웃는 얼굴로 말을 이어

나갔다.

"제 말을 잘 들으세요? 이게 또띠아예요. 또띠아를 펼쳐 놓으시고요, 그 위에 크림 토마토소스를 바르세요."

"이렇게 말입니까?"

은우는 말없이 잘 따라하고 있는 진건을 힐끗 쳐다보고는 재진의 앞에 놓인 또띠아로 시선을 옮겼다.

'내가 미친 게지. 같이 만들어 보자니, 내 발등을 내가 찍은 거지.'

"음……, 소스를 별로 안 좋아하세요?"

"좋아합니다."

"그런데 왜 그러세요?"

"뭐가 말입니까?"

"그러니까 제 말은요, 소스를 진건이처럼 바르라는 뜻이에요."

또띠아 전면에 골고루 소스를 펴 바른 진건이와는 다르게, 재진의 것은 가운데에만 몰려 있었다.

"뭐, 취향이 그러시다면 어쩔 수 없지만요."

은우는 영혼 없는 얼굴로 씩 웃었다.

"오, 우리 진건이는 아주 잘했어요."

그녀가 진건의 머리를 쓰다듬으며 칭찬을 했다. 재진은 미리 준비해 놓은 재료들을 소스 위에 올리는 진건을 힐끔 보더니 따라 올렸다.

"이게 맞는 겁니까?"

"정답이 있나요. 취향에 따라 올리시면 되는 거죠."

은우는 허벅지를 꼬집으며 이를 악물었다.

살다 살다 오빠보다 더 요리에 젬병인 사람은 처음 본다.

"형아, 이제 된 거야?"

"와아, 진건이 건 정말 맛있겠다. 이제 오븐에 넣어서 15분 정도만 구우면 돼."

진건이 만든 피자를 오븐에 넣은 은우는 이제 그만 손을 닦고 오라며 욕실로 보냈다.

"저기, 있잖아요."

모차렐라치즈를 뿌리던 재진의 손이 움찔했다.

"일이 참 바쁘시지요?"

"뭐……, 그렇습니다만."

"그럼 다음부터 일부러 일찍 들어오지 마세요."

은우는 분명 웃으면서 말을 하고 있는데, 재진은 뭔가 불쾌한 느낌에 슬쩍 미간을 좁혔다.

"일도 많이 바쁘신데, 괜히 일부러 일찍 들어오시면 피곤하시잖아요. 그렇죠?"

"무리 가지 않는 선에서, 제가 알아서 조절합니다."

"제가…… 진건이 베이비시터로 고용된 거지요?"

은우는 또다시 방긋 웃었다.

"그걸 꼭 명심해 주시면 감사하겠습니다. 정리는 제가 할 테니까 얼른 손 씻으세요. 얼른요."

 재진은 은우에게 등 떠밀려 욕실로 향했다. 마침 손을 닦고 나오던 진건과 마주친 그가 그냥 지나치려는데, 진건이 슬쩍 한마디를 건넸다.

"큰아빠."

"음?"

"실망이야."

"으, 음?"

"나는 큰아빠가 뭐든지 다 잘하는 줄 알았어."

 새침하게 눈을 흘긴 진건이 쌩하니 지나갔다. 재진은 황당한 얼굴로 욕실로 들어서며 거울 앞에 섰다.

"하!"

 기가 차고, 코가 막힐 노릇이다.

 류재진이 피자 만들기에 도전한 것도 모자라 이리 모진 핍박을 받다니, 이 또한 누구도 믿지 않을 거다.

'대표님이요?'

'형이?'

 일찍 들어온 게 잘못인 것 같다.

 어느새 시간은 밤 10시였다. 피자를 만들어 먹고 뒷정리까지 끝내고 나니 시계바늘이 정확히 10시를 가리키고 있었다.

"그럼 이만 가 보겠습니다."

백팩을 맨 은우가 꾸벅 허리를 숙였다.
"고생 많으셨습니다."
"고생은 뭘요. 진건아."
은우는 진건을 향해 웃어 보이며 손을 흔들었다.
"잘 자고, 내일 또 보자?"
"응. 빠이빠이."
재진의 다리 옆에 딱 붙어 선 진건이 앙증맞은 손가락을 펼쳤다. 진건과 마지막 인사를 나눈 은우가 다시금 그에게 눈인사를 건네며 현관을 나섰다.

째깍, 째깍…….

약속이나 한 듯 나란히 서서 은우가 사라진 자리를 한참 바라보던 두 사람은 이내 누가 먼저랄 것도 없이 무료하게 돌아섰다.
"진건이 이제 치카치카 할까?"
"응."
별다른 말없이 양치질을 끝낸 두 사람은 거실 TV를 켜며 소파에 앉았다. 원래는 진건을 재워야 할 시간이었지만 저녁을 늦게 먹은 탓에 소화를 좀 시키고 재워야 할 것 같았다.
"큰아빠. 피자 진짜 맛있었지?"
"응. 그러게."
"나 다음에 피자 또 만들어 먹을래. 엄청 재밌고, 엄청 맛있었어."

"그래."

"그런데 큰아빠도 또 만들 건 아니지?"

"왜?"

"그냥, 오늘 형아가 조금 화난 것처럼 보였거든."

재진은 마지막 진건의 말은 못 들은 척 딴청을 피우며 화제를 돌렸다.

"그런데 진건아. 이모한테 왜 자꾸 형아라고 그래? 그건 실례야. 형아는 남자한테 쓰는 말이잖아."

"응, 나도 그건 아는데, 형아가 너무 멋있는걸. 그동안 우리 집에 온 이모들보다 훨씬 키도 크고, 멋있단 말이야. 티브이에 나오는 형아들처럼."

끄응.

재진은 어제 오늘 은우의 옷차림새를 떠올려 보았다. 짧은 머리도 머리였지만 옷 또한 캐주얼하게 청바지에 티가 전부였다. 화장을 하는 것도 아니고, 구두를 신는 것도 아니고, 스커트를 입는 것도 아니니, 아무래도 진건의 눈에는 자꾸 형아처럼 보이는 모양이었다. 생김새도 만화책에서나 나올 법한 미소년처럼 생겼으니, 아이가 보는 눈으로는 헷갈리기 충분했다.

"큰아빠. 난 정말이지 형아한테 찌찌가 있다는 게 믿기지 않아."

재진은 어제의 민망했던 상황이 생각나 쿡 웃어 버렸다. 정말 당황했을 텐데도 티내지 않기 위해 웃어젖히는 모습이 귀엽기도 했었다.

"그런데 큰아빠."

"음?"

"있잖아."

진건이 작은 손을 만지작거리며 뜸을 들였다.

"뭐 할 말 있어?"

"엄마는 왜…… 진건이 보러 안 오는 거야?"

웃고 있던 재진의 입매가 서서히 다물어졌다.

"아빠한테는 못 물어보겠으니 큰아빠한테 물어보는 거야. 엄마는…… 진건이가 보고 싶지 않나 봐."

재진은 선뜻 어떤 대답도 해 주지 못한 채 가는 숨을 내쉬었다. 언제고 이런 날이 오리라 생각은 했었다. 하지만 이렇게 빨리 올 거란 생각은 못 했다.

"나도 엄마랑 같이 피자 만들어 보고 싶은데."

"진건아."

"아빠 말로는 아빠가 엄마한테 많이 잘못해서 엄마가 멀리 떠난 거라는데, 거기가 어디야? 나 데려다 주면 안 돼? 내가 엄마한테 얘기해 볼게. 아빠 용서해 주라고 얘기해 볼게."

그는 말없이 진건을 끌어안았다.

이 어린 조카에게 뭐라고 설명을 해야 할까. 어떻게 진실을 얘기할까.

"아빠가 많이 미워서…… 엄마는 진건이도 미운 건가 봐. 나도 엄마한테 뭘…… 잘못한 걸까?"

"……아니야. 그런 거 아니야."

재성이 전처와 이혼을 한 건 2년 전, 진건이 네 살 때였다. 재성의 이혼으로 온 집안이 발칵 뒤집혀졌고, 이혼의 사유가 재성에게 있었다는 놀라운 사실은 평소에도 고혈압으로 고생하시던 아버지를 뇌출혈로 병상에 눕게 했다.

속 한 번 썩이지 않고 바르고 곧게만 자란 재성이었다. 언제나 살갑고 다정다감하기만 한 1등 신랑감 둘째 아들이었다. 그래서 더 상상도 하지 못했던, 할 수도 없었던 어마어마한 사실은 가족 모두에게 충격으로 다가왔다.

뇌엽성 출혈이었던 아버지는 언어 장애와 안면실인증이 후유증으로 찾아왔고, 어머니는 아버지의 병간호에만 열중하기 위해 조용한 곳으로 보금자리를 옮기기 원했다. 때문에 서울에서 그리 멀지 않은 파주에 전원주택을 마련해 드린 지 1년 정도가 되었다. 한 달에 한두 번씩 찾아뵐 때마다 재성이 같이 내려가고는 했지만, 아버지는 재성의 얼굴을 잘 인식하지 못했다.

"큰아빠. 그런데 정말로 아빠가 많이 잘못한 거야? 진짜 그런 거야? 나는 아빠가 참 좋은데."

그는 얼굴에 물음표를 달고 바라보는 진건을 그저 꼭 안아 줄뿐이었다. 여섯 살 조카에게 그 어떤 진실도 얘기해 줄 수가 없었다. 지금은 그랬다.

**

"녀석. 달게도 자네."

밤 11시가 조금 넘은 시각, 재성은 집으로 돌아오자마자 진건의 방문부터 살그머니 열어 보았다. 쌔근쌔근 잘도 자는 진건의 얼굴을 한참 동안 바라보던 그는 이마에 베이비키스를 한 뒤 조용히 방문을 닫았다.

"얘기는 잘 된 거야?"

그는 등 뒤에서 들려오는 재진의 음성에 고개를 돌렸다. 냉장고에서 캔 맥주 두 개를 꺼낸 재진이 하나를 내밀었다.

"자존심 상한다고 끝까지 안 하겠다는 걸 간신히 어르고 달랬지, 뭐."

재성이 피곤한 얼굴로 하품을 하며 캔 뚜껑을 땄다. 숨도 쉬지 않고 꿀꺽꿀꺽 넘긴 그가 톡 쏘는 탄산으로 인해 슬며시 미간을 찌푸렸다.

"데뷔 때부터 라이벌로 거론되던 동기가 메인인 드라마에, 서브 주연으로 출연하고 싶진 않겠지. 하영이 마음도 이해는 돼."

"다 배부른 소리일 뿐이야. 그 배역 따내고 싶어 하는 배우들이 한둘이 아니야. 말이 서브 주연이지, 투톱으로 가는 거나 마찬가지인데 뭘 그거 가지고 그 난리야. 네가 설득해 보겠다고 해서 어쩔 수 없이 허락했지만, 어리광 받아주는 건 이번 한 번이다. 자꾸 제멋대로 하려고 하면 재계약은 없어."

"형, 꼭 그렇게까지 매몰차게 할 필요는 없잖아. 그래도 하영이가 광고로 벌어들인 수익이 얼마인데."

"인성이 먼저야."

재진은 단호한 얼굴로 재성을 응시했다.

"배불렀다고 해도 좋아. 인성 글러먹은 어린애 비위 맞추며 돈 벌고 싶지는 않으니까. 하영이보다도 더 내로라하는 배우들도 다 겸손해. 단편적인 예로 차민석을 봐. 민석이도 하영이랑 동갑인 스물여섯이야. 하영이가 어려서 그런다고 다 받아주기엔 무리가 있다는 뜻이야. 시청률 보증수표 지서연 사단 드라마야. 비중이 얼마나 되었든 간에 무조건 하겠다고 달려들어야 정상이라는 소리야."

재성은 완강한 재진의 말에 짧게 숨을 내쉬었다.

"참, 은우 씨는 잘 가셨어?"

재진은 '은우 씨'라는 호칭이 어쩐지 어색해 눈썹을 슬쩍 치올렸다.

"나이가 어리니까 호칭이 애매해서 선생님이라고 부르려고 했더니, 부담스럽다고 그냥 이름 부르라고 하더라고. 그렇다고 이모라고 하기엔 솔직히 너무 어리잖아. 스물여섯이라는데 그보다도 더 앳돼 보이던데. 나는 처음에 스물둘, 셋이나 됐을까 했거든."

 재진은 유난히 앳돼 보이긴 했던 은우의 얼굴을 잠시 떠올렸다. 그러고 보니 뽀얀 피부에 조막만한 얼굴이며 밝은 성격이 재성과 많이 닮은 듯도 보였다. 재성 역시 그 누구도 서른둘로 보지 않으니까. 대부분 기껏해야 스물일곱, 여덟쯤으로 보았다.

"사람이 나쁘진 않은 것 같더라. 진건이가 잘 따르는 것도 같고."

"그럴 줄 알았어. 인상이 좋더라고. 이번엔 좀 오래 계셨으면 좋겠는데……. 피곤하다. 나 좀 씻을게."

"재성아."

 캔을 다 비우고 일어서던 재성이 멈칫했다.

"제수씨하고는…… 연락이 아예 안 되는 거야? 진건이가…… 엄마를 보고 싶어 해."

 하아, 짙은 한숨이 재성의 입에서 새어 나왔다.

"아무리 네가 밉다지만 그래도 자식은 다른 법인데, 제수씨도 독한 구석이 있네. 지난 2년 동안 진건일 한 번도 찾지 않는 걸 보면. 제수씨를 한 번 만나게 해 줘야 하는 건 아닌지……."

"승연인 협의이혼 할 때 스스로 친권도 포기했어. 교육자 집안에서 남부러울 것 없이 곱게만 자란 승연의 입장에서는 이 모든 현실을 부정하고 싶었겠지. 오승연 인생에 그런 오점을 남길 수 없었겠지. 우리가 헤어지는 진짜 이유를 법원에서 밝히지 않은 것도 그 때문이야. 그게 밝혀져 버리면 모든 유책사유는 내게 있다 판단하고 어쩔 수 없이 승연이가 친권을 갖게 될 테니까. 한마디로 진건일 데려가기 싫어서 진실을 함구한 채 조용히 협의이혼을 한 거라는 뜻이야. 마치 원래부터 모르던 사이였던 것처럼, 류재성이란 인간을 만난 적도, 류진건이란 여섯 살배기 아들이 있는 것도 모두 다 허상이었던 것처럼. 그런데 내가 어떻게 진건일 한 번만 만나 달라 말을 하겠어. 내가 싫어서 자식도 인정하지 않는 승연이한테 내가 그 말을 어떻게 하겠어."

재성은 다시 소파에 앉으며 까칠한 얼굴을 문질렀다.

"결국 모든 건 내 탓인 거지. 진건이에게서 엄마를 빼앗은 건 나인 거야. 내가……, 내가……."

"……늦었다. 쉬어라."

재성의 어깨를 한 번 두드려 주고 재진은 방으로 향했다. 불도 켜지 않은 채 침대 위에 누운 그는 이마 위로 팔을 올렸다.

한창 엄마의 보살핌이 필요한 조카를 생각하니 두통이 밀려왔다. 한때는 저라도 결혼을 서둘러야 하는 건 아닐까, 생각했던 적도 있었다.

진건에게 큰엄마라도 만들어 주고 싶어서.

재성이 많이 원망스러웠던 건 사실이었다. 모든 게 다 재성의 탓이라 여기며 가족들에게조차 손가락질을 받던 동생에게도, 나름의 어쩔 수 없는 '사정'이란 게 있었음을 이해하기까지는 꽤 오랜 시간이 걸렸다. 그마저도 모든 걸 이해하지는 못한다.

그저 '너도 힘들었겠구나.' 가여운 마음이 들뿐.

재진은 무거운 눈꺼풀을 천천히 내려뜨렸다.

[내가 엄마한테 얘기해 볼게. 아빠 용서해 주라고 얘기해 볼게.]

아무리 사정을 한다 하여도, 승연은 돌아오지 않는다.

절대 돌아오지 않는다. 돌아올 수…… 없다.

재성은 샤워를 끝낸 뒤 제 방으로 들어가지 않고 진건의 방으로 향했다. 곤히 잠든 아들의 얼굴을 지그시 바라보던 그가 조심스럽게 이불을 들춰 몸을 뉘였다.

옆으로 돌아누워 자는 진건의 등을 바라보다 살며시 허리를 끌어안은 재성은 눈꺼풀을 내려뜨렸다.

"……진건아."

깊이 잠에 빠져든 듯 아들은 대답이 없었다. 재성은 한숨을 토해 내듯 느릿하게 입을 열었다.

"엄마는…… 안 와. ……기다리지 마."

감겨 있는 재성의 속눈썹이 파르르 떨렸다.

"기다리지 마. ……기다리지 마."

참고 참았던 해묵은 눈물이 또르르 흘러내렸다.

여섯 살 아들에게, 차마 해서는 안 되는 말을 내뱉을 수밖에 없는 아빠의 가슴은 시리고 또 시렸다.

**

유치원 버스에서 내리는 진건의 표정은 우울했다. 은우는 어쩐지 그 이유를 알 것 같아 일부러 더 환하게 웃으며 진건을 맞이했다.

"우리 진건이는 점점 더 잘생겨지네? 비결이 뭘까?"

은우는 아빠를 닮아 뽀얀 진건의 작은 손을 잡고 나란히 걸었다.

"오늘은 날씨도 좋고 하니, 나들이 좀 나가 볼까?"

진건은 아무런 말없이 고개만 가로저었다. 은우는 걸음을 멈추고 쪼그리고 앉아 눈높이를 맞추었다.

오늘 재성이 일본으로 출장을 떠난 터였다. 일주일 동안 집을 비울 거라는 소식을 진건도 알고 있을 거였다.

아이가 우울해 할 수도 있으니 특별히 더 신경 좀 써 달라는 재진의 당부가 있었다. 되도록 일찍 들어오겠다는 말도 함께 전했지만, 사실 그건 그다지 반갑지 않았다. 어찌나 사람을 불편하게 만드는 재주가 있으신지, 같이 있을 때는 숨도 제대로 못 쉴 판이니까.

피자를 만들던 날도 그랬다. 아이도 잘 따라하는 피자 만들기를 아이보다 더 못 따라하며 '이렇게 하면 되는 겁니까?', '이게 맞는 겁니까?' 얼마나 부담스럽게 진지하시던지, 불편해서 죽는 줄 알았다. 화도 못 내고, 없던 혈압이 다 생길 뻔했다.

"진건아. 어차피 내일은 유치원 안 가도 되니까, 큰아빠한테 허락 맡고 놀이동산 다녀올까? 가서 재밌는 놀이 기구도 타고, 사자랑 토끼도 보고, 맛있는 것도 먹고 늦게까지 놀다 오는 거야. 어때?"

내내 침울해 있던 진건의 눈 꼬리가 슬쩍 올라갔다. 은우는 이 기회를 놓치지 않고 이마를 가리며 흘러내린 머리칼을 손가락 사이에 넣어 위로 뻗치게 잔뜩 세웠다. 머리칼이 밝은 갈색인 걸 이용해 마치 사자 갈기처럼 보이게 만든 은우는 목소리 또한 남자처럼 굵게 깔았다.

"어흥. 안녕, 진건아. 나는 사돌이야. 나랑 놀자. 나 심심하단 말이야."

은우는 이번엔 양쪽 손을 브이를 만들어 깡충거리는 토끼 흉내를 냈다. 유난히 콧구멍을 벌름거리는 토끼의 디테일함 또한 잊지 않았다.

"토순이도 진건이 보고 싶어용. 깡충! 깡충!"

입술을 실룩이며 웃던 진건이 이내 토끼 흉내를 따라하며 깡충거렸다. 은우는 브이를 만든 손가락을 열심히 까딱거리며 고개를 좌우로 흔들거렸다.

까르르, 웃음보가 터진 진건이 걸음아 나 살려라 깡충거리며 도망을 갔고, 은우 역시 헉헉거리며 뒤를 쫓았다. 그녀의 유쾌한 바이러스에 지나가는 사람들조차 피식거리며 웃음을 터뜨렸다.

"진건아, 잠깐만? 큰아빠한테 전화 한번 해 볼게?"

은우는 거친 숨을 미처 고르기도 전에 휴대폰을 꺼내들었다. 재진과 재성의 전화번호를 모두 저장해 놓긴 했지만, 실제로 이렇게 전화를 걸어 보는 건 오늘이 처음이었다.

-류재진입니다.

"아, 하아, 하아. 안녕하세요. 저는 강은우라고, 하악. 그러니까 진건이 베이비시터인데요. 하아, 아이고."

-……괜찮은 겁니까?

"아, 네. 좀 뛰어놀았더니. 하아, 그러니까 오늘 진건이하고 놀이공원 좀 다녀올까 해서요."

생각을 하는 듯 잠시의 침묵이 흐른 뒤, 다시 그의 음성이 들려왔다.

-오늘은 너무 늦지 않았나 싶은데요. 벌써 3시가 넘었는데 차도 없이 언제 다녀옵니까?

"버스 타고 다녀오는 건 무리죠. 저 면허 있거든요. 오빠 차이긴 해도 차도 있고요. 허락만 해 주시면 진건이 바람도 쐬어 줄 겸 다녀오고 싶은데, 안 될까요?"

바로 대답이 나오지 않는 걸 보니 안 된다는 뜻인 것 같았다. 은우는 잔뜩 기대에 부푼 얼굴로 저를 쳐다보고 있는 진건을 향해 입술을 삐죽 내밀었다.
"안 되나 봐."
그녀가 고개를 내저으며 속닥거리자, 진건이 휴대폰을 달라고 손을 내밀었다.
-아무래도 안 되겠습니다. 시간이 너무 늦었고…….
"큰아빠, 나야. 진건이."
-아, 진건아.
재진의 음성이 급격히 부드러워졌다.
"나 토순이하고도 놀고 싶고, 사돌이하고도 놀고 싶은데, 가면 안 돼?"
-토순이? 사돌이?
진건은 의아해하는 재진의 음성에 깜짝 놀란 얼굴로 다시 입을 열었다.
"큰아빠, 토순이랑 사돌이 몰라? 어흥, 어흥. 이건 사돌이고. 깡충! 깡충! 이건 토순이야."
-아…… 그래. 아무튼 오늘은 너무 늦었어. 나중에 아빠랑 셋이 다 같이 가.
"나중에…… 언제? 아빠랑 큰아빠는 매일 바쁘잖아."
잠시 침묵이 흘렀다.
-그래, 가자.
"정말?"

―대신, 오늘은 말고 내일. 내일 아침에 가서 실컷 놀고 오자.

"정말이지? 정말 내일 가는 거지? 와아! 내일 형아랑 큰아빠랑 같이 놀이공원 간다아!"

―진건아. 여보세요? 진건아.

"응. 얘기해, 큰아빠."

―그럼 이모는 내일 쉬게 해 주자. 내일은 큰아빠가 있잖아. 내일 못 쉬면 이모가 오랫동안 못 쉬어. 아빠도 일주일이나 있어야 오니까…….

"큰아빠랑 둘이 놀이공원을 가자는 거야?"

진건의 표정이 또다시 침울해졌다.

―왜, 싫은 거야?

"……큰아빠는 재미가 없는걸."

옆에서 대화 내용을 다 듣고 있던 은우는 터져 나오는 웃음을 간신히 참았다. 애나 어른이나 느끼는 건 다 똑같은가 보다.

"형아. 큰아빠가 바꿔 달래."

목청을 가다듬은 은우는 조신하게 전화를 받았다.

"네, 전화 바꿨습니다."

―음. 저기, 강은우 씨?

은우는 재성이 제 이름을 부를 때와는 뭔가 느낌이 많이 다른 그의 부름에 바짝 긴장을 했다. 마치 학창 시절 학주에게 불려갔을 때와 같은 기분이었다.

-음, 그러니까 내일 말입니다. 음······.

재진과 함께 놀이공원을 간다는 건 자신에게도 모험과 같은 일이었지만, 아마 그도 다르지는 않을 것 같았다. 무뚝뚝한 그의 성격에 잘 알지도 못하는 낯선 사람과 놀이공원을 가기로 마음을 먹었다는 건, 어지간히 진건을 생각하지 않고는 내지 못할 용기라고 봐야 했다.

은우는 쉽사리 말을 꺼내지 못하는 그를 대신해 눈 딱 감고 입술을 달싹였다.

"그래요, 가요. 내일 토요일이라 사람 많을 테니까, 일찍 출발할까요? 10시에 개장이니까 30분 정도 미리 도착하려면······ 넉넉히 아침 8시까지 오면 될까요?"

-아······, 그럼 제가 강은우 씨를 데리러 가겠습니다.

"아, 그러실래요? 그럼 주소 남길게요."

은우는 통화를 끝내고 나서 눈이 마주친 진건에게 하이파이브를 했다.

"신 난다. 그치?"

"응! 형아, 짱!"

진건의 손을 잡고 집으로 향한 은우는 슬며시 가는 한숨을 내쉬었다.

진건이 좋아하니 기분은 좋았지만, 아무래도 오늘 밤 잠을 청하지 못할 것만 같았다.

류재진과 함께 보내는 어색한 시간이 벌써부터 생생해 몸서리가 쳐졌다.

"아니야. 오히려 좋은 기회일지도 몰라. 좀 친해지면 차민석 좀 볼 수 있게 해 달라고……, 으흥흥."

그녀의 입매가 다시금 늘어졌다.

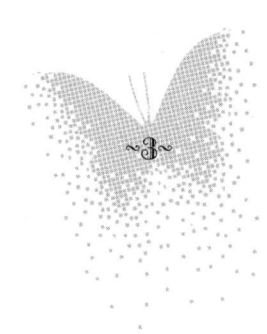

 은우는 골목으로 들어서는 검은 세단을 목을 빼고 쳐다보았다. 한눈에도 값비싸 보이는 차량이 예상대로 집 앞에서 멈춰 섰다. 그가 제이엔터테인먼트 대표라는 사실을 새삼 깨닫게 되는 순간이었다.
 "형아!"
 스르륵 윈도우가 내려가고 짤막한 진건의 손이 뻗어 나왔다.
 "진건아, 안녕?"
 진건의 손을 잡으며 인사를 건넨 은우는 잽싸게 뒷좌석에 올라탔다. 나들이에 들뜬 진건이 해맑은 얼굴로 맞이했다. 은우는 룸미러를 통해 재진과 눈인사를 나눈 뒤 옆에 앉아 있는 진건에게로 시선을 돌렸다.
 "어? 진건이 옷 이것만 입고 왔어?"

"응. 큰아빠가 입혀 준 거야."

4월이긴 해도 기온 차가 커서 아침저녁으로는 제법 쌀쌀한데, 진건이 입고 있는 건 얇은 긴팔 티셔츠 하나뿐이었다.

"혹시 진건이 겉옷 하나 챙겨온 거 없으세요?"

"아."

"그럼 집에 다시 가죠. 괜히 감기 걸리면 어떡해요."

은우는 재진의 뒤통수를 힐끔거리다 한마디를 더 보탰다.

"이럴 줄 알았으면 제가 그냥 그쪽으로 가는 게 빠를 걸 그랬네요. 괜히 번거롭게 여기까지 오셨다가 다시 돌아갈 일을 말이죠. 그렇죠?"

민망한 것인지 그가 이렇다 할 대답 없이 라디오 볼륨을 높였다. 은우는 항상 까슬까슬하던 그에게 뭔가 한 방 날린 것 같아 혼자 히죽 웃었다.

"형아, 뭐 재미있는 일 있어?"

진건이 자꾸만 혼자 웃고 있는 은우를 이상하게 쳐다보았다.

"응? 아, 응. 있어."

"뭔데?"

사실대로 말할 수도 없고 잠시 고민하던 은우는 마침 뭔가 생각난 듯 금세 말을 이었다. 아이들이 좋아할 만한 재미있는 이야기를 만들어 내는 건 그리 어려운 일이 아니다. 아이의 눈높이에 맞추면 의외로 참 쉽다.

"진건아. 너, 사돌이가 왜 누런색인지 알아?"

"왜?"

"옛날에 사돌이하고 토순이하고 누가 더 방귀를 오래 참나, 내기를 한 거야."

진건이 흥미를 보이며 또랑또랑한 눈망울로 이야기에 집중했다. 운전을 하고 있는 재진 역시 저 말도 안 되는 이야기에 어이없다고 생각하면서도 저도 모르게 귀를 쫑긋거렸다.

"방귀가 뀌고 싶은데 못 뀌는 토순이는 너무 괴로운 거야. 그래서 막 참느라 이렇게 막, 콧구멍을 벌름거리고."

은우가 역시나 디테일한 묘사를 곁들이자 진건이 빵 터지며 자지러졌다.

"어찌할 바를 몰라서 깡충깡충 뛰어다니다가 결국은 뽀~옹, 하고 먼저 뀌어 버린 거야."

"꺄아아아. 뽀~옹."

"응. 뽀~옹."

웃겨 죽겠다며 배꼽을 잡는 진건의 웃음소리가 해맑았다. 굳게 다물어진 재진의 입술 끝이 미세하게 실룩거렸다.

"그래서 결국은 사돌이의 승리로 끝났는데, 토순이한테 이기려는 생각에 너무 방귀를 참다 보니까 어느새 하얗던 사돌이가 누렇게 변해 버린 거야. 원래는 더 멋있는 하얀색 털이었어."

"정말?"

"응. 정말."

은우는 살포시 웃으며 진건이만 들리게끔 소곤거렸다.

"그러니까 진건아. 진건이는 사돌이처럼 참지 마."

"……응?"

"착한 어린이가 되려고 놀고 싶은 것도 참고 그러는 건, 잘하는 게 아니라는 뜻이야. 토순이처럼 방귀가 뀌고 싶으면 그냥 뽀옹, 하고 뀌면 되는 거야. 진건이는 이제 여섯 살이야. 갖고 싶은 게 있으면 사 달라고 해도 되고, 아빠한테 놀아 달라고 투정도 부려도 돼. 진건이는 그래도 돼. 그래도 되는 거야."

은우는 진건의 볼을 살짝 잡아당기며 입매를 올렸다.

"그런 의미로 우리 오늘 신 나게 놀자?"

어느새 아파트에 도착한 세단이 부드럽게 정차했다. 진건의 옷을 챙기러 혼자 차에서 내린 재진은 잰걸음으로 엘리베이터까지 도달한 뒤, 슬며시 한 손으로 입을 막았다.

"……품."

그는 손가락 사이로 새어 나오는 웃음을 참지 못하고 아까 웃지 못한 것을 모두 토해 냈다. 입술을 동그랗게 모아 내밀며 뽀옹, 하고 소리를 내던 은우의 얼굴을 룸미러로 본 순간, 웃음이 터져 나오려는 걸 입술을 앙다물고 참았다. 얼마나 독하게 참았으면 입술 끝에 경련이 다 일 정도였다.

"하아."

간신히 웃음을 거둔 재진은 신기할 정도로 아이들과 잘 놀아 주는 은우가 대단하다는 생각이 들었다. 마지막에 은우가 속닥거린 이야기까지는 듣지 못했지만, 진건이 왜 그렇게 금세 그녀와 친해졌는지 알 것 같았다.

[제가 보기보다 굉장히 여성스럽고요. 또한 반전 매력으로 유머까지 겸비한 아주 웃기는 여자예요. 유치원 교사로 있었던 곳에서도 제가 제일 인기 많은 선생님이었어요. 아이들 눈높이에서 아주 잘 놀아 주니까요. 그리고 제가 또 요리까지 잘해요. 한마디로 제가 여러모로 쓸모가 많다는 겁니다.]

재진은 면접 때 은우가 했던 말을 떠올리며 설핏 입꼬리를 올렸다.

아무래도 그녀가 거짓말을 한 것 같지는 않았다.

"와, 사람 많네."

은우는 아침부터 서둘렀는데도 이미 사람들로 북적거리는 놀이공원을 보며 혀를 내둘렀다. 개장 시간보다 일찍 도착했음에도 한참 줄을 서고 나서야 표를 끊을 차례가 되었다.

"자유이용권 대인 하나, 소인 하나, 대인 입장권 하나……."

진건의 손을 잡고 콧노래를 흥얼거리던 은우는 표를 끊는 그의 음성을 듣고는 화들짝 놀라 말을 가로챘다.

"아뇨, 아뇨. 자유이용권 대인 둘, 소인 하나요."

"아, 나는 놀이기구 안 탈 겁니다."

"그럼 그냥 가방이나 들고 서 계시게요? 여기까지 와서?"

"나는 놀이기구를……."

"이왕 오신 거 진건이랑 같이 놀이기구도 타고 하셔야죠. 함께한다는 건 그런 거예요. 놀이공원만 같이 오면 되는 게 아니라, 아이와 함께 즐기는 거요."

은우는 트레이드마크와도 같은 고른 치열을 보이며 웃었다.

"아셨죠?"

재진은 물끄러미 은우를 바라보다 더 이상 실랑이를 벌이지 않고 표를 끊었다.

겉모습은 엉뚱하고 어수룩해 보이는데, 이따금씩 보여 주는 세심함은 그녀가 의외로 천생 여자구나. 보기보다 훨씬 더, 아이들을 사랑하는구나. 좋은 선생님이었겠구나. 생각하게 만든다.

"잠깐 가만있어 보세요?"

재진은 생각에 잠겨 혼자 느릿하게 걸어가다 은우가 갑자기 가까이 다가오자 멈춰 섰다.

"진건이가 큰아빠도 하래요."

어떻게 막을 새도 없이 벌어진 일이었다. 놀이공원 안으로 입장하자마자 토끼 머리띠를 사 달라고 한 진건 덕분에, 어느새 재진의 머리에도 토끼 머리띠가 꽂아져 있었다. 은우는 그의 머리에도 머리띠를 꽂아 주며 진건을 위해서 오늘 하루는 참으라는 듯 눈을 찡긋거렸다.

"꺄아아! 큰아빠도 토순이네?"

진건이 처음 보는 큰아빠의 모습이 신기한지 발을 동동 구르며 재미있어 했다. 재진은 난생처음 겪어 보는 이 난감한 상황에 목석처럼 굳어 버렸다.

"큰아빠! 큰아빠도 형아처럼 해 봐."

재진은 슥 고개를 돌려 은우를 응시했다. 그녀는 또 토순이 흉내를 내고 있었다.

"이렇게, 이렇게 해 봐."

진건이 작은 콧구멍을 벌름거렸다. 그는 어찔한 현기증에 이마를 짚으며 깊은 한숨을 내쉬었다. 당장이라도 머리에 얹어진 이 토끼 머리띠를 빼 버리고 싶은 걸 참고 있는데, 토순이 흉내까지 내라니.

그가 못 들은 척하며 앞서 걸어 나갔다. 한데 금세 쪼르르 따라 붙은 진건이 손을 맞잡았다.

"같이 가, 큰아빠."

진건의 왼손엔 은우가, 오른손엔 재진의 손이 잡혀 있었고, 그 가운데에 선 진건은 신이 나서 폴짝거렸다.

"이모가 하나, 둘, 셋 하면 높이 올라 볼까?"

"응!"

재진은 또 눈으로 사인을 보내오는 은우의 말뜻을 알아채고는 그녀의 구령에 맞춰 진건의 손을 꽉 잡아들어 올렸다.

"꺄아아! 으하하!"

"와아, 이러다 진건이 날아가겠네?"

그는 청명한 하늘만큼이나 상쾌한 진건의 웃음소리에 저도 모르게 따라 웃었다. 그러다 문득, 진건이 저렇게 크게 웃는 건 아주 오랜만이라는 생각에 마음이 애잔해졌다.

"자, 또 한 번. 하나, 둘, 셋!"

그는 또다시 울려 퍼지는 그녀의 구령 소리에 손에 힘을 주었다.

날씨도 화창하고, 마음도 화창한 하루의 시작이었다.

"피터팬 나가신다~ 슝~ 슝~."

재진은 서서히 움직이기 시작하던 놀이기구가 점차 빨리 돌아가자 슬그머니 안전 바를 쥐었다.

그는 바로 앞에 진건과 나란히 탑승한 은우의 뒤통수를 원망의 눈초리로 노려보았다. 어차피 둘이 짝지어서 타고 저는 혼자 타는 걸, 왜 굳이 같이 타자고 난리인지 모를 일이었다. 그냥 사진이나 찍어 주겠다는데도 한사코 끌고 올라오더니, 두 사람씩 앉는 탑승 의자에 둘이서 홀랑 앉아서는 얼른 자리 잡으라고 입으로만 난리였다.

"꺄아아!"

그는 진건도 재미있어 하는 놀이기구가 못마땅해 죽기 일보 직전인 얼굴로 이마를 짚었다. 어린이 놀이기구라 별로 안 무서워 보였는데, 막상 타 보니 생각보다 스피드가 있었다. 이런 걸 어린이가 타도 괜찮나 싶을 만큼 골이 다 흔들리는 것 같았다.

"아쉽다. 벌써 끝났네. 다른 거 타고 올라오면서 한 번 더 탈까?"

"응!"

재진의 존재는 잊은 채 진건의 손을 잡고 다음 놀이기구를 향해 걸어가던 은우는, 그제야 비로소 뭔가 허전함을 느끼고 뒤를 돌아보았다.

"어?"

은우는 당연히 뒤에서 따라오고 있을 거라고 생각했던 재진이 보이지 않자 당황한 얼굴로 걸음을 멈춰 섰다.

"진건아. 큰아빠 못 봤어?"

진건 역시 큰아빠는 잊은 듯 그제야 돌아보았다.

은우는 주위를 계속 두리번거리다 이내 휴대폰을 꺼내들었다. 사람도 많고 여기서 서로 길이 엇갈리면 찾느라 한참 시간이 걸릴 것이다.

"왜 안 받지?"

아무래도 많은 인파에 벨소리를 못 듣는 것 같았다.

"하아, 어디로 간 거야."

은우는 앞머리를 쓸어 넘기며 왔던 길을 다시 되돌아갔다. 놀이공원에 와서 아이 잃을까 봐 걱정은 했어도, 서른넷 총각을 잃어버릴까 봐 걱정한 적은 오늘이 처음인 것 같았다.

"어? 큰아빠!"

진건의 목소리를 따라 고개를 돌린 은우는 어디선가 나타난 재진을 향해 걸음을 옮겼다. 기분 탓인지는 모르겠으나 까무잡잡한 그의 피부가 어쩐지 창백해 보였다.

"큰아빠, 찾았잖아. 어디 갔었어?"

"아, 응. 화장실에."

"쉬가 급했구나?"

진건의 말에 어색하게 웃으며 고개를 끄덕인 그가 앞서 걸었다. 은우는 그런 재진의 곁에 서며 넌지시 물었다.

"혹시…… 속 안 좋으세요?"

"아닙니다."

"어지럼증이 심하시나?"

"괜찮습니다."

"정말요? 정말 괜찮은 거면 앞으로 계속 타자고 할 건데요?"

잠시 머뭇거리던 재진이 상관없다며 발길을 재촉했다.

"이젠 또 뭘 탈 겁니까?"

'이제 그만 작작 좀 타라.'

어쩐지 그의 말이 이렇게 들린 은우는 마침 빈 벤치를 발견하고는 그리로 향했다.

"진건이 다리 아프지? 좀 쉬었다 가자. 저기 구슬 아이스크림도 판다. 먹을래?"

"응!"

"좀 앉아 계세요. 아이스크림은 제가 사 줄게요."

재진을 먼저 벤치에 앉힌 은우는 바로 옆에 있는 아이스크림 가게로 갔다. 주문을 하기 위해 줄을 서며 힐끔 그를 쳐다보는데, 새삼 그의 남다른 비주얼이 눈에 들어왔다. 그저 벤치 등받이에 기대 고개를 뒤로 젖히고 눈을 감고 있을 뿐인데도, 마치 화보의 한 장면처럼 근사한 그림이 나왔다.

생각해 보면 놀이공원 어디를 가나 사람들의 시선을 한 몸에 받았던 것 같기는 했다. 키가 큰 저보다도 머리 하나는 쑥 튀어 올라온 훤칠한 허우대도 모자라, 남자가 또 머리까지 작아서 9등신은 족히 될 것 같았다.

"어? 큰아빠 머리띠."

은우는 아이스크림을 손에 쥔 진건의 말에 고개를 돌렸다. 그러고 보니 아까 놀이기구를 탈 때까지만 해도 있던 토끼 머리띠가 없었다.

그녀는 방금 전 화보처럼 보였던 그의 모습에 토끼 머리띠 하나를 추가해 떠올려 보았다.

"……풉."

아무리 잘생긴 그라도 토끼 머리띠를 하고 화보를 찍을 수는 없었다.

"큰아빠, 머리띠 어디 있어?"

진건의 말에 재진의 눈이 번쩍 뜨였다. 속이 울렁거려 놀이기구에서 내리자마자 화장실을 찾아갔는데, 순간 거울에 비친 제 모습에 얼마나 놀랐는지 모른다. 토끼 머리띠를 하고 있었다는 것도 잊은 채 여기저기를 돌아다닌 거였다. 해서 잠시라도 머리띠를 빼고 있으려고 잠깐 내려놓았는데 깜빡 잊고 그냥 나와 버렸다.

"진건아, 어쩌지? 잃어버렸나 봐."

재진은 이 기회에 드디어 토끼 머리띠에서 벗어나겠다 싶어 안도의 한숨을 내쉬었다. 한데 진건의 목소리가 바로 다시 들려왔다.

"괜찮아. 또 사면 돼."

아이와 함께 놀이공원을 가는 것은, 어른으로서는 참으로 고된 일이었다. 놀이공원만 오면 에너자이저가 되는 아이들과는 다르게, 그 아이들 뒤치다꺼리를 하며 따라다니는 어른들은 금세 에너지가 방전되기 때문이었다. 그리고 그건, 재진과 은우라고 해서 다르지 않았다. 특히 재진은 더 죽을 맛이었다.

"후우."

어느새 시간은 오후 4시를 지나고 있었다. 놀이공원에 온 지 벌써 6시간이 지나가고 있었으니 지칠 법도 했다. 1시쯤 점심을 먹었지만 또 바지런히 돌아다니며 놀이기구를 타다 보니 금세 허기가 졌다.

재진은 핫도그를 사 달라는 진건의 말이 그리 반가울 수가 없었다. 먹을 수 있어서가 아니었다. 그 핑계로 앉아서 쉴 수 있어서였다.

"힘드시죠?"

재진은 또래 친구를 만나 놀고 있는 진건에게서 시선을 떼며 고개를 돌렸다.

"이런 거 안 해 보셨을 테니까 많이 힘드실 거예요. 저도 하는 일이 아이들과 놀아 주는 거였는데도 힘들 때가 많았거든요."

목이 타는지 음료수를 꿀꺽꿀꺽 마신 은우가 말을 이었다.

"많이 바쁘시겠지만 조금씩이라도 시간 내셔서, 아이와 함께 추억을 만드는 시간을 더 많이 가졌으면 좋겠어요. 아, 사실 이런 말은 진건이 아빠께 해야 하는 얘긴데."

말을 뱉어 놓고 나니 멋쩍은지 그녀가 머리를 긁적였다.

"……원래 그렇게 아이를 좋아합니까?"

다리를 두드리며 진건을 바라보던 은우가 멈칫했다.

아마도 처음인 것 같았다. 그가 저에 대해 개인적인 질문을 한 건.

"아, 네. 예쁘잖아요. 세상에 눈에 보이는 천사가 있다면 그건 아이들일 거예요. 그래서 저는 이렇게 생각을 했어요. 인간은 모두 다 태어날 때는 천사로 태어나는 거라고. 시간이 흐르며 천사의 모습이 많이 퇴색되고, 때로는 악마가 되어 버리는 사람들도 있지만, 그래도 잊지는 않으려고 해요. 나도 천사였던 때가 있었다는 걸. 항상 바르게만 살아갈 수는 없겠지만, 적어도 훗날 얼굴에 주름이 가득해졌을 때 내가 살아온 삶을 후회하지 않도록 살자."

살랑, 봄바람이 불었다. 눈을 살짝 덮고 있는 은우의 앞머리가 팔랑거렸다. 그녀의 얼굴은 마치 행복한 꿈을 꾸고 있는 것처럼 평화로워 보였다.

"그게 제 인생 모토이자, 그렇게 살기 위해 유아교육학과를 선택한 거예요. 천사 같은 아이들과 늘 함께 있다면, 나도 조금은 때가 덜 묻을 것 같아서. 조금은 더 바르게 살 것 같아서요. 함께하다 보면 닮는다고 하잖아요."

은우는 잠시 침묵이 찾아오자 저도 모르게 말이 길어졌다는 걸 뒤늦게 인지했다.

"아하하. 제가 별소리를 다……."

"큰아빠. 나 쉬 마려워."

가만히 은우의 말을 경청하고 있던 재진은 진건의 음성에 몸을 일으켰다. 은우가 같이 일어나려 했지만 그가 어깨를 살짝 잡아 눌렀다.

"그냥 앉아 있어요. 내가 데리고 다녀올 테니까."

"아, 그러실래요?"

은우는 멀어지는 두 사람을 바라보다, 이내 벤치 위에 다리를 올린 채 벌러덩 누웠다.

"곡소리가 절로 나오네."

어제 잠을 뒤챈데다 이렇게 오래 돌아다녀 본 게 오랜만인지라 급격하게 피로가 몰려왔다. 적당히 따뜻하게 불어오는 바람을 맞으며 느릿하게 깜빡이던 그녀의 눈꺼풀이 이내 완전히 감겼다.

"형아가, 민석이 형아 보고 싶나 봐."
볼일을 본 진건의 옷을 바르게 다시 정리해 주던 재진의 눈썹이 슬쩍 치켜 올라갔다.
"어제 형아가 그러던데? 오늘 큰아빠랑 좀 친해지면 차민석 형아 좀 볼 수 있게 해 달랄 거라던데."
"이모가 진건이한테 그랬어?"
"아니, 형아가 혼자 말했는데 다 들렸어. 아주 목소리가 컸거든. 그런데 오늘 형아가 큰아빠랑 별로 못 친해져서 말 못할 거 같으니까, 내가 살짝 말해 주는 거야. 큰아빠가 형아한테 민석이 형아 좀 보여 줘. 민석이 형아는 큰아빠 말 잘 듣잖아."
역시나 20대 여성들 중에서 차민석을 싫어하는 사람은 없는 것 같았다. 재진은 은우 역시 차민석의 팬이라는 사실이 그리 놀라운 일이 아닌 듯 고개를 끄덕였다.
"알았어. 당분간은 민석이 형아가 바빠서 힘들지만, 최대한 빨리 만나게 해 줄게."
"진짜지? 와아, 형아가 좋아하겠다."

진건의 머리를 쓰다듬은 재진은 다시금 은우가 있는 벤치로 자리를 옮겼다. 한데 많이 고단했던 것인지 그녀는 벤치 위에 누워 잠들어 있었다. 토끼 머리띠를 그대로 하고 잠이 든 은우의 모습이 어쩐지 귀엽다는 생각이 들었다.

"큰아빠, 어떡하지?"

진건이 목소리를 낮추며 속닥거렸다.

"진건아. 이모 일어날 때까지 조금 기다릴 수 있겠어?"

"응."

"저기 가서 앉아 있자."

은우의 맞은편 의자에 나란히 앉은 두 사람은 편안하게 몸을 기대었다.

봄날의 오후는 포근했다.

"으음……."

얼굴을 긁적이며 몸을 뒤척이던 은우는 갑자기 벌떡 일어났다. 재빠르게 시간을 먼저 확인하자, 어느새 한 시간이 훌쩍 지나 있었다.

"미쳤나 봐. 그런데 다 어디 갔지? 헐. 설마 나만 두고 간 거야?"

호들갑을 떨며 휴대폰부터 찾던 은우의 시선이 맞은편으로 향했다. 익숙한 두 얼굴이 망막에 맺히며 그녀의 입꼬리가 올라갔다. 재진의 다리를 베고 누운 진건과 함께 그 역시 의자

팔걸이 쪽으로 몸을 기댄 채 잠들어 있었다.

살그머니 앞으로 다가간 은우는 무릎을 굽히고 앉아 턱을 괴고 두 얼굴을 번갈아 쳐다보았다. 모르는 사람들이 보면 영락없이 아빠와 아들이라고 할 판이었다.

20여 분을 쪼그리고 앉아 얼굴 구경을 하던 은우는 그가 슬쩍 뒤채자 빠르게 일어났다.

아니나 다를까 그의 눈꺼풀이 바로 떠졌고, 조금만 늦었어도 이상한 상황이 연출될 뻔했다.

"아, 일어나셨어요?"

"몇 시나 됐습니까?"

"6시가 다 됐어요. 괜히 저 때문에 죄송해요. 절 그냥 깨우시지. 진건이도 힘들었을 텐데 얼른 가요."

"아닙니다. 진건이랑 저도 잠깐 앉아 쉰다는 게 잠든걸요."

재진이 몸을 바로하며 진건을 살짝 흔들어 깨웠지만 좀처럼 일어날 생각을 않았다. 별수 없이 그가 진건을 업고, 은우가 가방을 챙겼다.

"올라가는 길은 차가 많이 밀리겠죠?"

"아마 그럴 겁니다."

"운전해야 해서 피곤하시겠어요."

"저기, 아이 신발 떨어졌는데요."

등 뒤에서 들리는 낯선 음성에 두 사람의 고개가 동시에 돌아갔다.

"아, 감사합니다."

신발을 받아든 은우가 아예 진건의 한쪽 신발마저 벗겨 손에 쥐었다.

"어쩜 애가 아빠랑 이렇게 똑같이 생겼을까요? 인물이 아주 훤하네요. 보고만 있어도 좋겠어요. 그런데 아이 엄마가 이렇게나 젊은데, 저렇게 큰 아들이 있어요?"

"네?"

은우가 당황한 얼굴로 잠시 머뭇거리다 '그게 어쩌다 보니 그렇게 됐어요.'라고 대충 얼버무렸다. 아니라고 손사래를 쳐봤자 상황만 더 이상해질 거였다.

"아하하. 참 오지랖도 넓으시지. 하하."

재진과 그나마 좀 편해졌다고 생각했는데 아주머니 때문에 다시 불편해진 것 같아, 은우는 머쓱하게 웃었다.

"가, 가죠? 빨리."

재진은 서둘러 앞서 걷는 은우를 빤히 바라보다 이내 긴 다리를 이용해 금세 따라잡았다.

"아마 차가 많이 밀릴 겁니다."

"아, 네."

"도착하면 7시도 넘을 거예요."

"아, 네. 괜찮습……."

"저녁…… 먹고 들어가죠? 먹고 싶은 거…… 있습니까?"

**

 재진은 여전히 곯아떨어져 있는 진건을 조심히 침대 위에 눕혔다. 그리 좋아 폴짝거리고 다니더니 어지간히 지쳤는지 마냥 잠만 잤다.

"후우."

 그는 제 방으로 돌아와 그제야 침대 위로 쓰러졌다. 새삼 세상의 모든 엄마들이 대단하게 느껴진다.

 [아……, 어쩌죠? 집으로 바로 가 봐야 할 것 같은데요. 오늘 모처럼 엄마랑 저녁을 먹기로 해서요.]

 [아, 네. 그럼 피곤하실 텐데 일찍 들어가 보세요.]

 그녀에게 고맙고 미안한 마음에 저녁이라도 먹여서 들여보내려고 했던 거였다.

 옷을 갈아입기 위해 몸을 일으킨 재진은 주머니에서 휴대폰이 툭 떨어지자 허리를 숙였다.

까똑-

<진건이 베이비시터>

 은우의 전화번호를 저장해 놓은 이름이 액정에 떴다. 그가 휴대폰을 줍기 무섭게 연달아 울리는 까똑 소리에 바로 확인을 했다.

 -오늘 고생 많으셨어요. 진건이 사진 찍은 거 보내 드려요. 아빠가 보시면 좋아하실 것 같아서요.

여러 장의 사진 속 진건은 모두 다 웃는 얼굴이었다. 아무래도 그녀는 단순히 유치원 교사라서 아이의 눈높이를 잘 맞춰 주는 건 아닌 것 같았다. 진건이 그녀와 함께한 시간은 며칠 되지 않았지만, 오늘뿐만 아니라 그녀와 있을 때 진건의 표정을 보면 알 수 있었다.

그녀는 진심이구나. 일이 아닌 진심.

돈을 벌기 위해 베이비시터를 하고 있지만, 진건이와 함께할 때만큼은 진심인 거다.

덜렁대 보여도 가만 보면 그녀가 하는 말과 행동의 모든 기준은 진건이었다. 대충 시간이나 때우고 돈을 벌려는 게 아닌, 어떻게 하면 조금이라도 아이가 더 웃을 수 있을까 고민하는 마음이 예쁜 사람.

이 바닥 일을 하면서 좀처럼 만날 수 없었던, 오히려 흔히 만나오던 사람들과 너무 달라 낯설게 느껴질 정도로 마음이 예쁜 사람인 것 같았다.

[세상에 눈에 보이는 천사가 있다면 그건 아이들일 거예요. 그래서 저는 이렇게 생각을 했어요. 인간은 모두 다 태어날 때는 천사로 태어나는 거라고. 시간이 흐르며 천사의 모습이 많이 퇴색되고, 때로는 악마가 되어 버리는 사람들도 있지만, 그래도 잊지는 않으려고 해요. 나도 천사였던 때가 있었다는 걸.]

한 번도 그런 생각을 해 본 적이 없었다. 어찌 보면 말도 안 되는 유치한 이야기였지만, 한편으로는 뭔가 가슴을 울컥하게 만드는 묘한 설득력이 있는 말이기도 했다.

그녀가 보내 준 사진을 하나하나 확인하던 재진은 마지막 사진을 한참 바라보다 미소를 머금었다.

"……귀엽네."

사진 속에서 은우가 진건과 머리를 맞댄 채 개구지게 웃고 있었다.

**

집 안 곳곳 진하게 배어 있는 구수한 된장찌개 냄새가 침샘을 자극했다. 바로 눈앞에 찌개가 놓여 있는 것처럼 침이 꼴까닥 넘어가고, 굶주림에 아우성을 치는 허기진 뱃속은 치열한 전쟁터가 따로 없었다.

은우는 방금 샤워를 끝내 축축하게 젖은 머리칼을 대충 털어내며 코를 킁킁거렸다.

"아, 맛있는 냄새."

잘 사용하지 않는 화장대 거울을 보며 기초화장품을 바른 은우는 휴대폰을 들었다. 자신이 보낸 까똑을 확인했나 보려는데, 오히려 까똑이 하나 와 있었다.

-강은우 씨도 오늘 고생 많았습니다. 푹 쉬어요. 아, 사진 고마워요. 재성이가 보면 좋아할 겁니다.

"참 종잡을 수 없는 캐릭터야. 어떨 땐 살 떨리게 까칠하다가, 어떨 땐 황당할 정도로 허술하다가, 또 어떨 땐 의외로 조금 배려도 있는 것 같다가."

혼자 구시렁거리던 은우는 갑자기 아까 벤치에 앉아 있던 재진의 모습이 떠올라 흠칫 놀랐다.

"뭐야? 지금 왜 그 장면이 떠오르는 건데? 하아, 역시 난…… 외모지상주의였던 건가. 으흥흥. 참 잘나긴 했어. 그 얼굴에 성격도 좀 다정다감하고 그러면 얼마나 좋겠어? 아마 여자들이 줄을 서겠지. 한데 성격을 보면 제 여자한테도 되게 무뚝뚝하고 안 챙길 것 같아. 성격 까칠해, 의외로 손도 많이 가, 다정하지도 않아, 어느 여자가 좋다고 하겠어? 아마 얼굴 보고 첫눈에 뻑 갔다가 얼마 못 가 나가떨어졌을 거야. 그런데 참…… 잘생기긴 했어. 그건 인정."

휴대폰을 내려놓은 은우는 요란하게 울리는 꼬르륵 소리에 배를 움켜쥐고 황급히 주방으로 향했다. 엄마가 손수 담근 된장으로 끓인 찌개는 그 어떤 산해진미와도 바꿀 수 없는 지상 최고의 음식이었다.

조리대 앞에서 찌개의 간을 보는 엄마 순정의 허리를 뒤에서 감싸 안으며 은우는 슬며시 눈을 감았다.

"우리 정 여사는 어찌 그리 음식 솜씨가 좋은 게요?"

"또, 또 엄마한테 장난치지."

말은 그리 해도 순정의 얼굴에는 미소가 번져 있었다.

"오빠는 아직도 꿈나라야?"

"밤낮이 바뀌었으니 피곤하지. 놀이공원은 잘 다녀온 거야? 피곤하지?"

"응, 조금. 그래도 재미있었어."

"어색하지는 않았고? 어제 계속 신경 쓰더니."

"응. 생각보다는……."

"남자 친구 생겼냐?"

말투에서부터 느껴지는 이 깃털 같은 가벼움. 이것은 강기훈의 전매특허.

은우는 엄마에게서 떨어지며 소리 나는 쪽으로 고개를 휙 돌렸다.

"놀이공원 갔다 왔다고?"

막 잠에서 깬 부스스한 얼굴로 머리를 긁적이고 있는 건, 사람 혈압 오르게 하기 세계 1등이자 나름 그쪽 세계에서 유명세를 타고 있는 성인만화 작가, 일명 백수인 오라버니였다.

"오빠 좀 씻어라."

"왜, 냄새 나냐?"

"응, 무지."

"하긴, 한 3일 안 씻은 것 같긴 하다. 쿵쿵. 호오, 이것은 앞으로 해도 정순정, 거꾸로 해도 정순정, 우리 정순정 여사 표 된장찌개 냄새? 아, 배고프다."

꾀죄죄한 몰골로 의자에 앉으려던 기훈의 목덜미가 잡혔다.

"얼른 씻고 밥 먹어."

"야, 야, 이게 어디서 하늘같은 오라버니의 목덜미를……."

"기훈아, 좀 씻긴 씻어야겠다."

옆에서 지켜보고만 있던 순정이 한마디를 던지자, 그제야 기훈이 마뜩잖은 얼굴로 걸음을 돌렸다.

"우리 먼저 먹자. 어서 앉아."

순정과 함께 식탁 의자에 몸을 앉힌 은우는 김이 모락모락 피어오르는 따끈한 밥 한 숟가락을 푹 떠 입에 넣었다.

"음, 밥도 맛있다."

"많이 먹어."

은우는 제가 좋아하는 반찬을 가까이 밀어 주는 엄마를 따스한 눈길로 바라보았다.

세상에서 가장 다정하신 분. 아빠 없이 남매를 훌륭히 키워 내신 세상에 단 하나뿐인 어머니.

그녀는 불현듯 엄마를 처음 봤을 때가 생각나 부끄러움에 고개를 숙였다.

기훈의 나이가 열세 살, 은우의 나이가 아홉 살일 때 새엄마가 생겼다. 처음부터 상냥하고 다정했던 엄마와는 다르게 남매는 잔뜩 경계를 한 채 날을 세웠다. '엄마'라는 말 대신 '아주머니'라는 말을 했고, 사사건건 트집을 잡고 말을 듣지 않았다. 세상에 '엄마'라고 부를 수 있는 사람은 배 아파 낳아 주신 친엄마뿐이라고 생각했다.

그러던 어느 날, 새엄마가 생긴 지 불과 2년 남짓 되던 어느 날, 건설 현장에서 일하시던 아버지가 불의의 사고로 갑작스럽게 숨을 거두게 되었다. 진건이와 같은 나이인 여섯 살 때 친엄마를 잃었는데, 아버지마저 영원히 잃은 거였다.

세상에 단둘이 남은 것 같은 공포에 떨며 허우적거리고 있을 때, 칠흑 같은 어둠 속에서 한 줄기 빛처럼 구원의 손이 내밀어졌다.

[너희는 혼자가 아니야. 엄마가 있잖아.]

"엄마."

"응?"

"그냥, 불러 보고 싶어서."

"싱겁긴."

은우는 다시금 찌개를 떠먹으며 싱긋 웃었다.

아마도 그때부터였던 것 같다. 비로소 아주머니에서 엄마라고 부르기 시작했던 게.

그리고 뒤늦게 알았다. 제 배 아파 낳은 자식이 아닌 엄연한 남의 자식을 제 자식처럼 품는다는 게 얼마나 위대한 일인지를. 의지할 남편도 없이 홀로 남의 자식을 품는다는 게 얼마나 위대한 일인지를.

불임으로 이혼을 당했던 엄마가 아픔을 딛고 만난 우리들 역시, 엄마에게는 선인장을 껴안는 것과도 같은 고통이었음을 너무도 늦게 깨달았다.

"유치원 다닐 때보다 더 힘들지 않아? 힘들면 너무 무리하지 말고……."

"안 힘들어. 아이 한 명만 돌보면 되니까 오히려 더 좋아. 진건이도 너무 귀엽고."

"엄마가 없다고 했던가? 이제 여섯 살인데 가여워서 어쩌면 좋아."

순정은 제 자식 걱정하는 얼굴로 옅은 한숨을 내쉬었다.

"엄마도…… 그랬어? 그래서 더 잘해 주고 싶고, 품어 주고 싶었어? 진건이를 보면 참 많은 생각이 들어. 특히 엄마 생각이 많이 나. 우리 정 여사가 얼마나 위대한 분이신지 매번 또 깨달아."

"……녀석."

"나 이제 돈 많이 버니까 조금만 기다려. 우리 정 여사 돈 펑펑 쓰게 해 줄게. 내가 꼭 그렇게 해 줄게. 엄마 일 안 다니게 해 줄게."

"은우야, 오빠 건 남겨 둬라!"

순정의 눈시울이 젖어들 찰나, 우렁찬 기훈의 목소리가 뒤통수로 날아들었다.

숟가락을 들던 은우는 슥 뒤를 돌아보았다. 트레이닝복 바지만 간신히 걸친 채 상의를 탈의한 기훈이 젖은 머리칼을 털어내며 히죽 웃고 있었다. 3일 묵은 때를 벗기고 나니 이제 좀 사람 같긴 하다.

은우는 비어 있는 옆자리의 의자를 톡톡 두드렸다. 바람보다 빠르게 자리에 착석한 기훈이 은근슬쩍 말을 건네 왔다.

"역시 너는 날 좋아하는 거였어. 떽떽거려도 챙길 건 또 챙긴다니까."

"시끄러워. 밥이나 먹어."

"그러니까 동생아, 괜히 잘못해서 잘리지 말고 오래오래 다녀? 돈 많이 벌어야 이 오라비 맛난 것도 많이 사 주지."

하여간 매를 번다. 은우는 말을 받아치려다 이내 관두었다. 기훈의 말을 일일이 다 받아치자면 밤을 샌다 해도 모자랄 테니, 저녁은 못 먹을 거였다.

"은우야."

쉴 새 없이 나불거리던 기훈의 입이 또 열렸다. 무슨 말이 하고 싶어 저러나, 일부러 신경을 끄고 밥만 먹자 기훈이 귀에 대고 속닥거렸다.

"어떤 놈이든 생기면 꼭 이 오라비한테 데려와라. 네 짝으로 괜찮은지 오빠가 꼭 확인해야 할 게 있거든. 남자는 힘! 비리비리한 놈한테 널 줄 수는 없지 않냐. 여자의 행복을 좌우하는 건 타고난 정력이 뒷받침되어야……."

은우의 얼굴이 삽시간에 시뻘겋게 달아올랐다. 기훈은 마치 아무 일도 없었던 것처럼 태연하게 밥을 먹으며 은우의 머리를 쓰다듬었다.

"정말이지 너무 순진해, 내 동생은. 큰일이야, 큰일. 시집가기 전까지 가르쳐야 할 게 한두 가지가 아니야."

"기훈이 너, 은우한테 또 무슨 장난을 친 거야?"

"아아, 정순정 여사님. 장난은 무슨 장난이요? 오빠로서 현실적인 걱정과 충고를 좀 해 준 것뿐입니다요. 아, 맞다. 잊기 전에 드려야지."

갑자기 일어난 기훈이 방으로 들어가더니 흰 봉투 하나를 가지고 나왔다. 무심하게 식탁 위에 올려놓은 그가 순정의 앞으로 쓱 밀었다.

"어제 인세 나왔어. 옷이라도 몇 벌 사 입으셔. 캬아, 된장찌개 죽이네."

엄지를 척 들어 올리는 기훈을 힐끔 쳐다본 은우는 흐뭇한 얼굴로 엉덩이를 톡톡 두드렸다.

"울 오빠, 백수 아닌가 보네."

"야, 야, 이 오라버니 명성을 네가 몰라서 그러는 거야. 내가 이 바닥에서 얼마나 대단한 놈인지 아냐?"

은우는 또 쉴 새 없이 나불거리는 기훈을 보며 혀를 차다 순정에게 시선을 돌렸다. 눈이 마주친 그녀에게 얼른 집어넣으라는 시늉을 하는 은우의 입가에 미소가 걸렸다.

"오빠아. 나는 뭐 없어?"

눈을 찡긋거리는 은우를 쓱 쳐다보던 기훈이 시크하게 대답했다.

"밥 먹을 땐 떠드는 거 아니다."

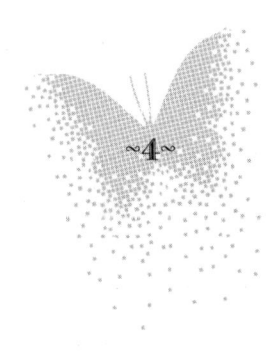

~4~

"정말? 정말이야, 진건아?"

은우는 아무래도 오늘 복권이라도 사야 할 것 같아 히죽 웃었다. 오늘 아침 기훈에게 용돈도 두둑이 받았는데, 뭐 이렇게 좋은 일만 연속으로 생기는지 믿기지가 않았다.

[오빠, 나는 진짜 뭐 없어?]

아침까지 작업하느라 날을 샌 뒤 라면을 끓여 달라는 기훈에게 은근슬쩍 다시 물었다. 그는 비식 웃으며 흰 봉투 하나를 내밀었고, 그녀는 기쁜 마음으로 정성들여 라면을 끓여 줬었다.

"응. 그러니까 조금만 기다려 봐, 형아."

기훈에게 용돈을 받은 기념으로 진건에게 줄 선물을 하나 사왔다. 밖에서 활동적으로 움직이며 즐길 수 있는 싱싱카였다. 함께 사온 헬멧과 무릎 보호대까지 착용한 진건에게 타는 법을 가르쳐 주자 금세 습득을 했고, 기분이 좋아진 진건은 '원래는 말 안 하려고 했는데.'라며 운을 띄우더니 엄청난 소식을 한 가지 알려주었다.

"정말로 큰아빠가 차민석 형아 만나게 해 준댔어?"

"응. 진짜야."

"정말로? 진짜?"

"응. 아마 큰아빠가 먼저 얘기할 거야. 그러니까 모른 척하고 기다리고 있어 봐."

은우는 진건을 와락 끌어안았다.

"혀, 형아, 숨 막혀."

"응? 아아."

황급히 진건을 놓아준 은우는 자꾸만 입이 벌어지려는 걸 참지 못하고 헤헤거렸다. 이따 재진을 만나면 표정 관리가 안 될까 봐 걱정이다.

"형아, 그렇게 좋아?"

진건이 뭔가 뿌듯한 표정으로 물었다.

"응. 그렇게 좋아."

웃음기 가득 머금은 은우의 눈이 활처럼 휘며 사라졌다. 이내 진건의 눈도 같이 사라졌다.

재진은 저를 보자마자 지나치게 방긋거리는 은우를 의아하게 쳐다보았다.

　도어록을 누르기 무섭게 달려오는 소리가 나더니, 문이 열리자마자 은우와 진건이 나란히 서서 맞아 주었다.

　"오늘 좀 힘드셨죠?"

　"저야 괜찮은데 강은우 씨가……."

　"전 아주 좋아요. 하나도 안 힘들었어요."

　왜 저렇게 부담스러울 정도로 웃는 걸까, 생각하던 재진은 구두를 벗고 들어서며 진건의 머리를 쓰다듬었다.

　"진건이 오늘도 잘 놀았어?"

　"응! 형아가 싱싱카 선물해 줬어."

　"싱싱카?"

　"응. 이렇게 막 싱~, 싱~ 하고 달리는 거 있어."

　진건이 신 나 하며 싱싱카 타는 자세를 흉내 내었다.

　"아, 걱정 마세요. 헬멧이며 무릎보호대도 다 있고, 혼자 타는 게 아니라 제가 옆에서 봐 주니까요."

　"……강은우 씨 사비로 사온 겁니까? 재성이가 카드……."

　"선물인걸요. 그냥 제가 사 주고 싶어서 사 준 거니까 신경 쓰지 마세요."

　은우를 물끄러미 바라보던 재진은 미세하게 입술 끝을 올렸다가 내렸다.

　"고마워요."

　"제가 더 감사하죠. 차……."

은우는 무심코 튀어나온 말에 흠칫하며 바로 말을 바꾸었다. 하마터면 '차민석도 만나게 해 주시는데요.'라고 얘기를 할 뻔했다.

"차가, 차가 참 승차감이 좋더라고요. 하하. 그렇게 비싼 차는 처음 타 봐서요."

아무래도 오늘은 얘기할 마음이 없는 모양이라고 생각한 은우는 가방을 챙겼다.

"아, 그럼 저는 이만 가 볼······."

"큰아빠, 형아 차 좀 태워 줘."

뜬금없는 진건의 말에 은우가 깜짝 놀라며 돌아섰다.

"형아가 나 싱싱카 선물해 줬는데, 큰아빠는 그것도 못 해 줘? 형아가 지금, 차 또 타고 싶다고 말하는 거잖아."

잠시 어색한 침묵이 흘렀다. 이럴 때는 그냥 웃는 게 장땡이었다.

"아하, 아하하하하!"

은우는 '아휴, 이 귀여운 녀석.'이라 말하며 서둘러 신발을 신었다. 그럴 리는 없겠으나 이러다 정말로 태워다 준다고 하면 곤란했다.

재진과 단둘이 차 안에 있는 건 상상할 수도 없었다. 어제 놀이공원에서 집으로 오는 길에도 진건이 잠들어 있는 바람에 어색해 일부러 같이 자는 척을 했었다.

기훈은 남자들만 사는 집이라며 마뜩잖아 했지만 사실 그런 걱정은 전혀 안 해도 되었다. 같이 있는 것만으로도 불편한 사람과 무슨 눈이 맞고, 뭔 썸싱이 있겠는가.

[그런데 놀이공원은 누구랑 간 거냐?]

[아, 진건이하고, 진건이 큰아빠하고.]

[큰아빠? 그렇게 셋이? 큰아빠는 미혼이야?]

[응.]

[몇 살인데.]

[서른넷.]

[노땅이네.]

은우는 재진이 들었더라면 무시무시한 얼굴로 노려봤을 거라는 생각에 웃음이 삐져나왔다. 사실 그 역시 서른넷까지는 안 보이는데 말이다.

[하는 일은?]

[뭐, 그냥 회사원이지.]

자꾸만 캐묻는 기훈에게 대충 둘러댔다. 진건을 보는 일 외엔 일절 관심을 두지 않기로 재성과 무언의 약속을 하지 않았던가. 게다가 제이엔터테인먼트 대표의 조카를 돌보는 일인지 알게 된다면, 나불대기 좋아하는 기훈이 금세 떠들고 다닐지도 몰랐다.

"진건이 잠깐 혼자 있어도 괜찮겠어? 아니면 큰아빠랑 같이 다녀올까?"

잠시 다른 생각을 하고 있던 은우는 재진의 음성에 소스라치게 놀라 마구 손을 저어 댔다.
 갑자기 왜 저러나 모를 일이다.
 "아뇨, 아뇨. 저는 괜찮……."
 "나는 이제 졸려, 큰아빠. 큰아빠가 그냥 빨리 태워 주고 와. 형아, 잘 가."
 "아니…… 저기, 아니."
 어떻게 거절할 새도 없이 재진은 이미 구두를 신고 있었고, 진건은 싱싱카를 타느라 피곤했는지 방으로 들어가 버렸다.
 "가죠."
 재진이 먼저 현관문을 열고 나갔다. 은우는 서둘러 쫓아나가며 다시 한 번 그를 붙잡았다.
 "아니, 저는 그런 뜻이 아니었어요. 진건이가 오해한 거예요. 그러니까 이러지 않으셔도……."
 "그럼 나 혼자 밖에서 뭐하다가 들어갑니까?"
 "네?"
 "차 안 태워 주면 진건이한테 혼납니다. 나도 그래서 그러는 거예요. 그러니까 빨리 타요. 진건이 혼자 있어서 빨리 다녀와야 하니까."
 엘리베이터를 잡고 서 있던 그가 고개를 까딱였다. 은우는 난감한 얼굴로 마지못해 엘리베이터에 올랐다.
 이게 아닌데.
 마른침만 삼키며 지하 주차장까지 내려온 은우는 다시 봐도 멋들어진 그의 차에 슬며시 올랐다. 안전벨트를 매고 유리창 쪽으로 몸을 붙이는데 피식, 풍선 바람 빠지는 소리가 들렸다.

뭐, 뭐야. 지금 웃은 거야? 왜, 왜?

"집 앞까지 잘 모셔다 드릴게요."

"네?"

"무탈하게 모셔다 드릴 테니 걱정 말라는 소리입니다."

재진의 입꼬리가 슬쩍 올라가 있었다. 은우는 유리창에 너무 바짝 붙어 있는 제 모습을 인지하고는 최대한 자연스럽게 자세를 바로잡았다.

누가 보면 그가 겁탈이라도 할까 봐 그러는 줄 알겠다. 아무래도 비웃은 게 맞는 것 같다.

"걱정은요. 제가 무슨 걱정을 한다고, 하하. 아, 차 진짜 좋네요. 아, 좋다아. 너무 좋다아."

과장된 그녀의 발연기를 보고 있자니 재진은 또 웃음이 터져 나오려 했다. 그는 곁눈질로 그녀의 얼굴을 슥 살폈다. 어색하고 불편해 하는 게 피부로 느껴졌다.

사실 자신을 이렇게 어려워하는 게 비단 은우뿐만은 아니었다. 기획사 직원들 역시 재성보다는 저를 훨씬 더 불편해하니까.

한데 그게 나쁘지 않았다. 아니, 정확하게 말하면 일부러 더 그렇게 만들었다고도 봐야 했다. 대부분 저보다도 나이가 많은 연예 관계자들, 배우들을 상대하기 위해서는 만만해 보여서는 안 되었으니까. 어떤 상황에서든 딜을 할 때, 주도권을 잡기 위해서는 이런 이미지가 상당한 도움이 되었다.

"아우, 어깨야."

은우의 입에서 무의식적으로 흘러나온 말에 재진의 귀가 쫑긋거렸다. 신호에 걸려 잠시 정차한 틈을 타 주위를 둘러본 재진은 마침 약국이 있는 것을 발견했다.

"잠깐 차 좀 세우겠습니다."

은우에게 양해를 구하고 비상등을 켠 그가 차에서 내려 약국으로 향했다. 피로회복제와 파스를 사서 돌아온 재진은 하얀 봉지를 그녀에게 내밀었다.

"제 거 사면서 같이 샀습니다."

"네?"

봉지 안을 들여다 본 은우는 그렇지 않아도 들어가는 길에 파스 좀 사야겠다고 생각했는데 잘 되었다고 여기며 인사를 전했다.

"참, 재성이한테 사진 보내 줬습니다. 좋아하더라고요. 고맙다고 전해 달랍니다."

"아, 그래요? 좋아하셨다니 다행이네요."

"진건이가 그렇게 함박웃음 짓는 건 오랜만에 본다면서 정말 고마워하더라고요."

"저한테 고마우실 게 있나요, 뭐. 워낙 진건이가 사랑스러운 아이니까요."

생각보다 차가 밀리지 않아 금세 집 앞에 도착한 은우는 안전벨트를 풀었다.

"데려다 주셔서 감사합니다."

"별말씀을요. 들어가요."

가방을 챙겨 차에서 내린 은우는 그가 가는 것을 보기 위해 멀뚱히 서 있었다. 그러자 창문이 스르륵 내려가며 재진의 음성이 흘러나왔다.

"먼저 들어가요."

"아뇨, 먼저 가세요."

"먼저 들어가라니까요."

"아……, 네. 그럼 조심히 가세요."

그녀가 대문 안으로 들어서는 것까지 확인한 재진은 그제야 다시 세단을 움직였다. 그의 입술 끝은 낚싯줄에 걸려 이끌리듯 자꾸만 올라갔다.

**

"이거 진짜 야하더라."

"장난 아니지? 그런데 야하기만 한 게 아니라 스토리가 또 끝내줘. 아, 언제 또 일주일을 기다리냐. 이 작가님 토요일만 연재하시니까."

제이엔터테인먼트 마케팅팀 분위기가 한껏 달아올라 있었다. 한가한 점심시간을 이용해 머리를 맞댄 남자 직원들의 눈동자가 분주하게 움직였다.

"그런데 이건 웹툰만 있는 거야?"

"지금 연재하는 건 그렇고, 전에 완결 낸 건 출간도 돼서 나는 소장하고 있지."

"아, 진짜? 나도 찾아봐야겠다. 그런데 아무리 다시 또 봐도 정말 신선한 충격이야. 어떻게 이런 자세를……."

"뭐가 그렇게 신선한 충격이지?"

등 뒤에서 느닷없이 들려오는 음성에 화들짝 놀란 직원들이 엉덩방아를 찧으며 휴대폰을 놓쳤다. 아무 생각 없이 휴대폰을 주워 든 재진은 순간 망막에 맺히는 어마어마한 장면에 동공이 흔들렸다. 이렇게 헐벗은 여자의 몸은 참으로 오랜만에 보는 것 같았다.

재진은 무표정한 얼굴을 한 채 액정에 닿은 엄지를 스윽 밀어 올리며 웹툰을 훑어 내렸다. 그림 속 여자의 입이 좀처럼 다물어지지 않으며 야한 소리를 질러 대고 있었다.

"흐음."

"대, 대표님. 그게 그러니까 점심시간이 좀 남아서……."

"누가 뭐라고 했나?"

재진이 별다른 말없이 휴대폰을 돌려주자, 남자 직원 한 명이 천진하게 웃으며 입을 열었다.

"혹시 대표님도 관심 있으시면 한번 봐 보세요. 요즘 완전 핫한 작품이거든요. 대물 작가님 신작 <타깃>이 현재 34화까지 연재되었는데, 토요 연재뿐 아니라 작품 전체 통틀어 조회 순위 1위입니다. 남자들의 로망을 실현시켜 주는 아주 훌륭하신……."

"……."

"……죄송합니다."

뒤늦게 분위기 파악을 한 직원이 입을 다물며 꾸벅 고개를 숙였다. 그제야 앞을 지나친 재진은 피식 웃으며 집무실로 들어섰다. 20대면 한창 그런 것에 관심이 많을 나이이긴 하다.

저 역시 회사를 설립하고 바빠지면서 일에만 파묻혀 살아 그렇지, 저들 나이 때는 모든 남자들과 다를 바 없었다.

재진은 방금 전에 보았던 무시무시한 여자의 나체보다도 '대물(大物)'이라는 작가의 닉네임이 더 기억에 남아 풋, 웃음이 삐져나왔다. 작명 센스가 참 기가 막힌다. 성인만화 작가다운 작명이랄까.

"어, 재성아."

재진은 휴대폰 벨소리가 울리기 무섭게 전화를 받았다. 재성은 오늘 아침 비행기로 입국을 하자마자 바로 집으로 간 터였다. 일주일의 여정이 고됐을 게 뻔해서 오늘 하루 푹 쉬라고 했었다.

"나올 필요 없다니까. 그래, 이따 집에서 보자."

통화를 끝낸 그는 문득 은우가 생각나 민석의 스케줄을 확인했다. 민석을 만나게 해 주면 좋아할 은우의 얼굴이 너무도 생생해 웃음이 나왔다.

"흐음……."

펜을 손에 쥐고 빙그르르 돌리던 그는 한두 달 이내에는 도무지 짬이 나지 않는 민석의 빡빡한 스케줄을 들여다보며 한숨을 내쉬었다.

한일 합작 영화 크랭크업을 하자마자 바로 또 차기작 영화가 두 편이나 크랭크인 준비 중이었고, 그 사이사이 광고 촬영, 지면 화보 촬영, 전국 순회 팬 사인회는 물론 태국, 중국에서까지 광고 촬영과 팬 사인회 일정이 빠듯하게 잡혀 있었다. 개봉일이 잡히면 영화 시사회 무대인사까지 다녀야 하니 좀처럼 시간 내기가 힘들 것 같았다.

잠깐 얼굴만 보여 주는 것 정도야 아무 때나 할 수도 있겠지만, 이왕이면 민석과 밥이라도 한 끼 먹을 수 있는 추억을 만들어 주고 싶었다. 자신이 좋아하는 스타와 함께 시간을 보낸다는 건 아무나 누릴 수 없는 정말 특별한 일이니까.

재진은 일단 당장은 힘들고 차후에 한 번 시간을 조절해 봐야겠다는 결론을 내리고 시계를 보았다.

한 시간 후엔 진건의 하원 시간이었다. 오늘 재성이 오는 걸 알고는 있었지만 하원 시간에 맞춰 기다리고 있을 거라는 건 꿈에도 모를 거였다. 일주일 만에 아빠를 보니 얼마나 좋아할지 눈에 선했다.

 해서, 오늘 원래는 며칠 계속 쉬지 못한 은우에게 휴무를 주려고 했었다. 한데 재성이 은우에게 너무 고맙다며 저녁 식사 대접을 하고 싶다고 했다. 먼저 말해 버리면 그녀의 성격상 괜찮다며 거절을 할 수도 있으니 일부러 말하지 않았다. 오늘 식사 대접을 하고, 내일 하루 쉬게 해 주는 것으로 얘기를 끝냈다. 내일은 재성이 진건을 데리러 갈 것이다.

 오늘은 좀 일찍 들어가 봐야겠다고 생각하는 재진의 표정은 유쾌했다.

**

"어?"

 은우는 진건의 하원 시간 20분 전부터 아파트 정문 앞에서 기다리다, 익숙한 얼굴을 발견하고는 깜짝 놀라 다가갔다.

"벌써 오셨어요?"

"아, 은우 씨."

 일주일 만에 보는 그는 여전히 친절하게 웃는 얼굴이었다. 보는 사람마저 같이 웃음 짓게 만드는 신비한 재주가 있는 사람 같았다.

"일찍 오셨나 봐요? 아파트에서 나오시는 거 보니."

"오전 비행기로 왔어요."

"아, 그럼 제가 오늘 안 왔어도 될 걸 그랬네요. 미리 연락을 주셨으면······. 아니면 또 나가 보셔야 하나요?"

"아뇨. 오늘은 은우 씨한테 볼일이 좀 있어서요. 저녁 식사 같이하고 싶어서요."

부드럽게 휜 갈색 머리칼을 쓸어 올린 재성이 눈매를 늘어뜨렸다. 은우는 정말이지 남자가 웃는 게 저렇게 예뻐도 되나 싶은 생각으로 그를 응시했다.

"형이 보내 준 사진 잘 봤어요. 우리 진건이 데리고 놀이공원도 다녀오시고, 제가 정말 은우 씨한테 무어라 감사 인사를 드려야 할지 마땅한 표현을 찾지 못하겠어요. 그저 감사하다는 말밖에 할 수 없다는 게 안타까울 정도로요. 진건이가 은우 씨를 만나고 나서 많이 웃는 것 같다고 형이 그러더라고요."

"아······."

"이번에 베이비시터가 너무 잘 들어온 것 같다고, 정말 좋은 사람인 것 같다고."

은우는 무뚝뚝한 재진이 자신을 그리 좋게 평가하고 있었다는 게 조금 의외이긴 했지만, 어찌되었든 기분은 좋았다.

"아니에요. 제가 잘했다기보다는 진건이가 너무 어여쁜 아이예요. 저 역시 진건이를 알게 되어서 얼마나 좋은지 몰라요. 때로는 제가 진건이에게 힐링을 받는걸요. 그러니 너무 제게 고마워 마세요."

"은우 씨는 말씀도 참 예쁘게 하시네요. 그래서 진건이가 좋아하나 봅니다."

'당신만 하려고요.'

은우는 쑥스러움에 콧잔등을 찡긋거렸다.

"앞으로도 우리 진건이 좀 잘 부탁드릴게요. 그러니 부담 갖지 마시고 오신 김에 저녁 식사 같이하고 가세요. 제가 오늘 요리 실력 좀 발휘하겠습니다. 밖에서 근사한 식사 대접을 할까도 생각해 봤었는데, 아무래도 오늘은 제 정성이 들어간 음식을 대접하는 게 더 좋을 것 같아서요. 은우 씨에게 감사한 제 마음이라고 생각해 주시고, 편안한 시간 되셨으면 좋겠어요."

은우는 어쩜 저리 형과는 다르게 말도 잘하고 다정할까 생각하며 고개를 끄덕였다.

"저기 버스 오네요."

노란색 유치원 버스가 보이고 이내 정차를 했다. 두 명의 다른 아이가 먼저 내리고, 마지막으로 진건이 모습을 드러냈다.

은우의 뒤에 서 있던 재성이 짠, 하며 모습을 드러내자, 진건이 금방이라도 눈물을 쏟아 낼 것 같은 얼굴로 안겨왔다.

"아빠아!"

"어이구, 우리 아들!"

은우는 고목나무에 매미처럼 재성에게 꼭 붙어 떨어지지 않는 진건을 보고 있자니 괜스레 콧날이 시큰해졌다.

아무리 곁에 큰아빠가 있다 해도, 제 아빠와는 또 다른 거 겠지.

자신이 베이비시터로 일하기 시작한 지 얼마 되지는 않았 지만, 그동안 진건의 엄마가 찾아온 것을 단 한 번도 본 적이 없었다. 설사 이혼의 사유가 진건의 엄마에게 있었다 하더라 도 면접교섭권이라는 게 있어서 아이를 만날 수는 있을 텐데, 의아한 일이었다.

재성의 성격상 아이를 못 만나게 할 사람도 아닌 것 같은 데, 어째서 보러 오지 않는 것인지 이해할 수가 없었다.

그래서 또 궁금해졌다. 이런 남편과 아들을 두고 이별을 택 한 와이프는 어떤 사람인지.

"형아!"

한참 재성의 품에 안겨 감격의 재회를 나누던 진건이 바동 거리며 내려왔다.

"형아, 아빠가 그러는데 오늘 형아랑 맛있는 저녁 해 먹을 거래."

"진짜? 와아, 신 난다."

은우는 이미 다 알고 있는 내용이었지만 진건의 말에 크게 호응을 해 주었다.

"아, 은우 씨. 제가 장을 미리 보질 못했어요. 지금 다녀올 테니까 진건이 좀 봐 주세요."

진건을 물끄러미 바라보던 은우는 뭔가 좋은 생각이 났는지 입을 열었다.

"저, 그러지 말고 그냥 다 같이 장을 보는 건 어떨까요? 진건이도 좋아할 거예요."

"와아! 나도 아빠 따라 갈래!"

"은우 씨한테 미안해서 그러죠."

"미안하긴요. 전 아이스크림 하나만 사 주시면 돼요."

은우가 아이처럼 해맑게 웃었다. 그녀를 따라 웃는 재성의 얼굴은 편안해 보였다.

은우는 식탁 위에 늘어진 화려하기 그지없는 식재료들을 황홀한 얼굴로 쳐다보았다. 재성은 그녀에게 특별히 좋아하는 음식이 있는지를 물었고, 닭 요리는 뭐든지 다 좋아한다는 대답에 유린기와 닭볶음탕, 그리고 진건이 좋아하는 스파게티를 만들 식재료들까지 모두 구입해 왔다.

음식이 다소 느끼할 수 있으니 간단하게 맥주 한 잔도 곁들이기로 해 술도 사오고, 그야말로 친구 집들이라도 온 듯한 분위기였다.

"이걸 다 손수 만들 수 있으세요?"

"소스만 만들면 간단한 일인데요. 닭이야 튀기면 되는 거니까, 소스만 다르게 하면 깐풍기로도 먹을 수 있으니까요."

"와아."

"가사도우미 아주머니도 오시고, 또 시간도 별로 없다 보니까 잘 안 해서 그렇지, 한식, 양식 조리사 자격증이 있거든요. 일식, 중식까지 도전해 보려던 찰나에 이쪽 일로 빠져 버렸지만요. 할 줄 아는데도 못 해 주니까 진건이한테 그게 제일 미안하죠."

"와아, 대단해요. 앞으로 종종 요리 좀 배워야겠어요."

지난번 피자를 만들 때처럼 진건과 함께 소매를 걷어붙인 은우는 그를 도와 차근히 하나하나 준비를 했다.

신이 난 진건의 입에서는 웃음이 떠나지 않았고, 재진과는 비교도 할 수 없을 정도로 능숙하게 식재료를 다루는 그의 솜씨에 눈이 다 호강을 했다.

벌써 칼질부터가 예사롭지가 않았다. 경쾌하게 탁탁 도마 위로 얇게 썰리는 양파를 보고 있자니 그저 감탄만 새어 나왔다.

"와아, 아빠 멋있다!"

"와아, 진짜 멋있다."

진건을 안은 은우가 그의 바로 옆에서 신기한 듯 칼질을 구경하고 있을 때, 도어록이 해제되는 소리가 들렸다. 의리 있는 진건이 제일 먼저 바동거리며 품에서 내려와 달려 나갔고, 은우 역시 고개를 빠끔히 내밀었다.

"큰아빠. 아빠가 오늘 맛있는 거 해 준대."

"응, 들었어."

눈이 마주친 은우는 고개를 숙이며 알은척을 했다. 그리고는 이내 다시 재성에게로 시선을 돌리며 요리 준비를 도왔다.

재진은 일단 방으로 들어가 옷을 갈아입고 손을 씻었다. 뭔가 북적북적한 것이 이제야 좀 사람 사는 집 같이 느껴져 웃음이 나왔다.

역시 일찍 들어오기를 잘 했다고 생각하며 거실로 나온 재진은 자신도 뭔가 도와야겠다는 생각에 주방으로 향했다.

"은우 씨는 스파게티 면만 좀 삶아 주세요."

"네, 그럴게요. 그런데 진짜 능수능란하시네요. 놀랐어요. 요리 잘하는 남자는 실제로 처음 봐요."

"하하, 별거 아닌데요. 진건이한테 얘기 들었는데 은우 씨는 피자도 직접 만들어 줬다면서요. 남아 있어서 저도 먹었는데 정말 맛있게 먹었습니다."

재진은 뭔가 자신과 피자를 만들 때와는 확연히 다른 은우의 표정을 유심히 바라보았다. 어쩐지 형아가 화가 난 것 같았다는 진건의 말이 맞는 모양이었다.

저와 피자를 만들 때는 그녀가 저렇게 치아를 많이 드러내며 웃지는 않은 것 같았으니까.

"흠흠."

재진은 제 존재를 알리기 위해 헛기침을 하며 다가섰다.

"나도 뭘 도울······."

"괜찮아요. 그냥 앉아 계세요."

어느새 빛의 속도로 눈앞에 다가온 은우가 방긋 웃으며 거절을 했다.

"아니, 그래도 뭘……."

"저희로도 충분해요."

"그래, 형. 형은 좀 쉬고 있어."

끄응.

재진은 멋쩍은 얼굴로 주머니에 손을 넣으며 거실로 가서 TV를 틀었다. 소파에 앉아 채널을 여기저기 돌리는데 주방에서 까르르, 웃음보가 터졌다.

"하하, 정말이요?"

뭐가 그렇게 즐거운지 은우의 얼굴에서는 도통 웃음이 사라지질 않았다.

재진은 뭔가 생각에 잠긴 듯 허벅지 위에 올려놓은 손가락을 톡톡 두드렸다. 워낙 어려서부터 재성이 여자들에게 인기가 많았다. 외모도 외모지만 그의 다정다감한 성격 때문에 많은 여자들이 그를 쫓아다니고는 했다.

차민석도 그렇고, 재성이도 그렇고, 아무래도 은우는 곱상하니 선이 부드럽게 생긴 남자를 선호하는 것 같았다.

"흐음."

다시 TV로 시선을 돌린 재진은 조금 더 볼륨을 높였다.

"앗, 뜨거!"

단말마의 비명과 함께 은우가 손가락을 움켜쥐었다. 그가 깜짝 놀라 일어서는데 재성이 재빨리 데인 손을 흐르는 찬물에 가져다 댔다.

"괜찮아요?"

"아, 네. 괜찮아요."

"어떡해요? 데인 상처는 오래 가던데. 괜히 대접한다고 난리를 쳐서 은우 씨만······."

"아니에요. 정말 괜찮······."

말을 잇던 은우는 순간 가까이 다가와 있는 재진을 보고는 흠칫 놀랐다. 재성보다도 키가 큰 그가 쑥 고개를 내밀며 무심하게 물었다.

"병원 가야 하는 거 아닙니까?"

"네? 병원이요? 아하하, 이런 걸로 무슨 병원을. 살짝 데인 건데요."

"그럼 약이라도."

"아뇨, 아뇨. 그 정도 아니에요. 정말 살짝 데인 거예요."

"은우 씨, 그럼 그만 거실로 나가서 좀 쉬고 있어요. 이건 내가 마저 튀길게요. 진건이도 나가 있자. 기름 튀어서 위험해서 안 되겠다."

결국 주방에서 모두 쫓겨난 세 사람은 소파에 나란히 앉았다. 가만히 앉아서 얌전히 TV를 시청하는데 재진은 괜히 웃음이 삐져나왔다.

"쿡······."

그냥 뭔가 이 순간이 즐거웠다. 남자 셋이 사는 집에 여자

하나 더 있을 뿐인데 이렇게나 분위기가 달라진다는 게 신기했다. 아니, 정확히는 강은우여서 그런 거겠지.

"왜…… 그러세요?"

은우가 고개를 갸웃거리며 쳐다보았다. 큰 눈을 끔뻑거리는 게 진건이보다도 귀여워 보였다.

하아, 난감한 일이 벌어지고 있었다.

정말 오랜만인 것 같다. 이 집에 이렇게 많은 사람의 웃음소리가 났던 적은.

푸짐하게 한 상 차려놓고 네 사람이 함께하는 이 시간은, 정말이지 말로 표현할 수 없는 소중한 시간이었다.

"손은 정말 괜찮겠어요?"

"괜찮아요. 다 가라앉았어요."

모두 다 맥주를 한 잔씩 한 터라 데려다 줄 수가 없었다. 콜택시를 불러놓고 아파트 정문까지 따라 나온 재진은 눈앞에 멈춰서는 택시가 너무 빨리 온 것 같다는 생각이 들어 또 웃음이 나왔다.

재성이 뒷정리를 하겠다며 은우를 택시 태워 보내 주고 오라고 했던 말이 얼마나 반가웠는지 몰랐다. 그래서 또 어이없는 웃음이 나왔다.

"그럼 이만 가 볼게요. 오늘 정말 잘 먹었습니다."

맥주를 마셔 뺨이 발그스름해진 은우가 꾸벅 허리를 숙였다. 잘 익은 사과 같은 뺨을 한 번 만져 보고 싶다는 생각을 무심코 한 재진이 택시 문을 열어 주었다.

"조심히 가요. 내일 잘 쉬고요."

"네, 들어가세요."

은우를 태운 택시가 출발하자, 차량 번호를 외워 둔 재진은 택시가 보이지 않을 때까지 서 있다가 발길을 돌렸다.

이 또한 너무 오랜만에 느껴보는 감정이라 낯설고 생소했다. 누군가를 의식하게 된다는 건 마음을 주고 있다는 뜻이니까. 누군가에게 마음이란 걸 줘 본 지가 언제인지 기억도 잘 나지 않았다.

"하아, 류재진이 어쩌다 이렇게 됐나."

상대는 아무런 관심도 없다. 그저 진건이를 돌보러 오는 것뿐. 그저 성격 자체가 워낙 활달한 것뿐. 게다가 자그마치 여덟 살이나 어리다.

가는 숨을 내쉬며 집으로 올라온 재진은 그 사이 대충 정리를 끝내 놓은 재성에게 다가갔다.

"진건이는 자?"

"응. 원래 잘 시간 지났으니 졸리겠지. ……맥주 한 잔 더 할래?"

고개를 끄덕인 재진은 식탁 의자에 마주 앉았다.

"은우 씨, 참 좋은 사람인 것 같아. 오늘 다시 한 번 느꼈어. 그래서 한편으로는 씁쓸하기도 하더라고. 진건이가 좋아하는 모습 보니까 너무 미안해서. 사실은 이런 것들 모두 엄마하고 해야 하는 것들이잖아. 그런 거잖아."

"……."

"지난번에 형이 진건이가 엄마를 보고 싶어 한다는 말을 듣고 생각을 많이 했어. 승연이한테 전화를 한번 해 볼까, 많이 망설이기도 했고. 한데 결론은 하나더라고. 승연은 오지 않는다."

재성은 씁쓸한 얼굴로 맥주 한 모금을 마셨다.

"진건이가 더 기다리기 전에 말해 줘야 하는 건 아닐까. 엄마는…… 오지 않으니까 기다리지 말라고. 엄마가 언젠가는 올지도 모른다는 희망고문을 받는 것보다는 그게 차라리 낫지 않을까. ……잠든 진건이를 붙잡고 얘기했었어. 기다리지 말라고. 잠든 아이의 등을 보면서 말하는 데도 가슴이 찢어지던데…… 내가 과연 그 말을 진건이 눈을 보면서 할 수 있을지 자신은 없지만, 그게 더 맞는 건 아닐까."

재진은 말없이 짙은 한숨만 내쉬었다.

"형, 실은 나 무서워. 언젠가는…… 진건이도 알게 될까 봐. 왜 엄마가 떠난 건지 알게 될까 봐. 그럼 날…… 안 본다고 할까 봐. 미워하게 될까 봐……."

재성의 말끝이 흐려졌다. 안타까운 얼굴로 동생을 바라보는 재진 역시 슬그머니 눈을 감았다.

저 역시 뭐가 정답인지를 모르겠다. 여섯 살밖에 되지 않은 어린 조카에게 뭘 어떻게 해 줘야 옳은 것인지, 어떤 말로 이해를 시켜야 조금이라도 덜 상처를 받는 것인지 잘 모르겠다.

말없이 술잔만 기울이는 밤은 고요하기만 했다. 마치, 언제 그렇게 웃고 떠들었냐는 듯이.

**

진건을 등원시키기 위해 아침부터 바지런을 떠는 재성의 눈이 부어 있었다. 어제 재진을 먼저 들여보낸 뒤 혼자 술을 더 마셨었다. 취기 때문인지 자꾸 옛날 일이 떠올랐고, 그러다 보니 눈물이 나왔다.

[오해야. 내가 다 설명할게. 그러니까 내 말 좀 끝까지 들어봐, 승연아.]

[오해? 내가 다 보고 들었는데 오해?]

[놀랐을 거라는 거 알아. 하지만 그건 오해야. 어떻게 된 건지 설명할게. 제발 내 말 좀 들어 줘.]

[다가오지 마. 불결하니까.]

경멸의 시선을 보내던 승연의 얼굴이 선명하게 그려졌다. 재성은 가늘게 떨리는 숨을 토해 내며 마음을 추슬렀다. 이제 그만 진건을 깨워야 할 시간이었다.

찬물 한 잔을 숨도 안 쉬고 마신 재성은 조심히 진건의 방문을 열었다. 평소처럼 살금살금 다가가 발바닥을 간질이려는데, 진건이 몸을 일으켰다. 어쩐 일로 깨우지도 않았는데 벌써 일어난 건가 싶어 전등 스위치를 켜려는데, 진건이 붙잡았다.

"······아빠."

재성이 진건을 향해 돌아섰다.

"나······, 엄마 안 기다릴게."

"······응?"

"그리고······ 안 물어볼게. 엄마한테 뭘 잘못한 거냐고 안 물어볼게."

울음을 참는 진건의 작은 입술이 바르르 떨렸다.

"아빠 미워하게 될까 봐······ 안 물어볼래. 진건이는······ 아빠 미워하기 싫어."

결국 참지 못한 눈물이 또르르 굴러 떨어졌다.

"나는······ 아빠가 참 좋아."

아무런 말도 하지 못하고 멍하니 서 있는 재성을 향해, 진건이 고사리 같은 손을 뻗어 슬며시 감싸 안았다.

"그러니까 아빠······, 슬퍼하지 마. 혼자서······ 술도 먹지 마. 진건이가······ 엄마 안 기다릴게. 엄마 안 기다릴게."

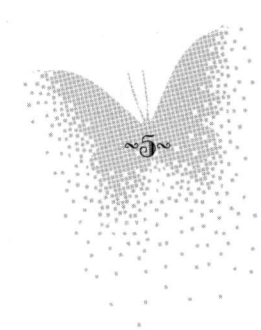

 은우는 콧노래를 흥얼거리며 즐거운 마음으로 진건을 만나러 갈 준비를 했다. 어제 하루 쉬는 동안 참 많은 생각이 들었다. 익숙해진다는 게 무서운 거구나. 겨우 하루 진건을 보지 않았을 뿐인데 궁금했다.

 지금쯤이면 하원을 했겠구나. 아빠랑 즐거운 시간을 보내고 있겠구나. 얼마나 신이 날까.

 "우리 진건이도 내가 보고 싶었으려나? 아, 맞다. 오빠 거 주고 가야지. 오빠 방은 들어가기 싫은데."

 그녀는 어제 오랜만에 쉬는 날이라 그동안 못 만났던 친구들도 만날 겸 외출을 했다가, 기훈에게 줄 작은 선물을 하나 샀다. 그래도 용돈을 그렇게 많이 받았는데 그냥 입을 닦는 게 어쩐지 미안해서였다.

기훈이 담배를 끊으면 좋겠지만 절대 그럴 리는 없을 것 같아 지프라이터를 하나 샀다. 허구한 날 어디선가 얻어온 비루하기 짝이 없는 라이터가 굴러다니는 게 영 못마땅했다.

은우는 지프라이터가 든 선물 상자를 들고 슬쩍 방문을 열었다. 오늘은 기훈이 아침부터 외출을 해서 집에는 아무도 없었다.

"으, 홀아비 냄새."

콧잔등을 찡그리며 기훈의 컴퓨터 책상 위에 상자를 올려놓은 은우는, 책장에 일렬로 꽂혀 있는 빨간 딱지 만화책을 힐끔 보았다.

"아니 왜 하필이면 성인만화냐고. 진짜 음흉스럽기 짝이 없어. 아휴, 남세스러워. 작가 닉네임이 대물이 뭐니, 대물이. 이러니까 엄마가 기절할 뻔했지."

기훈이 처음 성인만화를 그리기 시작했을 때, 그녀도 마찬가지였지만 순정의 충격은 더욱 컸다. 순정은 아무래도 자신이 부족해서 기훈이 잘못된 길로 빠진 것 같다며 엄청나게 자책을 했다. 그런 순정을 보면서 기훈은 그저 호탕하게 웃어젖히며 같은 말을 했다.

[정 여사, 나 나쁜 짓 하는 거 아니야. 이것도 엄연한 재능이야. 정 여사, 드라마 좋아하지? 나도 마찬가지야. 다만 그 드라마가 좀 더 원초적이고 본능에 충실하다는 것뿐.]

지금은 기훈이 나름 인기도 얻고 돈도 좀 벌기 시작하긴 했지만, 사실 그녀 역시 아직 친구들에게도 다 얘기를 하지 못했다. 오랜 친구인 주희만 유일하게 알고 있기는 한데, 주희는 성격이 털털해서인지 오히려 기훈의 웹툰을 찾아본다.

 [너는 성교육이 따로 필요 없겠다. 남자한테 사랑받겠어, 넌. 오빠에게 많은 걸 배워라.]

 도리질을 하며 얼른 방에서 나온 은우는 시간을 확인했다. 늘 메고 다니는 백팩을 메고 운동화를 신은 은우는 손을 번쩍 들었다.

 "출바알!"

 씩씩하게 집을 나서 버스 정류장으로 향하던 은우는 갑자기 울리는 벨소리에 휴대폰을 꺼냈다.

 〈진건이 아빠〉

 재성이 전화를 다 하고. 은우는 무슨 일인가 싶어 서둘러 전화를 받았다.

 "네, 강은우예요."

 -아, 은우 씨. 갑자기 전화 드려서 죄송해요.

 "아니에요. 무슨 일이신데요?"

 그가 선뜻 대답을 하지 못하고 잠시 뜸을 들이다 어렵게 말문을 열었다.

 -진건이가…… 좀 우울해 있을 거예요.

 은우의 발걸음이 우뚝 멈추었다.

 "무슨 일…… 있으세요?"

-자세히 말씀드릴 수는 없지만, 당분간 특별히 더 신경 좀 써 주십사 전화 드렸어요. 저도 되도록 일찍 들어가 보도록 할게요.

궁금한 게 많았지만 은우는 더는 아무것도 묻지 않았다.

"네, 그럴게요. 너무 염려 마세요."

-은우 씨한테 정말 면이 없고, 고맙습니다.

목소리가 내내 가라앉은 재성과 통화를 끝낸 은우는 잔뜩 걱정이 밴 목소리로 중얼거렸다.

"우리 진건이, 무슨 일일까."

"진건아!"

은우는 세차게 손을 흔들며 그 어느 때보다도 더 반갑게 진건을 맞았다. 재성의 염려대로 진건의 얼굴에 그늘이 있었다.

"……형아."

"우리 진건이 오늘 기분이 별로 안 좋은가? 아니면 누가 못살게 굴었어? 이모한테 다 얘기해. 다 혼내 줄게."

진건은 아무런 말없이 고개만 가로저었다.

무슨 일이 있었던 걸까. 분명 엊그제 헤어질 때까지만 해도 웃음꽃이 가득 피었던 얼굴에 먹구름이 잔뜩 끼어 있었다.

진건의 손을 잡고 일단 집으로 올라온 은우는 유치원 가방을 내려놓은 뒤 진건과 마주 앉았다.

"이모가 얘기했었잖아. 사돌이처럼 참지 말라고."

"……."

"진건이는 그래도 된다고 했잖아. 투정부려도 된다고 했잖아."

꾹 다물어진 진건의 입술이 좀처럼 열리지 않았다. 은우는 하고 싶은 말들을 참고 있는 진건을 보자니 애잔한 마음이 들어 살포시 끌어안았다.

진건이 유난히 또래 아이들보다 눈치도 빠르고 어른스러운 건, 아마도 엄마의 부재에 있을 거였다. 유치원에서 아이들을 가르친 지 그리 오래되지는 않았지만, 그동안 겪어온 바로는 조숙한 아이들의 공통점이 있었다.

그 작고 여린 가슴 속에 상처를 품고 있다는 것. 그리고 그 상처는 대부분 가정환경에서 비롯된다는 것.

진건이 역시 부모의 이혼으로 상처를 받았을 게 분명했다. 아무리 아빠와 큰아빠가 잘해 준다 하여도, 아직은 엄마가 절실한 나이였다. 엄마 없이도 씩씩한 척하지만, 벌써 다 컸다는 듯 어른 흉내를 내지만, 아직은 어린아이였다.

"……그래. 얘기하고 싶지 않으면 하지 마. 지금은 얘기 안 해도 돼. 나중에 진건이가 하고 싶어질 때, 그때 다 얘기해. 그런데 진건아, 나는…… 항상 네 편이야. 형아는 언제나 진건이 편이야. 왜냐하면 형아는, 진건이 형이니까."

진건의 몸이 미세하게 떨리는가 싶더니 이내 코를 훌쩍이는 소리가 들렸다. 은우는 진건을 더욱 꼭 껴안아 주며 토닥였다.

"진건이가…… 뭐가 많이 속상하구나. 속상하구나, 우리 진건이가."

은우는 어쩐지 어릴 적 제 모습이 떠올라 가슴이 아려왔다.

엄마가 보고 싶은 걸까? 보고 싶겠지, 당연히. 저 또한 다 겪은 일이니. 아직도 이따금씩…… 겪고 있으니.

은우는 점차 흐느낌이 심해지는 진건에게 낮게 속삭였다.

"그래, 실컷 울어. 그러고 나면 좀 편해지더라. 진건이는 아직 이 말뜻을 잘 이해 못 하겠지만…… 지금은 그냥 울어도 돼. 그럼 좀 나아지더라. 그렇더라."

은우는 한참을 눈물 콧물 다 빼고 나서야 간신히 진정이 된 진건의 얼굴을 빤히 들여다보았다. 얼마나 울었는지 이마에 땀이 다 송골송골 맺히고, 눈이며 입술이며 할 것 없이 다 퉁퉁 부어 있었다.

"이제 다 울었어?"

진건이 희미하게 고개를 끄덕였다.

"초코우유 사 줄까? 슬플 때 단 걸 먹으면 기분이 좋아져. 초콜릿도 사 줄까?"

"……응."

재성이 주었던 노트에는 단 걸 너무 주지 말라는 당부가 있었지만, 은우는 오늘만큼은 예외를 두기로 했다.

"이리 와. 세안 좀 하고 나가자."

진건을 이끌고 욕실로 향한 은우는 수건을 턱에 받치고 말끔히 세안을 시켰다.

"킁, 흥."

"흥."

"더 세게, 흥."

"흥!"

"오, 이따만 한 코딱지 나왔어. 한 번 더 풀까? 흥!"

"흥!"

"옳지."

세안을 한 진건에게 로션까지 꼼꼼히 발라 주던 은우는 갑자기 휴대폰 벨소리가 울려 발신인을 확인했다.

〈진건이 아빠〉

은우는 또다시 걸려온 재성의 전화에, 어쩐지 진건의 옆에서 받지 않는 게 좋겠다는 생각이 들어 잠시 베란다로 나갔다.

-자꾸 전화 드려서 죄송해요. 진건이는…… 좀 어떤가 싶어서요.

어지간히 걱정이 되는 듯했다. 은우는 순간 대답을 망설이다 진건이가 울었다는 말은 전하지 않았다. 대체 무슨 사정인지는 모르겠지만, 제 자식이 울었다는데 마음 좋을 부모는 없을 거였다. 몸은 나가 있어도 일이 손에 잡히지 않을 테지.

"너무 걱정 마시고 일보세요."

간단히 재성과 통화를 끝내고 그만 베란다에서 나가려는데, 이번엔 재진에게서 전화가 왔다. 따로 따로 전화가 걸려오는 걸 보니 아마도 형제가 같이 있는 건 아닌 것 같았다.

"네, 강은우······."

-아, 강은우 씨. 류재진입니다.

"네, 말씀하세요."

-진건이는 잘 있습니까?

뭔가 큰일이 있긴 있었구나.

은우는 일단은 걱정을 하지 않게 재성에게처럼 똑같이 대답을 하고는 전화를 끊었다. 재진 역시 일찍 들어오겠다는 말을 남겼다.

베란다에서 나온 은우는 골똘히 생각에 잠긴 듯 혼자 소파에 앉아 있는 진건에게 다가갔다.

"진건아, 나가자."

진건의 손을 잡고 집을 나서 마트로 향한 은우는 근처에 키즈 카페나 애견 카페가 있는지 검색해 보았다.

"음, 진건아. 붕붕~ 자동차 타고 놀까, 아니면 왈왈, 강아지 친구들하고 놀까?"

"······강아지."

"그럴 줄 알았어. 통했네, 우리?"

은우가 씩 웃으며 하이파이브를 하기 위해 손을 들었다.

"뭐해, 팔 아파."

이내 진건이 팔을 들어 은우와 손뼉을 마주쳤다.
"자, 출바알!"

**

『이하영, 첫 대본 리딩 현장에서 지서연 작가에게 혼쭐나』

재진은 대문짝만 한 사진과 함께 보도된 기사를 잔뜩 미간을 찌푸리며 읽어 내렸다.

『배우 이하영(26)이 지서연 작가에게 혼쭐이 났다. 이유는 첫 대본 리딩을 선글라스를 끼고 임했기 때문이다. 수많은 대선배와 함께인 자리에서 선글라스를 끼고 대본 리딩을 한 이하영은 바로 사과를 한 것으로 알려지긴 했지만, 지서연 작가의 노여움은 풀리지 않은 것으로 전해져…….』

"이 멍청한 계집애 같으니라고."
이를 앙다문 재진의 음성엔 화가 잔뜩 묻어 있었다. 주위에서 다 오냐오냐, 예쁘다예쁘다 하니 개념을 밥 말아 먹은 것 같았다. 재성이 겨우 어르고 달래 따낸 배역인데 제 발로 또 걷어차게 생겼다.
재진은 바로 하영의 매니저에게 전화를 걸었다.

"지금 어디야."

-배, 밴입니다.

"뭐하는데."

-울고 있는데요.

"지금 뭘 잘했다고······!"

재진은 하마터면 쌍시옷이 나올 뻔한 걸 간신히 억눌렀다.

"너는 도대체 옆에서 뭐 한 거야? 내가 그렇게 얘기했지. 하영이 허튼 짓 못 하게 잘 감시하라고."

-죄송합니다. 하영이가 눈이 좀 부었다고 선글라스를 안 빼는 바람에······.

이게 진짜! 개념을 안드로메다로 보내 버렸나.

"하영이 바꿔."

잠시 후 코를 훌쩍거리는 하영의 목소리가 들렸다.

"똑똑히 들어. 지금 당장 지 작가 찾아가서 다시 사과드려."

-솔직히 억울하다고요. 선글라스 좀 낀 걸 가지고 그 사람들 많은 데서 면박을 주고, 더군다나 그렇지 않아도 세린이가 주인공이라서 자존심이 상하는데······.

"너, 이거 하기 싫어?"

-······.

"하기 싫으면 하지 마. 나는 류 실장이랑 달라. 너 어르고 달래 줄 생각 전혀 없어. 나한테 어리광이 통할 거라고 생각했다면 오산이야."

―…….

"지 작가 찾아가서 사과를 하든지, 때려치우든지 네 마음대로 해."

재진은 신경질적으로 전화를 끊으며 관자놀이를 꾹 눌렀다. 그렇지 않아도 컨디션이 별로인데 두통이 몰려왔다. 재성 역시 컨디션이 난조임에도 불구하고 여기저기 뛰어다니는데 이하영이 한 건 더 보태 준 셈이었다.

게다가 하영이와 더불어 신인 배우 한 명을 소위 끼워 팔기로 배역을 따냈는데, 하영이 정신 못 차리고 먹칠을 하고 다녔다. 인기 믿고 저렇게 까불고 다니다가는 순식간에 거품이 빠져 곤두박질 칠 거였다.

"내가 진짜 별짓을 다."

재진은 아이 잘못 키운 아빠의 심정으로 지 작가의 전화번호를 찾았다.

"아, 예, 지서연 작가님. 이하영 소속사 제이엔터테인먼트 류재진 대표입니다. 예, 당연히 그러시겠죠. 아직 나이가 어리다 보니까……."

까랑까랑한 지 작가의 목소리가 휴대폰 너머로 흘러나왔다. 재진이 다시 한 번 화를 꾹 참으며 지 작가의 비위를 맞추고 통화를 끝내는데, 바로 메시지 알림음이 울렸다.

<진건 아버님. 진건이 데리고 애견 카페 좀 다녀올게요. 진건이가 워낙 동물을 좋아하니까 기분 전환하는데 도움이 될

거예요. 집에서 조금 거리가 있긴 한데, 그나마 제일 가까운 곳이 OO 애견 카페더라고요. 거기 있을게요. 오늘 일찍 들어온다고 하셨는데 혹시 저희 없을 때 오실까 봐 말씀드려요.>

아무래도 재성 역시 걱정이 되어 은우에게 전화를 한 것 같았다. 사유를 정확히 밝히지는 않았겠지만 은우도 눈치로 무슨 일이 있었다는 걸 짐작했을 거다.

[진건이가 다 들은 모양이야.]

재성은 자책이 담긴 슬픈 얼굴로 고개를 떨어뜨렸었다.

[여섯 살밖에 안 된 녀석이…… 어른인 척을 해. 되레 나를 위로해. 내가 진건이를…… 이대로 계속 키워도 되는 걸까? 승연이를 찾아가서 사정이라도 해 봐야 할까? 나는 미워해도 네 아들만은 품어 달라고. 진건이가 무슨 죄냐고. 부디 품어 달라고. 진건이는…… 엄마가 필요하다고. 엄마가 절실히 필요하다고.]

매몰차게 제 자식을 버리고 가서는 2년 동안 연락 한 번 없던 승연이었다. 그런 승연이 이제 와 진건을 받아줄 리도 없겠지만, 혹시나 진건이 승연에게 가게 된다 하더라도 이번에는 또 아빠와 떨어지는 것이니 어느 쪽이든 진건은 상처를 받을 것이다.

이미 받은 상처에 상처가 또 더해지고, 더해지겠지. 게다가 승연이 설사 진건을 받아준다 해도 재성을 만나게 해 줄 리는 절대 없을 테니까.

진건은 엄마, 아니면 아빠, 둘 중에 한 사람은 무조건 잃게 되어 있는 거다.

재성에게 보낼 문자를 제게 잘못 보낸 은우의 메시지를 확인한 뒤 생각에 잠겨 있던 재진은 몸을 일으켰다.

애견 카페는 한 번도 가 본 적이 없고, 솔직히 강아지를 별로 좋아하지도 않지만 진건을 위해 혼자 아등바등 애쓰는 그녀에게 미안했다.

차 키를 챙겨 집무실을 나선 재진은 걸음을 빨리했다. 퇴근을 하면 진건과 함께 맞아 주곤 하던 그녀가 없었던 어제의 하루는 적막하기 그지없었다. 그녀 없이 살아온 세월이 34년인데, 그녀와 함께한 짧은 그 며칠이 너무도 크게 다가오는 순간이었다.

우습게도 그녀의 웃음소리가 그리웠다. 그녀의 말간 눈망울이 보고 싶었다.

**

"꺄아!"

역시나 예상대로였다. 은우와 함께인 진건은 웃고 있을 줄 알았다.

재진은 제법 큰 개들과 강아지들이 뒤섞인 가운데에서 즐거워하는 진건을 흐뭇한 얼굴로 바라보았다. 그리고 그 곁에 있는 은우에게 시선을 옮겼다. 그녀는 오늘도 우스꽝스러운 모습으로 진건의 배꼽을 빼고 있었다.

그래, 저 얼굴이 보고 싶었지.

"어?"

한참 동안 진건과 놀아 주다 허리를 펴던 은우가 놀란 얼굴을 했다. 재성도 아닌 재진이 떡하니 서 있으니 의아해 할만도 했다.

"진건아."

재진의 음성에 고개를 돌린 진건이 반갑게 알은척을 했다.

"큰아빠!"

그는 어제와 다르게 확연히 밝아진 진건의 모습에 안도의 한숨을 내쉬었다.

"큰아빠, 나 여기 있는지 어떻게 알았어?"

이모가 가르쳐 줬다고 얘기를 하려던 재진은 순간 멈칫하며 은우식의 화법으로 바꿔서 얘기했다. 좀 더 진건의 눈높이에 맞춰서, 좀 더 진건이가 재미있어 할 수 있도록.

"진건이랑 텔레파시가 통했나 봐."

"텔레파시? 그게 뭔데?"

"서로 말을 하지 않아도 아는 그런 거. 음, 그러니까 진건이가 큰아빠한테 여기 있다고 텔레파시를 보내면 큰아빠가 알 수 있는……."

"나 큰아빠한테 그런 거 보낸 적 없는데?"

진건이 눈을 말똥거리며 이상하게 쳐다보았다. 재진은 겸연쩍은 얼굴로 괜한 헛기침을 했다.

 그냥 원래대로 말할걸. 아무나 하는 게 아니구나.

 "아하하, 진건아. 이모가 보낸 거야, 이모가. 이모가 큰아빠한테 텔레파시를 보냈어. 삐리, 삐리. 삐리, 삐리."

 은우가 양쪽 검지를 안테나처럼 머리 위로 뻗어 조금씩 재진을 향해 다가갔다. 그녀가 얼른 같이하라는 듯 사인을 주며 눈을 자꾸 찡긋거리자, 그는 얼떨결에 그녀와 똑같은 제스처를 취하며 뜻 모를 이상한 소리를 같이 냈다.

 "삐리, 삐리. 삐리, 삐리."

 점점 가까워진 두 사람은 마치 영화 'E. T.'의 한 장면처럼 손가락 끝이 서로 맞닿게 했다. 옆에서 보고 있던 진건이 흥미로운지 똑같이 따라하며 다가왔다.

 "삐리, 삐리. 삐리, 삐리."

 결국 세 사람의 손가락이 한데 모여 맞닿았고, 누가 먼저랄 것도 없이 웃음이 빵 터졌다.

 "으하하!"

 "쿡."

 진건은 로봇처럼 뒤뚱거리던 은우의 걸음걸이를 따라하며 엄마 닭을 쫓는 병아리처럼 뒤를 따랐다. 가만히 보고 있던 재진 역시 '에라, 모르겠다'는 얼굴로 진건의 뒤를 쫓았다.

 "삐리, 삐리. 삐리, 삐리."

서른넷이 되어 텔레파시의 정의를 새로이 안다.

재진은 아직도 강아지들과 뛰어다니는 진건을 쫓아다니다 이제 비로소 좀 쉬러 다가오는 은우에게 의자를 빼 주었다. 방금 시켜 놓은 시원한 복숭아 아이스티를 쭉 빨아들인 그녀가 입술을 핥았다.

"아, 달다. 그런데 진짜 여긴 어떻게 알고 오셨어요? 아, 진건이 아빠가 말씀해 주셨나?"

재진은 주머니에서 휴대폰을 꺼내 메시지를 보여 주었다.

"어머, 제가 큰아빠한테 보냈어요?"

큰아빠.

재진은 어쩐지 저 호칭이 상당히 마음에 들지 않는다고 생각했지만, 현재로서는 다르게 불러 달라고 할 만한 명분이 없었다.

"진건이가 울었나 봐요?"

재진은 일부러 진건에게 알은척하지 않았지만 부어 있는 눈을 보니 마음이 좋지 않았다. 은우는 고개를 끄덕이며 걱정스런 눈길로 진건을 바라보았다.

"좀 많이…… 울었어요. 무슨 일인지는 모르겠지만, 지금은 되도록 진건이와 많은 시간을 보내 주는 게 가장 좋은 방법이에요. 사랑받고 있다는 걸 느끼게 해 주는 게 가장 중요해요. 저와 함께 시간을 보내는 것도 좋지만 이왕이면 가족들,

아빠나 큰아빠와 함께 보내는 시간을 더 많이 갖는다면 진건이도 더 빨리 밝아질 수 있을 거예요."

"네, 노력하겠습니다. 아마 재성이도 같은 생각일 겁니다."

"그리고 제가 보니까, 진건이가 아파트에서 친하게 지내는 친구가 한 명도 없는 것 같더라고요."

"아……."

재진은 미처 생각해 보지 않은 문제인 듯 당황했다.

"그건 오롯이 부모 잘못이에요."

짐짓 화가 난 듯 보이는 단호한 은우의 말에 재진은 자연스럽게 자세를 바로하며 얌전하게 경청했다.

"부모가 이웃하고 친하게 지내지 않으니까, 당연히 아이도 친구가 없는 거예요."

"아……."

"지금 이 아파트 단지에서 진건이랑 같은 유치원을 다니는 아이가 세 명이 있던데, 혹시 그 아이들 이름이 뭔지 아세요?"

재진의 고개가 익은 벼처럼 점점 더 숙여졌다.

"몇 동 몇 호에 사는지는 아세요?"

"……."

"거보세요. 잘못하고 계신 거예요. 같은 유치원 다니는 다른 엄마들끼리는 다 친해 보이던데 진건이만 아니잖아요. ……엄마가 없어서 그렇다는 건 핑계예요. 엄마들하고 친해지는 게 어렵다면, 아빠들하고 친해지면 간단한 일이니까요. 그래서 제가 생각해 봤는데요."

재진이 슬쩍 고개를 들었다.

"조기축구회 같은 거 가입해서 한번 해 보시면 어때요?"

전혀 생각지도 못했던 말에 재진의 눈썹이 의아하게 치올라 갔다.

"물론 많이 바쁘시다는 거 알아요. 하지만 쉬긴 하실 거 아니에요. 일주일에 한 번이 어려우면, 한 달에 한두 번이라도 참여를 해서 동네 주민들과 친분을 좀 쌓으세요. 남자들이니 축구는 다 기본으로 하실 거 아니에요."

"아……, 그건 그렇죠."

"축구도 같이하고, 그러다 보면 밥도 같이 먹게 될 거고, 그러다 보면 저절로 친분이 쌓이지 않겠어요? 그러다 보면 결국 아이들끼리도 친해질 수 있을 거고요. 진건이는 지금 사랑이 필요해요. 사람이 필요하고요."

재진은 학부모를 혼내는 선생님처럼 열변을 토하는 은우를 물끄러미 바라보았다.

"제가 이따가 진건이 아빠도 만나면 얘기할 거예요. 그러니까 괜히 왜 큰아빠인 나한테만 그러나 억울해 마세요. 아셨죠?"

슬쩍 표정이 풀어진 그녀가 새치름하게 물었.

느릿하게 고개를 끄덕이는 재진의 입가에 미소가 번졌다.

"진건아, 이리 와. 목마르지?"

진건에게 음료수를 주며 엉덩이를 두드리는 은우는 엄마처럼 세심하게 진건을 챙겼다. 땀도 닦아 주고, 코도 풀어 주고, 옷도 다시 바르게 입혀 주고.

"강은우 씨."

은우가 슥 고개를 돌렸다.

"지난번에 못 먹은 저녁 먹어야죠. 먹고 싶은 거…… 있습니까?"

"맛있어?"

은우는 오물오물 잘도 먹는 진건을 보며 흐뭇하게 웃었다. 평일임에도 불구하고 저녁 시간대라 그런지 패밀리 레스토랑엔 사람들이 북적였다.

"응. 형아도 많이 먹어."

재진이 뭐가 먹고 싶으냐고 물었던 질문에 대한 은우의 대답은 간단했다.

[아, 저는 괜찮은데. 진건이한테 뭐 먹고 싶은 게 있는지 물어보고 정하죠.]

진건은 고기라고 대답을 했고, 재진은 잠시 고민을 하다 패밀리 레스토랑으로 데리고 온 거였다.

"은우 씨도 어서 많이 들어요."

은우는 진건의 옆에 앉아 있는 재성을 보며 '네, 많이 먹고 있어요.'라고 웃으며 대답한 뒤, 스테이크 한 조각을 입안에 넣었다. 부드럽게 살살 녹는 것이 아주 입맛에 잘 맞았다.
"음, 정말 맛있어요."
"다행이네요. 입맛에 맞으시다니."
 은우는 엄지를 들어 올려 보이며 씩 웃었다. 애견 카페에서 이동하려던 찰나 재성에게서 연락이 와서 패밀리 레스토랑에서 만난 것인데, 그가 함께함으로써 분위기가 훨씬 편해졌다.
"아빠. 나 화장실."
"어. 아빠랑 같이 가."
 재성이 진건을 데리고 자리에서 일어났다. 아무 생각 없이 스테이크를 오물거리던 은우는 옆에 앉아 있는 사람이 류재진이라는 사실이 갑자기 생각나자 힐끗 곁눈질을 했다.
 어쩜 스테이크를 먹는 것도 화보 같을까.
 패션의 완성은 얼굴을 떠나서, 결국 모든 것의 완성은 얼굴인 것 같았다. 정말이지 저 얼굴만 가만히 보고 있노라면 반하지 않을 여자가 없을 듯했다.
 아마도 소속사 여자 연예인들 중에서도 재진을 흠모하는 배우들이 분명 있을 것 같다는 생각도 어렴풋이 들었다. 소속사 대표인데다 아직 미혼이고 인물도 저리 출중하니, 없으면 그게 더 이상하지 않겠는가.
 정교하게 다듬어진 날렵한 옆선을 무심코 바라보고 있던 은우는, 그의 휴대폰 벨소리가 요란하게 울려 대자 황급히 시선을 거두었다.

"어, 민석아."

민석? 차민석?

눈을 더 동그랗게 뜬 은우는 청각을 곤두세운 후 귀를 쫑긋 거렸다.

"네가 요새 계속 무리하긴 했지. 스케줄 조정을 좀 해 보자. 하루 정도 푹 쉬면 되겠어?"

어디가 아픈 건가?

은우는 저도 모르게 점점 재진을 향해 몸을 기울였다. 어느새 휴대폰을 쥐고 있는 그의 손 가까이 바싹 귀를 갖다 댄 은우는 심각한 얼굴로 경청했다.

"종호 좀 바꿔 봐."

매니저인가?

"단순한 과로야? 어느 병원인지 문자 남겨 놓고, 일단 넌 스케줄부터 빨리 체크해."

간단히 통화를 끝낸 재진은 좀 심하게 가까이 붙어 있는 은우를 발견하고는 흠칫 놀랐다.

그제야 상황을 인지하고는 서둘러 몸을 뗀 은우는 머리를 긁적였다.

"누, 누가 아픈 것 같아 걱정이 돼서. 아하하. 차민석이라고 그랬던 것 같기도 하고……."

슬쩍 눈치를 보며 혼자 중얼거리는 게 귀여웠다. 재진은 피식 입꼬리를 올렸다.

"과로라는데 좀 쉬면 괜찮을 거랍니다. 인기 많은 톱스타일수록 바쁜 스케줄에 쫓기는 건 어쩔 수 없는 거니까요."

"다행이긴 한데 걱정이네요. 그러게 일 좀 적당히 시키세요. 사람이 좀 쉬기도 해야 할 텐데. 가만 보면 연예기획사들의 횡포가 날로 심해지나 봐요. 소속사와 분쟁 중인 연예인들도 한둘이 아닌 것 같고. 좀 떴다 싶으면 무슨 일하는 기계처럼 사람을 너무 부리니까요. 물론 팬인 저희들이야 자주 볼 수 있으면 좋은 거지만……."

불만이 가득한 듯, 뾰로통한 얼굴로 쉴 새 없이 나불거리던 은우가 아차 하며 말끝을 흐렸다. 아니나 다를까 그의 표정이 슬며시 일그러져 있는 것 같았다.

"민석이가 원해서 그렇게 하는 겁니다."

"아하하. 그, 그런가요?"

"돈에 혈안이 되어서 인정사정없이 일만 잔뜩 떠안기는 그런 고약한 사람은 아닙니다, 난."

"아하하. 그러시겠죠."

"팬들의 과분한 사랑에 보답하는 길은 열심히 활동하는 것밖에 없는 것 같다면서 이 바쁜 와중에도 팬 사인회도 자청해서 하는 거예요. 민석이 인성이 그렇다 보니 제 몸 힘들어도 무리하게 일정을 잡는 경우가 빈번하긴 하지만, 나는 오히려 말리는 입장이었지 한 번도 강요한 적 없습니다."

은우는 뭔가 잔뜩 억울하다는 얼굴로 투덜거리는 그가 어쩐지 귀엽다는 생각이 들어 풋, 웃음이 나왔다. 저리 카리스마 철철 넘치게 생긴 그에게 이런 면도 있었나, 신기하기도 했다.

"왜 웃습니까?"

"아, 죄송해요."

은우는 억지로 슬픈 생각을 하며 입술을 앙다물었다.

"설마, 내 말을 안 믿는 거예요?"

은우는 대답대신 간신히 도리질만 해 대었다. 입을 열면 웃음이 터져 나올 것 같아 죽을힘을 다해 꾹 참고 있는데, 때마침 구세주처럼 재성이 나타났다. 한데…….

"재성아. 네가 좀 얘기해 봐."

"응?"

"민석이 말이야. 내가 그렇게 돌리는 거 아니잖아."

"으, 응?"

"민석이 스케줄, 내가 그렇게 빡세게 잡는 거 아니라고 얘기 좀 해 봐."

재성은 심각한 얼굴로 다그치는 재진을 보며 얼떨결에 고개를 끄덕였다.

"그, 그렇지. 형이 그러는 건 아니……."

"풉……. 푸하하하!"

결국 참지 못한 웃음 폭탄이 터지고 말았다. 은우는 웃겨 죽겠다며 배꼽을 붙잡고 거의 혼절하기 직전까지 웃어젖혔다.

여전히 불만스런 표정으로 잘생긴 얼굴을 찌푸리고 있는 재진이 망막에 맺혔다.

이 남자, 웃기기도 하는 남자였구나. 도통 웃음이 멈추지를 않는다.

"이렇게 자꾸 얻어먹어도 되나 모르겠어요. 정말 잘 먹었습니다."

은우는 패밀리 레스토랑에서 나와 두 형제를 향해 허리를 숙였다. 정말이지 요새 너무 잘 먹고 다녀서 살이 찔 판이었다.

"별말씀을요. 아, 은우 씨는 형이 좀 모셔다 드려. 민석이한테는 내가 가 볼게. 진건이도 아빠랑 같이 갔다 가자? 민석이 형아가 진건이 보고 싶어 하더라."

"정말? 응. 나는 좋아."

은우는 지금 이 순간 자신이 진건이였으면 좋겠다고 생각하며 부러움의 시선으로 바라보았다.

"아빠. 형아도 같이 가면 안 돼?"

"아……. 은우 씨도 민석이 팬이에요?"

은우가 멋쩍게 웃었다.

"아빠. 형아도 데려가자."

진건이 조르는데도 재성이 선뜻 대답을 하지 않자, 은우가 재빨리 선수를 쳤다.

"아니에요. 어서 가 보세요. 피로해서 입원까지 한 사람한테 갑자기 팬이라며 낯선 사람이 오면 그것 또한 얼마나 스트레스겠어요. 괜히 입장 난처하게 해 드리고 싶지 않아요. 제가 지금 같이 따라가는 건 예의가 아닌 것 같으니까, 신경 쓰지 마시고 얼른 다녀오세요."

"이해해 주시니 감사하네요."

재성의 눈이 매끄럽게 휘었다. 은우 역시 수줍게 따라 웃으며 진건에게 서둘러 인사를 건넸다.

"진건이 내일 보자?"

그녀가 손을 흔들며 진건을 보내는데, 재성이 잊은 게 있는 듯 다시 뒤돌아섰다.

"아, 그리고 은우 씨. 아까 은우 씨가 말씀하신 조기축구회, 되도록 빨리 알아보고 가입할게요. 오늘 은우 씨 얘길 듣고 느낀 바가 많아요. 그렇게까지 생각해 주셔서 너무 고맙고, 감사해요. 아마도 우리가 은우 씨를 만난 건 엄청난 행운과도 같은 일이라는 생각이 들어요."

한없이 다정한 음성으로, 따뜻한 눈길로 차분하게 진심을 전하는 재성을 바라보던 은우는 괜히 또 민망해져 괜한 머리칼을 흩트렸다.

"뭘 또 그렇게까지 좋은 말씀을. 아하하. 얼른 가 보세요."

재성의 등을 떠밀어 차에 태운 은우는 진건과 다시 한 번 격하게 인사를 나눈 후, 먼저 주차장을 빠져나가는 차 뒤꽁무니를 한참 바라보았다.

"그만 가죠."

은우는 등 뒤에서 들리는 재진의 음성에 움찔거리며 손사래를 쳤다.

"아, 전 그냥 택시타고 갈게요. 먼저 가세요."

아까 그렇게 미친 듯이 웃고 난 후에 어쩐지 재진과 더 어색해진 것 같았다. 설마 저 포스를 하고서 삐친 것인지, 그렇지 않아도 적은 말수가 더 적어졌었다.

"강은우 씨는 왜 자꾸 날 못된 사람을 만듭니까?"

"네?"

"난 기본적인 매너는 지키는 사람입니다."

그가 조수석 문을 열며 고갯짓을 했다.

"어서 타요."

"시간도 별로 안 늦었고, 정말 괜찮은데……."

"내가 안 괜찮습니다."

재진의 새카만 눈동자가 오롯이 은우에게 향했다.

은우가 뭔가 묘한 기분에 마른침만 삼키며 가만히 서 있자, 그가 저벅저벅 다가오더니 손목을 잡았다.

"고집 참."

가까이 마주한 그의 눈썹이 미세하게 꿈틀거렸다.

"그런데 나도 한 고집 합니다."

"어맛!"

재진은 거의 납치하다시피 은우를 차에 태우고는 서둘러 운전대를 잡았다. 놀란 얼굴로 저를 보고 있는 은우를 향해 그가 평정심을 유지하며 얘기했다.

"그렇게 쳐다보지 말아요. 내가 얘기했잖아요. 난 기본 매너는 지키는 놈이라고. 매너입니다, 매너."

그놈의 매너 두 번만 지켰다가는 사람 감금시킬지도 모르겠다고 생각한 은우는 오늘도 어김없이 발연기에 도전했다.

"데려다 주시면 저야 감사하죠. 편하게 가니까요. 아, 좋다아. 아, 너무 편하다아."

피식, 그의 입매가 또 올라갔다 내려왔지만 은우는 일부러 모른 척을 했다.

그와 함께하는 미치도록 편안한 퇴근길이 얼른 지나가길 기다리고 있는데, 나직한 그의 음성이 고막을 자극했다.

"강은우 씨."

"네?"

고개를 돌린 은우는 여전히 정면을 바라보며 운전 중인 그를 응시했다. 굳게 다물어진 선이 뚜렷한 그의 입술이 묵직하게 열렸다.

"나도 같은 생각입니다."

"네?"

"재성이와…… 같은 생각입니다."

신호에 걸린 세단이 잠시 멈춰 섬과 동시에 그의 고개가 돌아가며 눈이 마주쳤다.

"강은우 씨를 만난 건 행운과도 같은 일이라는 재성이의 말에 동의합니다. 강은우 씨를 알게 된 거, 행운 맞아요. 엄청나게 큰 행운…… 맞습니다. 그런 사람이에요, 강은우 씨는."

뭔가 한마디라도 해야 할 것 같은데, 은우는 순간 아무런 말이 나오지 않았다. 라디오 볼륨을 높이며 다시 운전에 집중하는 그에게, 그 어떤 말도 나오지 않았다.

그저 무뚝뚝하기만 한 줄 알았던 그는 보기보다 귀엽고, 어쩌면 보기보다 마음이 따뜻한 사람일지도 모르겠다는 생각이 불현듯 스쳤을 뿐이었다.

은우는 고개를 돌려 창밖으로 시선을 던졌다. 차로 꽉 막힌 서울 시내 야경이 그리 나빠 보이지 않았다. 그녀의 입술 끝은 어느새 슬그머니 올라가 있었다.

**

"오빠. 오빠도 그렇게 생각해?"

기훈은 연방 생글거리는 은우를 힐끗 쳐다보며 시큰둥하게 대답했다.

"뭘 말이냐?"

"내가 정말 행운과도 같은 사람일까? 오빠한테도 내가 그래?"

거실 바닥에 옆으로 누워 과자 봉지를 끼고 TV를 보고 있던 기훈이 몸을 바로 일으켰다.

"어디서 개수작이야."

"으, 응?"

"어떤 자식이 그런 개수작을 부리디?"

"개, 개수작이라니?"

"그렇잖아. 네가 행운과도 같은 사람이라니, 완전 대놓고 개수작 부리는 거잖아. 어떤 새끼야? 그 서른넷 노땅이 그러디?"

은우는 본능적으로 고개를 절레절레 흔들었다.

"아, 아니."

"그럼, 아이 아빠가 그러디?"

"아, 아니."

기훈은 미심쩍은 얼굴로 턱을 매만지더니 이내 다시 벌러덩 누웠다.

"행여나 그런 개수작에 넘어갈 생각 마라."

"도대체 지금 무슨 소릴 하는 거야? 참나. 아휴, 잠이나 자야지."

노곤한지 일찍 잠이 든 엄마의 방문을 살짝 열었다 닫은 은우는 낄낄거리며 TV에 푹 빠져 있는 기훈을 슬쩍 보고는 입술을 쭉 내밀었다.

"아휴. 저러고 있는 거 보면 완전 딱 백수인데 말이야. 말

본새가 예쁘기를 하나, 저러니까 여자 친구가 없지. 장가는 갈 수 있을지 몰라. 저러다 내가 평생 데리고 살아야 하는 거 아니야? 으으."

구시렁거리며 방으로 들어온 은우는 침대 위에 누워 오늘 있었던 일을 가만히 떠올려 보았다. 멀끔한 정장 차림으로 저를 따라 뒤뚱거리던 재진을 생각하니 웃음이 삐져나왔다.

"그러고 보면 아이를 정말 좋아하나 봐. 아무리 조카라고 해도 그러기 쉽지 않은데."

진건의 눈높이에 맞춰 주기 위해 외모와 전혀 어울리지 않는 놀이를 감행한 그를 떠올리니 좀처럼 웃음이 사그라지지 않았다.

"그런데 참…… 달라. 같은 말을 해도 느낌이 너무 달라."

연인에게 말하듯 살갑게 진심을 토해 내던 재성과는 다르게, 재진은 무심하게 툭 내뱉었다. 한데 그 무심함 속에 뭔가 말랑말랑한 진심이 조금 엿보인 것도 같아 의외였었다.

"그래도 역시 남자는 진건 아빠처럼 다정다감하고 부드러워야 최고지."

이불을 끌어안은 은우는 흐뭇한 미소를 지으며 눈을 감았다.

재성을 보면 문득 돌아가신 아빠가 생각날 때가 있다. 엄마 없이도 항상 웃는 얼굴을 보여 주시곤 했던 아빠.

아빠의 그 모습이 강하게 뇌리에 박혀서인지 자라면서 이상형 또한 아빠 같은 남자였다. 아빠처럼 다정하고, 아빠처럼 잘 웃고, 아빠처럼 든든하기도 한.

학창 시절 저 좋다고 쫓아다닌 또래 친구들이 몇몇 있긴 했었지만, 이상하게 또래들은 남자로 보이지가 않았다. 고등학교 때 국어 선생님을 좋아했던 게 아마도 처음으로 이성을 좋아한 것이 아닐까 싶다.

"그러고 보면 차민석은 뭔가 마성의 매력이 있나 봐. 동갑인데도 뭔가 오빠 같은 느낌이란 말이지. 인성이 워낙 바르고 훌륭해서 그런가?"

몸을 뒤채며 이불을 뒤집어쓴 은우는 내일은 또 진건이와 어떤 하루를 보내게 될지 설레는 마음으로 잠을 청했다.

[형아.]

이젠 형아 소리마저도 정감이 가는 진건의 목소리가 바로 옆에서 울리는 듯했다. 아마도 진건을 만난 건 그녀에게도 행운과도 같은 일인 것 같다.

**

"좀 더 붙어 봐. 김현, 분명 뭐 하나 나오겠네."

주희는 신문사 연예부장에게 불려갔다가 제 자리로 돌아와서는 지끈대는 머리를 감쌌다.

증권가 찌라시에서 시작되는 연예인 X파일은 실제로 존재한다. 그리고 그중 80% 이상은 모두가 다 사실이다.

그녀가 처음 특종을 노리기 시작한 건 차민석이 아니었다. 톱스타임에도 불구하고 유일하게 그런 X파일이 존재하지 않는 게 차민석이기 때문에 관심이 없었다.

호스트바 출신이라는 설이 나도는 배우 '김현'을 쫓던 과정에서 한마디로 차민석이 얻어걸린 것이었다.

김현이 데뷔하기 전 스무 살 때 함께 호스트바에서 일을 했었다는 고등학교 동창생을 어렵게 만나게 되었다. 취재 과정에서 김현이 당시 손님으로 만났던 연상의 여자와 아직도 만나고 있고, 그녀가 그의 스폰서라는 엄청난 사실 말고도 의외의 대어를 낚고 말았다.

김현의 비밀보다도 더 대단한 특종.

주희는 어떻게 일이 이렇게 꼬이나 싶어 머리칼을 쥐어뜯으며 한숨을 내뱉었다.

대학 선배가 베이비시터를 구한다고 했을 때, 아무런 의도 없이 은우를 소개시켜 준 건 맞았다. 한데 그 선배는 자신을 그냥 평범한 회사원으로 알고 있었기에 스스럼없이 사람을 구해 달라고 한 것이었다.

만약 연예부 기자인 줄 알았다면 절대 그런 부탁을 했을 리 없을 것이다. 연예기획사 대표가 연예부 기자를 친구로 둔 사람을 제 집 베이비시터로 고용할 리는 절대 없으니까.

은우를 처음 그 집에 소개시켜 줄 때만 해도, 자신이 쫓고 있는 특종과 제이기획사는 아무런 연관성이 없었다. 김현의 소속사는 다른 곳이었으니까.

그래서 보수 두둑한 좋은 일자리를 얼른 친구에게 소개시켜 줘야겠다는 순수한 마음으로 추진시킨 일이었는데, 공교롭게도 지금 상당히 이상하게 돌아가고 있는 셈이었다.

"아, 머리야."

주희는 엊그제 은우와 전화 통화를 했던 내용을 떠올리자 더욱 두통이 심해졌다. 굳이 알지 않았으면 했던 이야기들을 들어 버렸다. 그래서 마음이 불편해졌다.

류재진 대표를 비롯해 류재성 기획실장이 어떤 사람들인지, 류진건이라는 꼬마 아이가 얼마나 사랑스러운지. 차민석이라는 대어를 낚은 그녀로서는 그다지 반갑지 않은 소식들을 듣고 말았다.

그녀는 본업에 충실한 뿐이지만, 자칫 잘못하면 처음부터 뭔가를 의도하고 은우를 소개시켜 준 거라고 오해를 살 수도 있는 상황이 되어 버린 거였다.

주희는 데스크 위에 엎어지며 자신의 보물 1호 DSLR 카메라를 빤히 쳐다보았다.

"하아, 그냥 다 때려치울까."

기자의 본분을 망각한 어이없는 생각까지 들고 만다.

~6~

"우리 정 여사는 뭘 사 주지?"

아침부터 일찍 눈이 떠진 은우는 오늘이 벌써 첫 월급을 타는 날이라는 생각에 뿌듯해하며, 설레는 마음으로 고민을 했다. 엄마에게 용돈을 드리는 것 말고도 뭔가 선물을 따로 해 드리고 싶었다.

길고도 짧은 한 달이라는 시간이 훌쩍 흐르는 동안 진건은 많이 밝아져 있었다. 진건과 함께하기 위해 노력하는 재성의 모습은 눈물겨울 정도였고, 그런 아빠의 노력을 알아주기라도 하듯 진건 역시 웃음이 많이 늘었다.

또한, 약속대로 형제 모두 조기축구회에 가입을 해서 쉬는 주말이면 축구를 하러 나갔고, 아빠와 큰아빠가 축구하는 걸 구경하고 싶다는 진건의 청 때문에 돌아오는 주말엔 함께 축구 경기를 관람하기로 했다.

콧노래를 부르며 휴대폰을 집어 들던 은우는 마침 문자 알림음이 울리자 바로 확인을 하다 이내 방방 뛰어다녔다.

유치원에서 받던 두 배의 월급이 당당하게 찍혀 있었다. 입금자명이 류재성으로 되어 있었는데, 사람 참 바지런하기도 하다는 생각이 들었다. 아침부터 통장이 두둑해지니 기분이 무척 좋았다.

은행도 들를 겸 일찍 집을 나서야겠다고 생각한 은우는 휴대폰 바탕화면을 멋들어지게 장식하고 있는 민석을 보며 씩 웃었다.

"아, 정말 곱기도 하지."

웃고 있는 민석의 얼굴을 쓰다듬은 은우는 발걸음도 가볍게 욕실로 들어가 샤워를 끝냈다.

"그런데 도대체 언제쯤 만나게 해 줄 생각인 거지? 설마 잊고 있는 거 아니야?"

재진의 입이 열릴 때마다 이제나저제나 기다리던 소식이 있을까 하고 기대를 해 보았지만, 아직까지 그의 입에서는 원하는 말이 흘러나오지 않았다.

"하긴, 눈코 뜰 새 없이 바쁘니까."

아쉬움을 달래며 젖은 머리칼을 말리던 은우는 어느새 머리칼이 또 길어 미용실을 가야겠다는 생각을 하다 고민에 빠졌다. 날은 점차 더워질 테니 커트 머리가 간편하긴 한데, 진건이와 민망했던 첫 만남을 생각하니 그냥 다시 길러 볼까 싶기도 했다.

"아휴, 이 머리를 또 언제 길러."

기르기까지 과정이 곤혹일 거라 생각한 은우는 일단 자르지 말고 참아 보자고 마음먹은 뒤 외출 준비를 했다.

"아, 맞다. 진건이 선물 챙겨야지."

며칠 전부터 미리 주문해 놓았던 토끼 인형이 어제 집에 오니 도착해 있었다. 그냥 일반 인형이 아닌 음성 녹음이 가능한 인형인지라 어젯밤 녹음까지 다 마친 터였다.

"자, 그럼 오늘도 출바알!"

"짠!"

은우는 유치원 버스에서 내리는 진건을 향해 포장된 인형을 내밀었다. 선물을 받는다는 건 애, 어른 할 것 없이 누구에게나 기분 좋은 일이듯이, 진건의 입 역시 귀에 걸렸다.

"와아. 이게 뭐야, 형아?"

"뭘까요?"

은우가 토끼 흉내를 내며 깡충거렸다.

"꺄아!"

진건이 기쁨으로 충만한 비명을 지르며 폴짝거렸다. 은우는 얼른 집에 가서 뜯어보자며 설레는 마음으로 걸음을 서둘렀다.

유치원 가방을 내려놓기가 무섭게 포장지부터 뜯은 진건이 토끼 인형을 보더니 좋아서 헤헤거렸다.

"진건아, 이게 다가 아니야. 요기 눌러 봐."

은우가 토끼의 배를 가리키자 진건이 손가락을 뻗어 꾹 눌렀다.

-진건아. 형아가 진건이 얼마나 사랑하는지 알지? 삐리, 삐리. 삐리, 삐리. 마음아, 전해져라. 사랑해.

진건의 입꼬리가 더욱 올라가며 까르르, 웃음이 새어 나왔다. 신기한지 자꾸만 토끼 배를 누르는 진건의 얼굴에 웃음이 가득했다.

은우는 뭔가 뿌듯한 얼굴을 한 채 아예 턱을 괴고 진건을 바라보았다. 역시 아이들은 웃을 때 가장 아이답고, 웃을 때 가장 어여쁘다.

그녀는 진건이 또다시 인형 배를 누르자 이번엔 실제 목소리를 내며 따라했다.

"진건아. 형아가 진건이 얼마나 사랑하는지 알지? 삐리, 삐리. 삐리, 삐리. 마음아, 전해져라. 사랑해."

손가락까지 내밀며 텔레파시를 보내는 은우의 행동에 진건의 입이 더욱 벌어졌다.

"류진건 군은 언제부터 그렇게 잘생겼나? 태어날 때부터 그랬나?"

은우의 장난에 마냥 웃기만 하던 진건이 뭔가 생각난 듯 손

뻑을 치며 일어섰다.

"형아, 내가 사진 보여 줄게."

"응?"

"진건이 아기 때 사진."

은우는 이 집에 온 이후로 단 한 번도 방문이 열려져 있는 걸 본 적이 없는 재성의 방으로 들어서는 진건을 힐끔거렸다. 이 집에서 들어가 본 방이라고는 진건이 방이 유일했고, 그게 당연했다.

"형아, 이리 와 봐."

은우는 주인 없는 방을 함부로 들어간다는 것이 어쩐지 불편해 선뜻 들어가지 않고 머뭇거렸다.

"아니야, 진건아. 다음에 아빠 계실 때 보여 달라고 하자."

"괜찮아. 들어와."

앨범을 꺼내 달라며 손짓하는 진건을 난처한 얼굴로 바라보던 은우는 마지못해 엉거주춤한 자세로 들어섰다. 책꽂이 한쪽에 자리 잡고 있는 앨범을 꺼내 진건에게 건네는데, 흰 장갑을 끼고 훑어도 먼지 하나 묻을 것 같지 않은 깔끔한 방 내부가 눈길을 끌었다.

게다가 같은 남자 방임에도 불구하고 기훈에게서 나는 홀아비 냄새와는 전혀 다른 향긋한 냄새가 코를 찔렀다. 남자 스킨 향 같기도 하고, 향수 같기도 하고, 뭔지는 모르지만 엄청 좋은 냄새임에는 분명했다.

"진건아, 여기 아빠 방이니까 우리 나가서 보자."

앨범을 들고 거실로 나온 은우는 진건과 머리를 맞댄 채 사진을 구경했다. 진건이 신생아일 때 사진부터 최근 놀이공원에서 찍은 사진까지, 참 정갈하게도 정리되어 꽂혀 있었다.

"와아. 진건이는 정말 태어날 때부터 잘생겼었구나."

흐뭇한 얼굴로 차근히 한 장 한 장 훑어보던 은우는 사진 속에 간간이 눈에 띄는 민석을 발견하고는 손가락으로 살며시 쓸었다. 특히 진건을 목말 태운 재성을 가운데 두고 양옆으로 재진과 민석이 함께 나란히 서서 찍은 사진은, 마치 친형제나 다름없어 보일 정도로 사이가 돈독해 보였다.

"진건이는 민석이 형아랑 정말 친한가 봐. 이렇게 사진도 많이 찍고."

"응. 요새는 형아가 많이 바빠서 잘 못 보는데, 형아가 장난감도 많이 사 주고 그랬어."

"와아. 좋겠다."

"민석이 형아는 좋은 형아야. 아빠랑도 친하고, 큰아빠랑도 친하고, 진건이랑도 친해."

"응. 좋은 형아인 거 같아."

마지막 장까지 모든 사진을 훑어본 은우는 혹시나 진건이 엄마 사진이 나오면 어째야 하나 가슴 졸이던 마음을 놓으며 살포시 숨을 내쉬었다. 아마도 재성이 일부러 다 골라 낸 것인지 조금이라도 걸쳐서 찍힌 사진 한 장이 없었다.

"앨범 이제 제자리에 갖다 놓을까?"

"응."

재성의 방문을 조심히 열어 후다닥 그대로 꽂아 놓은 은우는 진건을 향해 달려갔다.

"진건아, 우리 싱싱카 타러 나갈까?"

"응!"

손을 맞잡은 두 사람의 얼굴에 미소가 걸렸다.

"뭘 자꾸 이런 걸 사 주세요. 제가 너무 죄송하고, 감사하고 그러네요."

"정말 별거 아니에요. 마음 쓰지 마세요. 첫 월급 턱 같은 거예요. 하하."

은우는 오늘도 일찍 퇴근해서 들어온 재성을 향해 멋쩍게 인사를 건넸다. 재성이 들어오자마자 선물 받은 토끼 인형을 자랑하던 진건이 배를 자꾸 누르며 재성에게 들이댔다. 진건이가 듣는 거라 생각하고 녹음을 할 때는 그리 창피한지 몰랐는데, 재성 앞에서 녹음된 제 목소리가 자꾸 나오자 얼마나 민망한지 몰랐다.

"그럼 이만 가 볼게요."

"아, 은우 씨. 그런데 정말 일요일 날 시간 괜찮겠어요? 축구하는 날이라 어차피 형이랑 다 쉬니까 은우 씨도 그날 쉬면 좋은데, 괜히 진건이 녀석 때문에······."

"아뇨, 괜찮아요. 저도 축구 좋아해요. 진건이도 아빠랑 큰 아빠가 축구하는 건 본 적이 없으니까 많이 새롭고 즐거워할 거예요. 그럼 가 보겠습니다."

아빠 품에 꼭 매달려 있는 진건과도 인사를 나눈 은우는 가벼운 발걸음으로 엘리베이터에 올랐다. 일찍 끝났겠다, 월급 탄 기념으로 오늘 저녁은 모처럼 세 식구가 외식을 해야겠다고 생각한 은우는 기훈을 미리 깨워 두려 전화를 걸었다.

"오빠, 나야. 정신 좀 차리고 있어. 엄마 일 끝나는 시간이랑 거의 비슷하게 들어갈 것 같아. ……왜긴 왜야. 동생이 월급 타서 한턱 쏘겠다는 거지. 30분 이내로 씻고 기다리고 있어."

통화를 끝내고 1층에 도착한 엘리베이터에서 내리려던 은우는 눈앞에 보이는 낯익은 얼굴에 눈만 끔뻑거렸다. 자신이 알기로 재진은 항상 지하 주차장에 차를 대기 때문에 이렇게 1층에서 마주칠 일은 없었다.

"아…… 이제 오세요?"

엘리베이터에서 내린 은우가 재진을 보며 알은척을 했다. 그 사이 금속 문이 닫히자 은우가 서둘러 손을 뻗어 버튼을 눌렀지만 이미 놓쳐 버린 후였다.

"에고, 또 한참 기다리셔야겠어요."

옆으로 비켜서 지나가려던 은우의 시선이 그가 손에 들고 있는 치킨으로 향했다.

"혹시 저녁 약속 없으면······."

"아, 어쩌죠? 오늘은 가족끼리 저녁을 먹기로 해서요."

"아."

"죄송해요."

은우는 두 마리나 포장된 봉투를 보며 정말 미안한 표정을 지었다.

"진건이가 저녁을 얼마 먹지 않아서 지금 배고플지도 몰라요. 얼른 올라가 보세요."

"아, 강은우 씨."

그만 돌아서려던 은우가 멈칫하며 고개를 돌렸다.

"일요일 날····· 진건이랑 축구 경기 보러 오는 거 확실합니까?"

"아, 그럼요. 약속한 건데요. 왜요?"

"아닙니다. 조심히 들어가요. 즐거운 시간 보내고요."

은우를 먼저 보내고 혼자 남은 재진은 손에 들고 있는 치킨을 물끄러미 바라보다 경비실을 찾았다.

"이것 좀 드세요."

한 마리는 경비실에 건네고, 나머지 한 마리만 가지고 엘리베이터에 오른 재진은 거울에 비친 제 모습을 바라보다 허탈하게 웃고 말았다.

오늘 재성이 일찍 퇴근한 걸 알고는 얼마나 부리나케 달려왔는지 몰랐다. 혹시 그녀와 엘리베이터가 엇갈릴까 봐 지하 주차장에 차를 대고 일부러 1층에서 내렸다. 때마침 12층에서 내려오는 엘리베이터에 분명히 은우가 타 있을 거라고 확신을 했고, 문이 열리는 순간 드러난 그녀의 얼굴을 보고 있노라니 안도의 한숨이 다 나왔다.

나이 서른넷에 이게 뭐하는 짓인가 싶기도 했다. 그녀가 닭을 좋아한다는 사실을 이용해 일부러 치킨을 사왔다. 그걸 빌미로 좀 더 붙잡아 두고 싶어서.

혹시 그냥 일시적인 호기심은 아닐까 생각해 보았다. 좀 더 냉철하게 현실을 직시하자, 생각도 해 보았다.

"큰아빠!"

재진은 웬 토끼 인형을 들고 달려오는 진건을 품에 안았다.

"쿵쿵. 와아, 큰아빠 치킨 사왔어?"

"응."

"진건이 먹으라고?"

"응. 진건이 먹으라고."

"형아도 있었으면 좋아했을 텐데."

"……그러게. 그런데 이건 뭐야?"

진건이 씩 웃으며 토끼 인형 배를 꾹 눌러 재진의 귀에 갖다 대었다.

-진건아. 형아가 진건이 얼마나 사랑하는지 알지? 삐리, 삐리. 삐리, 삐리. 마음아, 전해져라. 사랑해.

갑작스런 은우의 음성에 흠칫 놀란 재진은 이윽고 입매를 올리며 슬며시 웃었다.

"큰아빠, 재밌지?"

"응, 재밌네."

"한 번 더 들려줄까?"

"흠흠. 그럴래?"

-진건아. 형아가 진건이 얼마나 사랑하는지 알지? 삐리, 삐리. 삐리, 삐리. 마음아, 전해져라. 사랑해.

마치 바로 옆에서 은우가 얘기하는 것처럼 그녀의 표정이 생생했다.

재진은 하아, 짧게 숨을 토해 내며 실소를 머금었다.

마음아, 전해져라.

유난히 그 한마디가 가슴에 깊게 박힌다.

**

"짠! 정 여사, 선물이야."

은우는 오늘 낮에 외출을 해 신중하게 골랐던 순정의 선물을 방에서 가져 나와 내밀었다.

"다 낡은 구두는 이제 좀 그만 버리고, 앞으로는 이거 신고 다녀."

저녁 외식을 나가기 전 그녀가 내민 선물 상자 안엔 발이 편해 보이는 단화 한 켤레가 들어 있었다.

"자, 신어 봐. 편해야 할 텐데."

순정의 발 앞에 구두를 고이 놓아 둔 은우가 얼른 신어 보라며 채근했다.

"어때? 편해?"

거실을 몇 걸음 왔다 갔다 하던 순정이 환하게 웃으며 고개를 끄덕였다. 옆에서 가만히 지켜보고 있던 기훈이 은우의 어깨에 팔을 올리며 머리를 쓰다듬었다.

"다 컸네."

"다 컸지, 그럼."

"그럼 오늘 소고기 먹는 거냐?"

"소, 소고기?"

잠시 갈등에 빠진 은우가 어렵게 결정을 한 듯 주먹을 다 불끈 쥐었다.

"우리 정 여사가 원한다면야."

"에휴, 됐어. 신발 사느라 돈 썼을 텐데."

"아니야, 엄마. 이왕 쏘는 거 확실하게 쏘지, 뭐. 소고기 먹으러 가자. 고고!"

제일 먼저 쏜살같이 밖으로 나가던 기훈을 뒤쫓던 은우가 멈칫하며 뒤를 돌았다. 자신이 사 준 새 신발을 신고 있는 순정에게 다가가 손을 맞잡은 그녀가 배시시 웃었다.

"정 여사, 이거 신고 도망가면 안 돼?"

순정의 손을 뺨에 갖다 대며 비비적거린 은우가 말을 다시

이었다.

"원래 신발 선물은 하는 게 아니라던데. 그래서 무지 고민하다 산 거야."

"……녀석. 별소리를 다."

"나 정 여사 스토커인 거 알지? 도망가도 끝까지 쫓아갈 거야."

"야, 야, 강은우! 쓸데없는 소리 그만하고 빨리 나와. 신발 선물하면 안 되는 건 남녀 사이에만 적용되는 거 아니었냐?"

기훈의 외침에 그제야 손을 놓은 은우는 다시금 경쾌하게 걸음을 옮겼다.

"소고기 먹으러 출바알!"

**

"아빠. 나 오늘 아빠랑 같이 잘래."

재성은 어쩐 일인지 제 방에서 베개를 들고 와서 문을 빠끔히 여는 진건을 반가운 얼굴로 맞이했다. 이불을 걷어 옆자리를 톡톡 두드리자 진건이 쪼르르 올라왔다.

"웬일이야, 우리 진건이가?"

기획사가 커지면서 일이 많아지니 바빠졌고, 그러다 보니 퇴근 시간이 자꾸 늦어지곤 했다. 때문에 진건이 먼저 잠들기가 일쑤였고, 자연스레 혼자서 잠을 자는 게 버릇이 되어서 그런지 같이 자자고 해도 굳이 꼭 제 방에서 잠을 자곤 했다.

"아빠, 요새는 회사 일이 많이 안 바빠?"

"음, 조금. 왜?"

"그냥. 아빠가 일찍 들어오니까 좋아서."

재성은 물끄러미 진건을 바라보다 이마에 붙은 머리칼을 쓸어 넘겨주었다.

"……그래. 아빠도 진건이 더 자주 보니까 좋아."

"아빠. 큰아빠가 더 축구를 잘해, 아빠가 더 축구를 잘해?"

쉽지 않은 질문인지 재성이 한참을 생각에 잠겼다.

"내일 형아랑 같이 아빠랑 큰아빠 축구하는 거 보러 갈 생각하니까, 막 신 나서 잠이 안 와."

"그렇게 좋아?"

"응. 신 나. 그런데 아빠, 아직 대답 안 했어. 누가 축구 더 잘해?"

"음……."

잠시 더 고민을 하던 재성은 목소리를 낮추며 속삭였다.

"아빠가 더 잘하는 걸로 하자. 큰아빠한테는 비밀이야."

진건이 고개를 끄덕이며 키득거렸다.

"응, 비밀이야."

"그런데 그게 그렇게 궁금했어? 누가 더 잘하는지?"

"아, 응. 그게 있잖아, 형아가 궁금해 하더라고. 그런데 형아도 아빠랑 똑같은 말을 했어. 분명 아빠가 더 잘할 거라고.

큰아빠는 못하게 생겼다고, 크크. 그러면서 큰아빠한테는 비밀이랬어."

재성은 어쩐지 진건의 말이 너무 웃겨 웃음이 터졌다. 아마 재진이 들었다면 억울해서 자다가 벌떡 일어났을 거였다.

사실 재진은 짧은 기간이긴 했지만 청소년 국가대표 팀에서도 최전방 공격수로 활약한 경험이 있는 터였다. 흔히들 운동을 그만두게 되는 공통적인 이유인 부상으로 그 역시 선수 생활을 마감하긴 했지만, 나름 언론 인터뷰도 한 적이 있는 유망주였다.

조기축구회를 가입하고 두 번의 경기를 뛰었는데, 아직 그 감각은 남아 있는 듯 보였다.

"아니다. 이러다 큰아빠 진짜 삐칠라. 실은 진건아, 큰아빠가 훨씬 잘해. 큰아빠 축구 선수 출신이야."

"정말?"

"그럼, 정말. 아빠보다 훨씬 잘해."

"와아, 큰아빠 좀 멋진데?"

"응. 멋지지, 큰아빠."

"있지, 아빠. 나는 은우 형아도 너무 멋져. 은우 형아는 축구 못할까?"

"음, 아마 못하지 않을까? 은우 형아는 여자잖아."

"아, 맞아. 그렇지. 있지, 아빠. 그런데 나는 은우 형아가 너무 좋아."

"응, 아빠도."
"정말 아빠도 좋아?"
"응, 좋지. 진건이가 좋으면, 아빠도 좋아."
진건은 초롱초롱한 눈망울로 재성을 응시했다.
"나는 은우 형아가 계속 내 옆에 있었으면 좋겠어."
"……."
"형아가 집에 안 오는 날이면 보고 싶고, 막 그래."
"……."
"그런데 아빠. 은우 형아도…… 언젠가는 다른 이모들처럼 진건이를 떠날까? 나는…… 형아는 안 떠났으면 좋겠어. 아빠 없을 때 놀아 주는 이모가 계속 형아였으면 좋겠어. 형아는 너무 재미있고, 멋있고, 형아랑 같이 있을 땐 안 슬퍼. 즐거워."

재성은 아무런 말없이 진건을 바라보다 품에 안아 토닥였다. 겨우 한 달 사이에 진건이 이렇게까지 은우에게 의지를 한다는 건 그만큼 그녀가 정성을 쏟았다는 뜻일 테니 고맙기도 했지만, 한편으로는 염려가 되기도 했다.

정에 굶주린 아이인데, 사랑에 목말라 있는 아이인데, 이러다 정말 진건의 말마따나 너무나 정이 들어 버렸을 때 그녀가 갑자기 떠나면 어쩌나. 평생 진건을 돌봐줄 수는 없는 일이니 언젠가는 분명 이별의 시간이 올 것인데, 벌써부터 그 순간이 조금 두려워졌다.

"아빠도 즐겁지?"

"음?"

"형아랑 있으면 아빠도 즐겁지?"

"……응. 즐거워."

"나 이제 잘래. 아까 형아가 오늘 꿈에서 만나자고 그랬어. 형아는 벌써 꿈속에서 진건이 기다리고 있을지 몰라."

얌전하게 눈을 감으며 잠을 청하던 진건의 숨소리가 금세 쌔근거렸다. 재성은 이불을 목까지 끌어올려 덮어 준 뒤 조심스럽게 한숨을 내쉬며 눈을 감았다.

진건이 베이비시터인 은우에게 유별나게 더 집착을 하는 이유는 엄마의 부재에 있다는 걸 안다. 엄마에게 받아야 할 사랑을 그녀에게 대신 받고 있으니, 진건은 저도 모르게 엄마의 품을 그녀에게서 찾고 있는 거다. 말은 '형아'라고 하며 쫓아다니지만, 실은 엄마처럼 여기고 있는 거다.

"하아……."

고민이 짙게 담긴 그의 한숨 소리가 꽤 긴 시간 이어졌다.

**

은우는 처음 보는 재진의 낯선 차림새에 얼떨떨한 얼굴로 그를 응시했다. 축구복으로 완벽하게 풀 세팅한 그가 문을 열고 나오자마자 순간 다른 사람인 줄 알았다.

누가 봐도 회사 대표인 듯 항상 깔끔하게 이마를 드러내며 넘겨져 있던 머리칼이 오늘은 자연스럽게 흘러내려와 있었다. 헤어스타일 하나로 사람의 이미지가 저렇게 달라질 수도 있나 신기하기까지 했다.

 게다가 반팔 아래로 드러난 검게 그을린 팔뚝에는 운동으로 다져진 잔 근육과 함께 힘줄이 불끈 솟아 있었다. 무엇보다도 놀라운 건 반팔 소매 아래로 팔뚝에 설핏 비치는 검은색 문신이 분명해 보였다. 소매에 가려져 슬쩍슬쩍 보이지만, 마치 팔뚝에 띠처럼 둘러져 있는 검은 글씨는 영문 필기체로 써진 레터링 문신이 맞았다.

 기훈이 난리법석을 쳐서 못 했지만, 저도 한때 손목에 레터링 문신을 새겨 볼까 고민했던 적이 있었다.

 은우는 재진이 팔을 들어 머리칼을 쓸어 올리자 온전하게 드러난 레터링 문신을 뚫어져라 쳐다보았다.

'Be sure you are right, then go ahead.'

 네가 옳다는 확신이 있다면 용감히 나아가라.

 재빠르게 레터링 문신 글귀를 읽어 내린 은우는 정말이지 평소와는 너무 다른 그의 이미지에 입을 벌리고 힐끔거렸다.

 이 남자, 왕년에 좀 놀았나.

 물론 문신이라는 것이 저부터도 그렇듯 소위 좀 놀았다는 사람들만의 전유물은 아니었지만, 류재진과 문신은 정말 상상도 못 한 조합이었다.

 어쩐지 자꾸 그에게 시선이 가서 훔쳐보는데 재진과 눈이 마주쳤다.

"아하, 아하하. 오늘 날씨가 참 좋죠?"

재진이 늘 그렇듯 피식 웃었다. 은우는 그에게서 황급히 시선을 뗐다.

"아, 은우 씨. 벌써 왔어요? 우리가 모시러 갔어야 했는데."

때마침 재성이 모습을 드러내며 그녀에게 알은척을 했다. 축구복을 입혀 놓으니 그는 거의 그녀 또래로밖에 보이지 않았다.

"짠!"

"어머, 진건아?"

재성에게 인사를 건네던 은우는 또 그 뒤를 이어 마지막으로 모습을 드러낸 진건을 보고는 고른 치열을 드러내며 웃었다. 체구도 유난히 작은데 축구복을 입으니 마치 인형이 말을 하는 것처럼 그리 귀여울 수가 없었다.

"와, 진건이 짱 멋있다!"

"헤헤. 진짜?"

"그럼 진짜지. 우리 진건이도 유소년 축구단 같은 데 가입해야 하는 거 아니야? 너무 멋있다."

은우의 칭찬에 기분이 좋아진 진건이 그녀의 손을 먼저 잡았다.

"축구장으로 출바알!"

평소 그녀가 즐겨 쓰는 말을 따라한 진건이 팔을 번쩍 들었다. 은우는 혼자 낯 뜨거워하는데 세 남자의 얼굴에는 미소가 걸릴 뿐이었다.

 시원한 나무 그늘 아래 자리를 잡은 은우는 경기 시작 전 몸을 풀고 있는 선수들을 훑어보았다. 같은 아파트 단지 주민들로만 구성된 조기축구 회원들인데도 재진보다 나이가 어려 보이는 사람들과 더 많아 보이는 사람들까지, 나이대가 고루 분포되어 있는 듯했다.
 오늘 경기를 치를 상대 선수들은 30대 직장인들로만 구성된 조기축구 회원들이었는데, 얼핏 보기엔 상대 전력이 더 우월해 보이기도 했다.
 "그런데 진건아, 아까 한 말 진짜야?"
 은우는 아무리 생각해도 믿을 수 없다는 얼굴로 다시 한 번 진건에게 확인을 했다. 류재진이 청소년 국가대표로 뛰었던 적이 있었다는 충격적인 사실은 여전히 믿기 힘들었다.
 "응, 진짜야. 아빠가 그랬어. 큰아빠 완전 잘한다는데? 지난번에 축구했을 때도 큰아빠가 두 골이나 넣었대."
 은우는 푸른 잔디밭에서 스트레칭을 하고 있는 재진을 신기한 눈으로 응시했다. 그의 월등한 허우대는 사람들 틈 속에서도 단연 돋보이기는 했다.
 "진짜 희한하네."
 "응, 형아. 나도 그렇게 생각해."

"그렇지?"

진건과 키득거리며 수다를 떨고 있는데 스트레칭을 끝낸 재성이 다가왔다. 아침 햇살에 반짝거리는 갈색 머리칼이 그의 선한 인상과 참 잘 어울렸다. 펌을 해서 부드럽게 휘어 있는 머리칼은 마치 웃을 때 그의 눈매와도 같았다.

"진건아, 아빠 이제 경기하러 간다. 응원 많이 해?"

"응! 걱정 마."

"은우 씨, 두 시간만 고생 좀 해 줘요."

"아니에요. 신경 쓰지 마세요. 대신 꼭 이기세요. 파이팅!"

주먹을 말아 쥔 은우가 해맑게 웃었다. 재성 역시 따라 웃으며 그만 경기장으로 돌아가려는데, 순간 운동화 끈이 풀린 은우의 신발이 눈에 들어왔다.

"은우 씨, 잠깐만요."

스스럼없이 자세를 구부린 재성은 손수 은우의 운동화 끈을 다시 매 주었다.

"아, 제가 해도 되는데……."

"다 됐어요. 잠깐만 가만히 있어 봐요."

은우는 스물여섯 인생에 있어 남자가 제 운동화 끈을 직접 묶어 준 건 처음 있는 일이라 당황스러우면서도 뭔가 기분이 묘하기도 했다. 재성이 원래가 친절하다는 걸 알면서도 기분이 이상했다.

"매듭은 단단히 매는 것이 좋아요. 자칫 잘못하다 풀어지면

끈 밟아서 넘어질 수도 있으니까요."

"아, 네. 감사해요."

"그럼 진건아, 아빠 진짜 간다?"

손을 흔들며 멀어지는 재성의 뒷모습을 보던 은우는 괜한 헛기침을 하며 계단에 앉았다. 왠지 진건이 씩 웃는 듯 보였지만 별로 개의치는 않았다.

경기 시작 휘슬과 함께 선공인 상대 선수들이 패스를 해 가며 바지런히 움직였다. 중앙 공격형 미드필더인 재성이 날다람쥐처럼 날렵하게 태클을 걸며 순식간에 인터셉트한 공을 정확하게 찍어 올려 재진에게 패스했다.

"와아! 아빠, 짱!"

은우 역시 시작부터 긴장감 넘치는 경기에 점차 목을 빼고 집중을 했다. 청소년 국가대표 출신이라는 재진의 발놀림을 유심히 보고 있는데, 아무래도 진건이 해 준 말은 사실인 듯했다. 한 번에 세 명의 수비수가 재진을 에워싸며 붙었지만, 마치 약 올리듯 가볍게 백패스로 공을 빼낸 재진이 순식간에 턴을 하며 다시 축구화 앞코에 공을 놓았다.

평소 유로축구 매 시즌을 다 챙겨 볼 정도로 축구 광팬인 은우는 두 손을 꽉 쥐며 마른침을 삼켰다.

"슛!"

진건의 외침과 동시에 재진의 몸이 붕 뜨는가 싶더니 강력한 슈팅이 날아갔다.

"아!"

아깝게 골대를 맞고 빗나가긴 했지만, 그 어떤 축구 경기 못지않은 박진감 넘치는 경기에 식은땀이 다 흘러내렸다.

아쉬움에 같은 팀 선수들이 서로 격려를 해 주자, 재진이 미안하다는 듯 슬쩍 손을 들어 보이며 웃었다.

"형아, 나 물."

"응? 아."

진건에게 물을 먹인 은우는 나란히 서서 뭔가 이야기를 나누고 있는 두 사람을 물끄러미 바라보았다. 정말이지 비주얼로는 따를 자가 없을 무적의 형제이지 싶었다.

순간 재성이 이쪽을 보며 손을 흔들었다. 진건과 함께 손을 흔든 은우는 옆에 있는 재진을 보았지만, 그는 흘깃 쳐다보는 듯싶더니 이내 바로 시선을 돌렸다.

"형아, 축구 재밌다. 그치?"

"응. 축구는 원래 재밌는 거야. 진건이도 조금 더 크면 유소년 축구단 들어가는 거 한번 생각해 보자. 아빠랑 큰아빠 닮았으면 분명 소질이 있을 거야."

"응, 알았어."

은우는 여전히 뜨거운 열기가 가득한 축구장으로 시선을 돌렸다. 전혀 기대하지 않았던 축구 경기 관람이 무척이나 흥미로워지고 있었다.

"저렇게나 잘하는 걸 왜 그동안 썩히고 있었대? 아무리 바빠도 그렇지, 정말 너무 아까운 실력이잖아."

구시렁거리는 그녀의 얼굴엔 미소가 가득했다.

재진은 경기 시작을 앞두고 스트레칭을 하다 은우가 앉아 있는 쪽으로 시선을 돌렸다. 재성이 가까이 다가서자 은우가 몸을 일으키며 웃었고, 잠시 후 재성이 허리를 숙이더니 은우의 운동화 끈을 직접 묶어 주었다. 당황한 기색이 역력한 은우의 표정 안엔 부끄러움과 설렘이 같이 묻어 있었다.

"……저 자식은 꼭 저런다니까."

재성이 별 뜻 없이 하는 행동에도 여자들은 많은 의미를 부여한다. 물론 여자들을 탓하지는 않는다. 자신이 보아도 재성은 정말 여자들이 좋아할 수밖에 없게끔 말을 하고, 행동을 하니까. 태생 자체가 저와는 달랐다.

재진은 경기에 임하는 내내 은우가 신경 쓰였다. 은우가 보는 앞에서 멋지게 골대를 흔들고 싶어서 처음부터 욕심을 좀 부렸다. 안타깝게도 빗나가긴 했지만 반드시 꼭 골을 넣고야 말겠다는 굳은 의지로 경기에 집중했다.

해서 결국 2:1의 승리로 이끌었고, 결승골을 넣는 순간 벌떡 일어나 만세를 외치는 그녀를 보자니 그제야 만족스러운 웃음이 나왔다.

경기를 끝내고 은우에게 향하는데 그녀의 시선은 재성에게 머물러 있었다. 갑자기 마음이 조급해졌다. 이 조급함은 그녀에 대한 감정을 확실하게 깨닫게 해 주었다.

한 여자를 두고 형제가 신경전을 벌이는 그런 일은 단연코 벌어지지 않는다. 재성은, 절대 은우를 여자로 보고 있을 리가 없으니까.

그렇다면 방법은 한 가지였다. 그녀 또한 같은 곳을 보게 만드는 것.

마침 오늘 오후에 지인으로부터 초대받은 VIP 영화시사회가 있었다. 은우에게 같이 가자는 말을 하기가 멋쩍어 망설이고 있었는데, 이제는 그럴 때가 아닌 것 같았다.

그녀의 마음을 온전히 재성에게 빼앗기기 전에 입장 정리를 할 필요가 있어 보였다.

"VIP 시사회 초대권이 생겼어요."

"네?"

"영화, 같이 보자는 말을 하고 있는 겁니다, 지금."

당혹감에 말을 잃고 눈만 끔뻑거리는 그녀가 귀여웠다. 뽀얀 저 뺨을 슬쩍 잡아당겨 보고 싶었다.

"아……, 그러니까…… 우리…… 둘이요?"

그는 더 이상 망설일 이유가 없었다.

"둘이."

그녀가 잘못 들은 건 아닌가 하는 얼굴로 응시했다. 재진은 다시 한 번 단호하게 같은 말을 했다.

"둘이 가자는 겁니다."

"아……."

"강은우 씨와 나, 둘이."

"아……."

"2시 50분 영화니까 아직 2시간 넘게 여유 있어요. 씻고 준비하면 딱 맞을 것 같은데요. 내가 2시까지 은우 씨 집 앞으로 가겠습니다."

대답을 들을 생각은 애초에 없었다는 듯 그가 몸을 돌렸다. 은우는 황급히 그의 옷자락을 붙잡았다.

"저, 저기! 그러니까 저, 저한테 왜 이러세요?"

재진은 은우의 시선을 피하지 않고 고스란히 받아냈다.

"내가 집 앞으로 갈 때까지 한번 생각해 봐요. 내가 왜 이러는지."

"아니, 제가 꼭 나가야 하는 건가요?"

"아마도."

"왜요?"

잠시 말을 아끼던 그가 한마디를 툭 내뱉고는 먼저 자리를 떴다.

"나는 보기보다 마음이 여리니까요. 상처받습니다."

~1~

이런 젠장.

화장실 세면대를 짚고 거울을 쳐다보던 재진의 얼굴이 못마땅하게 일그러졌다. 당황한 그녀가 무작정 거절을 할까 봐 나름 절실했다지만, 스스로 생각해도 너무한 발언이었다.

누가 알기라도 할까 봐 겁이 날 지경이다.

'대표님이요?'

'형이?'

'큰아빠가?'

"아아."

재진은 해일처럼 밀려오는 두통에 관자놀이를 꾹 눌렀다. 34년 살아오며 연애를 안 해 본 것도 아니건만, 정말이지 이런 적은 처음이었다.

생각해 보니 그동안 저가 먼저 이렇게 애가 타서 밀어붙인 적은 단 한 번도 없었던 것 같았다.

"하아, 설마 이렇게까지 했는데 안 나오는 건 아니겠지."

근심어린 혼잣말을 중얼거린 재진은 마음을 가다듬고 화장실을 나왔다. 멀리 셋이 모여 있는 얼굴이 점차 가까워지자 민망하기도 했지만, 이럴 때일수록 뻔뻔해야 할 것 같았다. 여기서 멈칫거리면 그녀는 절대 넘어오지 않을 테니까.

"형, 축구회원분들이랑 점심 같이하기로 했는데."

재진은 은우의 얼굴을 힐끗 쳐다보았다. 그녀는 일부러 시선을 맞추지 않고 있었다.

"아, 난 오늘 영화시사회 가야 한다고 했었잖아. 초대받은 거라 안 가기가 뭐하네."

"아, 맞다. 그럼 은우 씨는 시간 괜찮아요? 어차피 점심은 먹어야 하니까 같이……."

"안 돼."

은우가 대답해야 할 말을 가로챈 재진이 포커페이스를 유지하며 말을 이었다.

"원래 오늘 약속이 있으셨대."

"아……. 하긴 원래 오늘 쉬셔야 했었죠? 늦기 전에 얼른 가 보세요. 오늘은 제가 있으니까 진건이 걱정은 마시고요. 아, 그럼 형이 집에 가는 길에 은우 씨 좀 모셔다……."

"그럴 참이야."

재진이 은우를 향해 고개를 까딱였다. 너무 어안이 벙벙해 말문이 다 막힌 은우를 잽싸게 낚아챈 재진이 낮게 속삭였다.
"좀 웃어요."
"아, 아니……."
"내가 납치범은 아니잖아요."
"아, 아니……."
"형아! 안녕! 내일 봐!"
은우와 인사도 제대로 나누지 못한 진건이 큰소리로 외치며 손을 흔들었다. 은우는 고개를 휙 돌려 진건을 향해 손을 뻗었다.

어서 이 손을 잡아 구원해 달라고 해야 하는데, 어찌된 일인지 입술에 본드라도 붙여 놓은 듯 떨어지지가 않았다.

재진에게 이끌려 순식간에 조수석에 태워진 은우는, 역시나 재빠르게 안전벨트까지 채워 주고 시동을 거는 그를 속수무책으로 바라만 보았다.

아무래도 멘탈이 붕괴된 것 같다.

"시간 되는 대로 좀 일찍 오겠습니다. 배고플 텐데 대충 요기할 시간은 좀 있어야 할 것 같아서요."

재진은 여전히 한 마디도 않은 채 멍해 있는 은우를 바라보다 운전석에서 내렸다. 심호흡을 한 번 한 뒤 조수석으로 돌아와 문을 연 재진은 은우의 손목을 잡아끌어 대문을 향해 돌려세웠다.

"서둘러야 할 겁니다. 시간이 촉박해요."

그녀의 바로 뒤에 서서 귓가에 대고 소곤거린 그가 등을 살짝 밀었다. 마치 조종을 당하듯 뻣뻣하게 내문 안으로 들어서는 그녀를 확인한 재진은 그제야 안도의 한숨을 내쉬며 다시 차에 올랐다.

"내가 지금 무슨 짓을."

이마를 짚으며 대문을 잠시 바라보던 재진은 시간을 체크하며 다시 액셀러레이터를 밟았다. 닫힌 대문 앞에서 여전히 멍해 있던 은우는 재신의 차가 떠나는 소리를 확인하고 나서야 길게 숨을 내뱉었다.

"하아……. 지금 도대체 무슨 일이 일어나고 있는 거야."

눈이 다 퀭해진 얼굴로 터벅터벅 걸음을 옮긴 은우는 방으로 들어가 풀썩 쓰러졌다.

일단 정신을 좀 차려 보자. 그러니까 지금 류재진이 한 모든 말과 행동을 따져 보자면…….

"……하! 설마 지금 내가 조, 좋다는 거?"

[내가 집 앞으로 갈 때까지 한번 생각해 봐요. 내가 왜 이러는지.]

"……맙소사."

은우는 아무리 생각해도 이해가 가지 않는 그의 행동에 고개를 가로저었다.

류재진이 왜? 갑자기 왜? 눈곱만큼도 아무 표현 안 하다가, 오늘 갑자기 왜?

"정말 뭘 잘못 먹었나."

베개에 얼굴을 처박고 고민에 빠져 있던 은우는 괴성을 지르며 벌떡 일어났다.

"으아악! 설마 오빠의 그 허무맹랑한 말이 맞았을 줄이야. 이게 바로 오빠가 말한 개, 개수작이라는 건가?"

[그렇잖아. 네가 행운과도 같은 사람이라니, 완전 대놓고 개수작 부리는 거잖아. 어떤 새끼야? 그 서른넷 노땅이 그러디?]

"아마도…… 그런가 봐, 오빠."

은우는 한숨을 푹 내쉬며 힐끔 시간을 확인했다.

12시 45분.

그가 오기까지 한 시간 가량이 남아 있었다.

"도대체 왜……."

재진이 저를 마음에 두고 있을 거라는 건, 단 한 번도 생각해 보지 않았다.

사실 당연하지 않은가. 그 무뚝뚝한 성격도 그렇지만, 눈만 돌리면 쭉쭉 빵빵 늘씬한 미녀들이 득실한데 왜 하필이면 선머슴 같은 강은우란 말인가.

"어디가 아픈가? 설마 날 놀리는 건가? 하아. 만우절도 아닌데 뭐야, 도대체."

은우는 점점 흐르는 시간을 자꾸 확인하며 초조하게 왔다 갔다 했다.

[나는 보기보다 마음이 여리니까요. 상처받습니다.]

바늘로 찔러도 피 한 방울 안 나오게 생긴 사람 입에서 나왔다고는 믿을 수 없는 말이었다. 그래서 황당하기도 했지만, 그래서 더 고민이 되기도 했다. 절대 그런 말을 할 사람이 아닌 사람이 그런 말을 했다는 건 진심인 것 같아서.

째깍, 째깍…….

오후 1시.

은우는 머리칼을 쥐어뜯으며 또다시 침대 위로 엎어졌다.

자신의 이상형에 가까운 사람은 류재성이다. 아빠처럼 부드럽고, 따뜻한 사람.

재진보다는 재성에게 더 눈이 가는 게 사실이었다. 재성은 이런 제 마음을 전혀 모른다지만, 다른 사람도 아닌 형제 사이에서 마치 간을 보듯 이쪽저쪽 마음을 재는 건 아닌 것 같았다.

골똘히 생각에 잠겨 있던 은우는 뭔가 결정을 한 듯 몸을 일으켰다.

1시 10분.

긴장으로 심장이 다 쿵쾅거린다.

재진은 빛의 속도로 샤워를 마치고 외출복으로 갈아입은

뒤 부리나케 은우의 집으로 향했다.

현재 시간 1시 45분.

차가 좀 밀려 불안했었는데 생각보다 일찍 도착했다.

그는 굳게 닫혀 있는 대문을 초조하게 바라보며 운전대에 올린 손가락을 톡톡 두드렸다.

1시 48분, 49분, 50분.

"하아."

차에서 내린 재진은 이러다 애간장이 다 녹아내리겠다고 생각하며 대문 앞에 바짝 섰다. 휴대폰을 손에 쥐고 잠시 뜸을 들이는데 순간 대문이 벌컥 열렸다.

가까운 거리에서 은우와 눈이 마주쳤고, 재진은 최대한 느긋한 표정으로 입을 열었다.

"일단 타요."

"아, 저는!"

다급한 은우의 목소리에 재진의 눈썹이 미세하게 치올랐다.

"그, 그러니까 저는요."

"편하게 말해요."

은우는 바싹 마른 입술을 할짝거린 뒤, 두 눈을 질끈 감고 소리쳤다.

"류, 류재성 씨가 제 이상형이에요!"

"……."

"미, 미안해요! 하지만 솔직해야 하잖아요! 남도 아니고 형제간인데, 제가 확실하게 말씀드리지 않고 중간에서 갈피를 못 잡는 건 나쁜 거잖아요! 제 이상형은 다정하고, 부드럽고, 친절한 남자예요! 진건이 아빠처럼요! 물론 제가 진건이 아빠가 좋다고 해서 어떻게 할 건 아니지만, 그래도 제 마음이 그렇다는 건 말씀을 드리는 게 옳은 것 같아서요! 정말 미안해요!"

마치 한 대 맞기라도 하는 것처럼 몸을 잔뜩 움츠린 채 속사포로 쏟아 낸 은우는, 그가 아무런 말도 하지 않고 너무 조용하자 슬쩍 눈꺼풀을 올렸다.

어라? 은우는 이게 지금 무슨 상황인가 싶어 마른침을 꿀꺽 삼켰다. 최대한 그가 상처받지 않길 바라며 나름은 큰마음을 먹고 내뱉은 진심인데, 그는 외려 웃고 있었다.

"할 말은 다 한 겁니까?"

"네?"

"다 한 거냐고요."

"아……, 네."

재진이 한 걸음 더 슥 다가와 가까이 마주 섰다.

"그럼 지금부터 내 말 잘 들어요."

은우는 긴장으로 더욱 뻣뻣해진 몸을 간신히 지탱했다. 그의 새카만 눈동자엔 제 얼굴이 담겨 있었다.

"압니다. 은우 씨 마음."

"……네?"

"존중해요. 은우 씨 마음."

"……네?"

"재성이가 참 친절하긴 하죠. 은우 씨가 말하는 부드럽고, 다정다감한 남자의 정석."

재진은 허리를 숙여 눈높이를 맞춘 뒤 속삭였다.

"나는 그런 거 전혀 못 할 거 같습니까?"

은우는 바로 코앞까지 다가온 재진의 얼굴을 보며 숨을 멈췄다. 콧김이 닿을까 봐 제대로 숨을 쉴 수가 없었다.

"날 좋아해 달라고 강요 안 합니다. 다만, 내가 내 감정에 충실하는 것까지는 막지 말아요. 내가 이러는 게 은우 씨 입장에서는 불편할 거라는 것 압니다. 형제 사이에서 저울질하는 것처럼 느껴져 불편할 은우 씨 마음을 모르지 않아요. 하지만."

재진은 그녀의 귓가에 대고 나직이 얘기했다.

"Be sure you are right, then go ahead."

다시 슬쩍 고개를 뒤로 내뺀 그가 은우를 응시했다.

"내 인생 모토입니다. 그래서 나는 용감히 나아갈 겁니다. 은우 씨에 대한 내 감정이 옳다는 확신이 있으니까요."

은우는 큰 눈을 느릿하게 끔뻑거렸다.

"그리고 내가 얘기했잖아요. 내가 보기보다 마음이 여리다고. 그래서 상처받는다고. 오늘 시사회 같이 안 가면 정말 상처받을 것 같은데……, 그래도 안 갈 겁니까?"

은우는 어쩔한 현기증을 느끼며 눈을 감았다 떴다.

댕- 댕-.

맙소사. 어디선가 종소리가 울리는 것 같았다.

"아무도 은우 씨에게 욕 안 합니다. 욕을 하면 내게 하겠죠. 동생이 이상형이라는 여자한테 부작성 들이대고 있으니까요. 오히려 은우 씨가 솔직하게 얘기해 줘서 고맙게 생각해요. 그런데 내게도 기회는 한 번 줘 봐요. 재성이가 미치도록 좋아서 없으면 죽을 정도가 아니라면, 내게도 기회 한 번 정도는 줘도 되잖아요. 그럼에도 불구하고 내게서 매력을 느끼지 못하겠다면, 그때는 깔끔하게 포기하겠습니다. 내가 그렇게 구질구질한 놈은 아니니까요. 은우 씨 불편하게 안 해요. 나와 은우 씨 사이에 있었던 이 모든 일들, 무덤까지 갖고 갈게요. 은우 씨가 끝까지 'NO'를 외친다면."

재진은 영혼이 가출한 듯 보이는 은우를 바라보며 다시금 입술을 달싹였다.

"현재 시각 2시입니다. 지금 출발하지 않으면 늦어요. 영화 하나 같이 보자는 건데, 그 정도는 해 줄 수 있잖아요?"

그는 조수석 문을 열어 오른쪽 팔을 걸치고 기댄 채 매력적으로 입술 끝을 말아 올렸다.

"타요, 어서."

"시간이 빠듯해서 식사는 시사회 이후로 미뤄야겠는데, 괜찮겠어요?"

은우는 어쩌다 지금 자신이 이곳에 와 있는지 알 수 없는 얼굴로 고개를 끄덕였다. 축구 경기 관람을 하며 군것질을 좀 해서 배가 별로 고프지 않기도 했지만, 지금은 눈앞에 소고기를 들이댄다 하여도 입맛이 없을 것 같았다.

"은우 씨."

주차를 끝내고 차에서 내린 그의 뒤를 머뭇거리며 쫓아가던 은우가 멈칫했다. 앞서 가던 그가 멈춰 서 자신을 마주 보고 있었다.

"VIP 시사회예요."

"……네?"

"영화 <리멤버>로 신인감독상 수상한 조창호 감독이 2년 만에 선보이는 작품입니다. 조 감독으로부터 직접 초대받아 온 거고요. 카메오로 출연했던 스타 작가 도강혁 작가가 이번에도 조 감독과 함께 시나리오 작업을 했고, 당연히 여기 와 있을 겁니다. 여러 낯익은 배우들도 꽤 있을 거고."

은우는 재진의 솔깃한 말에 귀를 기울였다. 도강혁 작가라 함은 <리멤버>로 그해 각본상을 모두 휩쓸었고, 시상식에서 연인을 향한 노골적인 수상 소감으로 많은 여자들의 밤잠을 설치게 했던 유명한 스타 작가였다. 소문으로는 실물이 더 대단한 미남이라고 들은 적이 있었다.

"그러니까 즐겨요. 아쉽게도 민석이는 참석하지 못했지만,

그 외에도 대단한 배우들은 많을 테니."

 은우는 오늘 아침부터 정신을 못 차릴 정도로 색다른 모습을 보여 주는 그를 조심스럽게 쳐다보았다.

 [나는 그런 거 전혀 못 할 거 같습니까?]

 그 질문에 순간 '네.'라고 대답할 뻔했었다. 그간 겪었던 그의 성격을 보자면 당연했으니까. 아마도 연애를 해도 저리 나무토막 같을 것이라 여겼었다.

 한데 '강은우 씨'에서 성 하나 빼고 '은우 씨'라고 부르는 변화 하나조차도 크게 다가왔고, 여전한 존대를 쓰고 있음에도 뭔가 한결 힘이 빠져 부드럽게 느껴지는 말투도 크게 다가왔다.

 게다가 더욱 놀라운 건 그가 지난 한 달여간 했던 모든 말보다, 오늘 하루 제게 한 말이 더 많을 것 같다는 거였다. 그가 저렇게 말을 잘하는지 처음 알았다. 그가 저렇게 근사하게 웃을 줄 아는지도 처음 알았다.

 안 그럴 것 같은 사람이 그러니 생각보다 더 큰 반전으로 다가왔고, 그래서 더 당혹스럽기도 하지만, 그래서 더 뭔가 기분이 묘하기도 했다.

 '이 남자, 진심인가 봐.' 이런 느낌.

 사실 아까 그가 귓가에 대고 제 인생의 모토라며 팔뚝에 새겨진 레터링 문신 문구를 얘기할 때는 순간 심장이 다 달달 떨렸었다. 저렇게 비현실적인 외모를 가지고 그렇게 가까이에서 그런 말을 하면, 어느 여자가 멀쩡한 정신으로 서 있을까 싶었다.

[Be sure you are right, then go ahead.]

나직이 속삭이던 그의 음성이 다시금 떠올랐다. 은우는 세차게 도리질을 하며 머리칼을 흩뜨렸다.

그는 사업가다. 수많은 사람을 상대하며 어떤 상황에서든 유리한 조건으로 딜을 하는 데는 선수인 사람이다. 무뚝뚝한 진건의 큰아빠로만 봐왔던 그와는 180도 다른 사람.

처음 보는 모습이지만, 이 또한 그일 거다. 다만 몰랐을 뿐.

이런저런 생각들이 치열하게 싸우고 있는 머리를 붙잡고 그와 함께 엘리베이터에 오른 은우는, 1층에서 문이 열림과 동시에 많은 사람들이 밀고 들어오자 뒤로 한 걸음 물러섰다.

"이리로 와요."

등 뒤에서 재진의 목소리가 들리는가 싶더니, 손목이 잡혀 그의 뒤로 자리를 잡게 되었다. 구석인데다 그가 앞에서 가로막으며 공간을 확보해 주고 있어서 그리 부대끼지 않고 서 있을 수 있었다.

은우는 널쩍한 그의 등을 바라보며 숨소리를 죽였다. 손목은 왜 아직도 잡고 있는 건지 신경이 쓰였지만, 확 빼내 버리기가 뭐했다.

[그리고 내가 얘기했잖아요. 내가 보기보다 마음이 여리다고. 그래서 상처받는다고.]

"하아."

은우는 조심스레 한숨을 토해 내며 눈을 감았다.

이 남자, 정말 의외인 구석투성이다.

"조 감독님, 축하드립니다."

은우는 TV에서나 보았던 조창호 감독을 실제로 보자 신기한 얼굴로 그를 힐끔거렸다. 마주 서서 악수를 하는 재진이 머리 하나는 더 훤칠함에도 예의바르게 고개를 숙였다.

"류 대표는 갈수록 더 멋있어지네. 그런데 왜 아직도 장가를 안 가나 몰라."

"별말씀을요. 벌써 또 차기작 준비 중이시라는 소식 들었습니다. 이번에는 저희와도 작업 한번 하셔야죠."

"하하, 이 사람. 벌써부터 물밑 작업인가? 내 차민석 정도라면 생각해 보지. 그런데 너무 바빠서 가능하겠나? 하하."

은우는 적당히 부드럽게 웃으면서도 찰나의 기회를 놓치지 않고 미끼를 던지는 그를 넋 놓고 바라보았다. 웃음이 꼭 필요한 순간에는 확실하게 웃으며 경계심을 무너뜨리고, 그렇지 않은 경우에는 고고한 한 마리 학처럼 함부로 고개를 숙이지 않았다.

지인들과 인사를 나누는 그와 조금 떨어져 서 있던 은우는 순간 재진이 고개를 획 돌려 쳐다보자 움찔했다.

"아, 미안해요. 오랜만에 뵙는 분들이 좀 있어서."

"아뇨. 괜찮아요. 인사 나누세요."

"꼭 얼굴 비쳐야 할 사람들과는 인사 다 나눴어요. 이제는 여기 온 목적을 달성할 차례죠."

초대권을 들고 나란히 영화관으로 입장하려는데, 낭랑한 여자 목소리가 귓전을 때렸다.

"어머, 류재진 대표님?"

재진과 동시에 고개가 돌아간 은우는 입이 턱까지 벌어진 얼굴로 상대를 응시했다. 조창호 감독의 데뷔작인 <리멤버>에서 여자 주인공 역을 맡았던 배우 이지수가 생글거리며 웃고 있었다. 스크린에서 보던 것보다 실물이 훨씬 더 미인이고 늘씬했다. 역시 연예인은 아무나 하는 게 아니라는 생각이 다시 한 번 드는 순간이었다.

은우는 그렇지 않아도 키가 큰데 힐까지 신어서 자신보다 눈높이가 위로 올라가는 그녀를 흘깃거렸다.

"조 감독님 초대받고 오신 거예요?"

재진은 이렇다 할 대답 없이 고개만 간단히 끄덕이며 다시 걸음을 옮겼다.

"아, 류 대표님! 저 이제 곧 있으면 소속사 계약 기간 끝나는데."

멈춰선 재진의 눈썹이 슬쩍 올라갔다.

"새 보금자리로 제이엔터테인먼트를 고려해 보고 있……."

"이상하군요. 저희는 이지수 씨에게 함께하자는 제안을 한 적이 없는 걸로 아는데, 왜 고려를 하고 계신지 모르겠습니다. 대표인 나도 모르게 계약이 진행되지는 않을 텐데 말입니다."

순식간에 이지수의 얼굴이 귀까지 빨개졌다. 그래도 이지수 정도면 톱스타 반열에 드는 편인데 저리 딱딱하게 굴어도 되나 싶어 은우는 괜스레 저가 다 민망했다.

"그럼 좋은 시간 되십시오."

간단하게 묵례를 한 재진이 은우의 등을 살포시 감싸며 영화관 안으로 이끌었다. 은우는 냉큼 시선을 아래로 떨어뜨리며 조심조심 안으로 들어섰다.

재진의 안내를 받아 초대 좌석에 몸을 앉히는데, 뭔가 현실과 동떨어진 세계 속에 들어온 느낌에 꿈을 꾸고 있는 것 같았다. 이렇게 많은 배우를 한꺼번에 보는 것도 처음이었지만, 집에서 마주치던 재진과는 판이하게 다른 모습에 같은 사람이 맞나 하는 의구심까지 들었다.

공석에서의 그와 사석에서의 그는 정말이지 다른 사람 같았다.

영화 시작을 앞두고 조 감독을 비롯해 주연 배우들의 인사가 간단히 이어졌다. 소문으로만 듣던 도강혁 작가 역시 바로 앞줄에 앉아 있었는데, 인물로는 어디서 빠지지 않는 재진에게 견주어도 뒤지지 않을 만큼 빛이 나긴 했다.

'정말 꿈을 꾸고 있는 건가. 다른 세상 같아.'

눈동자를 요리조리 굴리며 연예인 구경하기에 바쁘던 은우는, 순간 옆자리에서 익숙한 바람 빠지는 소리가 들리자 흠칫했다. 슬쩍 고개를 돌려보니 재진의 입매가 또 올라가 있었다.

"흠흠."

은우는 아무래도 자신이 너무 촌스럽게 두리번거렸나 생각하며 그에게 다 들리게끔 혼잣말을 했다.

"아우, 어제 잠을 잘못 잤나. 목이 아프네, 목이."

멀쩡한 목을 돌리는 그녀가 귀엽다는 듯 쳐다보던 그가 작게 소곤거렸다.

"김현이다."

"네? 어디요, 어디?"

"황이준이다."

"네? 어디요, 어디?"

미어캣처럼 빠르게 고개를 요리조리 돌리던 그녀가 뒤늦게 그의 장난임을 인지하고는 입술을 깨물었다.

피식, 그가 또 웃는다.

은우는 창피함에 스륵 몸을 낮췄다.

정말이지 그는 의외인 구석투성이다.

영화가 끝나기 무섭게 바쁘신 연예인들이 우르르 몸을 내뺐다. 영화관 밖에서 대기하고 있던 기자들이 배우들을 따라 사라진 틈을 타 느긋하게 빠져나온 재진은 연방 혼자 떠들고 있는 은우를 보았다.

"아, 정말 왜 조창호 감독을 천재라고 하는지 알겠어요. 시나리오 또한 도 작가님 특유의 거친 느낌이 강렬하고, 캐스팅된 배우들의 연기력도 좋고, 이번에도 흥행 성공하시겠어요. 데뷔작이 천만 찍었는데 이번에도 천만 찍으면, 와아, 진짜 조 감독님은……."

신 나게 수다를 떨던 은우는 그제야 옆에 있는 사람이 재진임을 인식하고는 서둘러 입을 다물었다.

"VIP 시사회다 보니까 오늘은 좀 정신이 없었죠?"

"네? 아니에요."

"다음엔 시사회 말고, 정말 둘이 오죠. 아무도 아는 사람 없는."

이게 별말인 걸까?

은우는 괜스레 또 낯부끄러워져 못 들은 척을 하며 차에 올랐다. 그가 또 대신 해 주기 전에 얼른 안전벨트부터 매고 목석처럼 굳어 있는데, 그가 또 나직이 이름을 불렀다.

"은우 씨."

"네?"

"먹고 싶은 거 있으면 말해 봐요. 배고플 텐데."

"아뇨. 별로 배 안 고파요."

"혹시 잘 모르는 거 같아서 얘기해 주는 건데, 거짓말하면 얼굴에 되게 티 나는 거 압니까?"

은우의 얼굴이 또 발그스름하게 익었다.

"그럼 내가 알아서……."

"저, 저기, 잠깐만요!"

레버를 드라이브로 옮기려던 그가 멈칫했다.

"아, 그러니까 제가 진짜 궁금한 건 못 참아서 그러는데요, 그냥 물어볼게요. 제가 아무리 생각해 봐도 류재진 씨가 왜 갑자기 저를 조, 좋다고 하는 건지 이해가 잘 가지 않아요. 보통은 낌새라는 게 있잖아요. 그런데 그런 거 하나 전혀 없다가, 그러니까 집에 데려다 준 것도 그냥 다 매너일 뿐이라고 하셨는데……."

"나는 사심 없는 매너 같은 거 모릅니다."

또다시 어디선가 종소리가 울리는 것 같았다.

은우는 손을 꽉 맞잡으며 심호흡을 했다.

"서울 33바 5325. 지난번에 은우 씨가 타고 갔던 콜택시 차량 넘버입니다. 사심 없이 누가 이런 걸 기억합니까."

'아아. 나는 누구? 여긴 어디?'

"내가 기억력이 꽤 좋은 편이기도 하지만, 그렇다고 아무 때나 그 능력을 쓰지는 않습니다. 사심 있을 때만 쓰지."

미친 듯이 쿵쾅거리는 심장 소리가 그에게도 들릴까 봐 걱정스러울 정도였다. 은우는 아무래도 이러다 심정지가 올지도 모르겠다고 생각하며 눈을 질끈 감았다.

'개, 개수작이라는 게 원래 이렇게 심장 떨리는 일인 건가?

내가 이렇게 지조 없는 여자였다니. 왜 류재진에게 심장이 날 뛰느냔 말이다! 겨우 영화 한 번 같이 봤을 뿐인데!'

"앞으로 모든 내 행동엔 사심이 들어 있다는 거, 기억해 두는 게 좋을 겁니다."

'아. 이 남자의 개수작은 뭔가 급이 달라.'

은우는 오늘 아무래도 자기 전에 일기를 써야 할 것 같다고 생각했다.

제목은 '류재진이 달라졌어요' 또는 '류재진의 개수작에 관한 보고서'.

뭔가 노트 한 권을 다 써도 모자랄 획기적인 일이 벌어지고 있다.

**

"큰아빠!"

재진은 집 안에 들어서자 제일 먼저 저를 반기는 진건을 향해 웃어 보였다. 고소한 냄새가 나는 걸 보니 이제 막 저녁을 차리는 중이었나 보다.

"형, 왔어? 밥은? 볶음밥 하던 중인데 안 먹었으면 좀 더 하고."

"아니야, 먹었어. 진건이는 오늘 아빠랑 즐거운 시간 보냈어?"

"응. 그런데 큰아빠, 아까 형아는 잘 데려다 줬어?"
"아, 응."
"다행이다. 아까 헤어질 때 형아가 아파 보여서 걱정했거든."

끄응.

재진은 자신이 고백한 일이 그녀에게는 낯빛이 창백해질 정도로 안 좋은 일이었나 싶어 난감한 얼굴을 했다. 생각해 보니 그녀가 오늘 하루 종일 경직되어 있긴 했었다.

제 방으로 들어와 욕실부터 향한 재진은 샤워기를 틀어 놓고 잠시 생각에 잠겼다.

그녀가 멈칫거리며 당황하는 게 어쩌면 당연할 거다. 그녀의 말마따나 전혀 어떤 여지도 주지 않다가 갑자기 밀어붙였으니 당황하지 않으면 그게 이상할 거다.

한데 오늘 또 한 가지를 깨달았다.

'나에게 이런 면이 있었구나.'

마치 봉인이 풀려 자유를 되찾은 것처럼, 그녀 앞에만 서면 다른 모습이 자꾸 튀어나와 스스로도 놀란다. 머리로 생각을 하기 이전에 입이 먼저 움직였다. 그냥 어떻게든 그녀를 붙잡고 싶은 마음에 다른 사고는 마비가 되는 것 같은 느낌이었다.

바짝 긴장해 있는 모습도, 곁눈질을 하며 힐끗거리는 모습도, 무의식적으로 큰아빠에서 류재진 씨로 바뀐 호칭 하나조

차도, 무엇 하나 사랑스럽지 않은 것이 없었다. 함께 저녁 식사를 하면서도 안절부절못하는 모습에 저러다 체하면 어쩌나 걱정이 되면서도, 한편으로는 그 모습이 너무 귀여워 자꾸 웃음이 새어 나왔다.

낯설었다. 류재진에게도 이런 면이 있다는 게.

그래서 염려도 되었다. 누군가에게 이렇게 한순간에 마음을 빼앗겨 본 적이 없어서. 그녀가 혹시 끝까지 'NO'를 외치면 어쩌나 염려가 되기도 했다. 괜히 자신 때문에 좋은 베이비시터를 잃게 될 수도 있는 거니까. 그녀가 제 존재를 계속해서 불편하게 여긴다면 베이비시터 일을 이어갈 수 없을지도 모르니까.

"하아."

물줄기를 맞으며 젖은 머리칼을 쓸어 넘긴 그가 한숨을 내쉬었다.

누군가에게 마음을 준다는 건 행복한 일이기도 한 반면, 고난의 길에 들어서는 것과도 같을 거다. 그녀의 말 한마디, 행동 하나에 울고 웃게 될 테니.

"류재진이 어쩌다 이렇게 됐나."

그녀가 혹시 마음을 받아준다면 재성이나 진건이에게도 말을 해야 할 것이다. 속이며 만날 이유도, 그렇게 하고 싶지도 않으니까.

그런 날이 오게 된다면 과연 동생과 조카는 어떤 얼굴을 할지도 문득 궁금해진다.

이런저런 생각에 오랜 시간 샤워를 한 재진은 편한 옷으로 갈아입은 뒤 거실로 향했다. 소파에 앉아 있는 진건이 토끼 인형을 품에 꼭 끼고 있었다.

갖고 싶다. 미치도록 탐이 난다.

재진은 슬쩍 진건의 옆에 앉아 눈치를 보다 토끼 인형 배를 꾹 눌렀다.

-진건아. 형아가 진건이 얼마나 사랑하는지 알지? 삐리, 삐리. 삐리, 삐리. 마음아, 전해져라. 사랑해.

"응?"

진건이 갑자기 들리는 은우 목소리에 놀라 재진을 쳐다보았다. 은우의 음성이 들리자 슬며시 웃고 있던 재진은 황급히 표정관리를 했다.

"난 아니야."

"이상하네. 나도 안 눌렀는데."

"그러게, 이상하네."

진건이 토끼 인형을 재진의 반대편 품으로 옮겨 안았다. 재진은 무척이나 부러운 시선으로 토끼 인형을 바라보다 이내 피식 웃고 말았다.

정말이지 강은우 때문에 별짓을 다 한다.

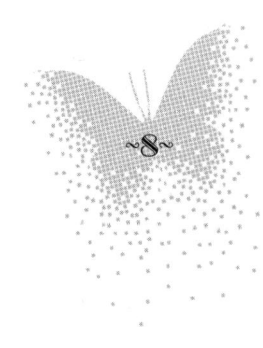

"형아, 내 말 듣고 있는 거야?"

은우는 날이 어둑해지기 시작하자 초조함에 입술을 깨물다 깜짝 놀랐다. 진건이 고개를 갸웃거리며 옷자락을 잡아당기고 있었다.

"미안해, 진건아. 이모가 다른 생각을 좀 했어."

"무슨 생각? 형아, 나쁜 일 있었어?"

"응? 아니. 그런데 진건이 배 안 고파? 밥 좀 먹을래?"

"아니야. 큰아빠가 아침에 회사 나가면서 그랬는데, 오늘 일찍 들어온다고 저녁 먹지 말고 기다리라고 그랬어."

"응? 그, 그래?"

띡띡띡띡.

순간 도어록이 해제되는가 싶더니 현관문이 벌컥 열렸다.

진건과 동시에 고개가 휙 돌아간 은우는 형제가 나란히 모습을 드러내자 짧게 숨을 골랐다.

긴장하지 말자. 평소처럼 자연스럽게 행동하는 거야.

"오셨어요?"

먼저 들어서는 재성에게 인사를 건넨 은우는 그 뒤로 보이는 재진을 슬그머니 훔쳐보았다. 그는 마치 어제 일은 다 꿈이었던 것처럼 평소와 다름없는 얼굴로 들어서고 있었다.

"와아, 큰아빠. 또 치킨 사왔어?"

재성의 품에 안겨 있던 진건이 내려와 코를 킁킁거렸다. 진건의 말에 시선을 아래로 떨어뜨리자 재진의 손에는 정말 포장된 치킨 봉지가 들려져 있었다.

"은우 씨, 아직 저녁 전이죠? 일부러 일찍 들어온 거예요. 여기 치킨이 정말 맛있거든요. 형이 며칠 전에도 한 번 사왔었는데 은우 씨 생각나더라고요. 닭 좋아한다고 했었잖아요. 오늘은 약속 없으시죠? 어제 점심도 못 먹여 보내서 마음이 좀 안 좋더라고요. 우리 때문에 쉬는 날도 할애하셨는데."

재성이 눈매를 휘며 친절하게 말을 건넸다. 은우는 어색하게 웃으며 머리를 긁적였다.

"아뇨, 괜찮아요. 제가 좋아서 하는 일인걸요. 싫으면 저도 안 해요. 하하. 이렇게 일부러 사오지 않으셔도 되는데요."

"지난번에 보니 맥주 정도는 좀 하시는 거 같던데."

재성이 들고 있던 검은 봉지 안에서 캔 맥주를 꺼내 들었다.

"금방 옷만 좀 갈아입고 나올게요."

"아, 네. 그러세요."

재성을 따라 진건이 쪼르르 방으로 사라지자, 재진과 둘이 남은 은우는 시선 둘 곳을 찾지 못해 허둥지둥 댔다. 한데 재진이 아무런 말없이 슥 스쳐지나 방으로 들어가 버렸다.

이건…… 뭐지?

은우는 어제 그렇게 다른 사람처럼 몰아붙이던 그가 하루 만에 다시 원래대로 돌아온 모습에 당황했다.

뭐, 뭐지? 진짜?

오늘 재진을 만나면 어떻게 해야 하나 하루 종일 고민을 했건만, 그는 마치 모든 건 꿈이었다는 듯이 행동하고 있었다.

"내가 어제 진짜 꿈을 꾼 건가?"

은우는 당혹감에 고개를 연방 갸웃거리다 재성이 옷을 갈아입고 나오자 그와 함께 거실 테이블 위에 세팅을 했다. 두 마리나 사온 치킨을 펼쳐 놓고 앞 접시와 캔 맥주까지 차려 놓았는데도 재진은 나오지 않고 있었다.

"형, 뭐 해!"

재성의 외침에도 재진은 아무런 응답이 없었다. 옆에 있던 진건이 궁금해 하며 재진의 방으로 들어가더니 이내 금세 다시 나왔다.

"큰아빠 씻고 있는데?"

"그래? 은우 씨 기다리는데 손이나 닦고 나올 일이지."

"아니에요. 전 괜찮아요, 하하."

"얼른 먼저 들어요. 자, 진건이도 앉자."

캔 맥주를 따서 은우의 앞에 놓아 준 재성이 자연스럽게 진건을 옆에 앉혔다. 그렇다면 재진이 옆에 앉게 되겠다고 생각을 한 은우는 벌써부터 괜히 신경이 쓰이기 시작했다.

"먹어 봐요. 이 집 치킨이 정말 바삭하고 맛있어요."

재성이 닭다리 하나를 은우의 앞 접시에 놓아 주었다.

"아, 예, 감사해요. 어서 드세요. 진건이, 많이 먹어?"

"응!"

"은우 씨, 진건이는 조금만 먹어야 해요. 진건이가 요새 배가 나왔지 뭐예요? 요새 기름진 거 너무 많이 먹긴 했다. 그치?"

재성이 올챙이배처럼 볼록 튀어나온 진건의 배를 쿡 찔렀다.

"아빠나 큰아빠는 배 하나도 안 나왔는데, 진건이만 볼록 나왔네?"

그가 또다시 배를 쿡 찌르자 진건이 까르르 웃으며 은우의 옆으로 도망쳐 왔다. 때마침 샤워를 끝낸 재진이 방에서 나와 모습을 드러냄과 동시에, 진건이 슥 손을 뻗어 무방비 상태로 노출되어 있는 은우의 배를 만졌다. 얇은 티셔츠 하나뿐이라 맨살의 느낌이 고스란히 느껴질 거였다.

"와아, 형아 되게 부드럽다. 아빠나 큰아빠랑은 다르네."

은우는 당연히 다를 거란 생각에 멋쩍게 웃었다. 축구할 때

보니 둘 다 군살 같은 건 없는 듯 보였다. 단단한 남자들 배를 만지다 어찌되었든 여자 배를 만졌으니 느낌이 당연히 다를 거였다.

"진짜 진건이만 배가 나왔나 봐."

진건이 볼록 나온 배를 내밀며 두 손으로 문질렀다.

"진건아, 이모한테 그러는 거 아니야."

재성의 핀잔에 진건이 입술을 삐죽 내밀자 은우가 괜찮다며 뒷머리를 쓰다듬었다. 아직 저녁을 배불리 먹기 전에 침범을 당한 게 그나마 다행이었다.

"괜찮아요. 고 녀석, 참. 아하하."

앞으로 진건이 옆에 있을 때는 항상 긴장을 하고 있어야겠다고 생각하며 땀을 식히는데, 어느새 다가온 재진이 옆에 서 있었다.

"진건이 이리 와. 너 옆에 있으면 이모가 편하게 못 먹어."

재성이 손을 뻗자 진건이 냉큼 그의 옆으로 달려갔다. 자연스레 은우의 옆자리가 비었다. 재진은 별다른 표정 변화 없이 아무렇지 않게 그녀의 옆에 착석했다.

"어서 먹어, 형."

재성이 재진의 앞에 놓인 빈 접시에도 닭다리 하나를 놓아주었다. 그 모습을 물끄러미 바라보고 있던 은우는, 그는 정말 친절함이 습관처럼 몸에 밴 사람이구나, 생각했다. 처음 보았을 때부터 이런 그의 행동을 다른 감정으로 착각하는 여자들이 꽤 되겠다고 생각은 했지만, 막상 겪어 보니 이리 자세히 눈여겨보지 않으면 진짜 헷갈릴 수도 있겠다 싶었다. 저 역시 그가 운동화 끈을 매 줄 때 기분이 묘했으니까.

그래서 불현듯 이런 생각이 스쳐 지나갔다.

이런 그의 친절함이 아내로 하여금 오해를 불러오지는 않았을까. 충분히 그랬을 수도 있겠다. 남편이 제게만 친절한 게 아니라 만인에게 똑같이 친절하다면, 아내로서는 많이 서운하고 싫을 수도 있겠다.

타인이 볼 때는 한없이 자상하고 친절한 사람일 뿐이겠지만, 아내의 입장에서는 그게 아닐 수도 있겠구나. 그렇다고 해서 자식까지 보러 오지 않는 건 너무하다 싶었지만, 이건 어디까지나 저 혼자만의 추측이고 상상일 뿐, 뭔가 또 다른 이유가 있겠구나 싶기도 했다.

은우는 훗날 제 남편이 다른 여자의 운동화 끈을 직접 묶어 주는 모습을 상상해 보았다.

싫었다. 그냥 무조건 싫었다. 그렇게 생각하니 그가 베푸는 친절을 무조건 아무 생각 없이 받으며 좋아하면 안 되겠다는 마음이 들었다. 그가 지금 아내가 있는 것은 아니지만, 혹시 만나는 여자가 있을 수도 있는 거고, 그렇다면 습관과도 같은 그의 친절에 괜히 혼자 다른 의미를 부여하거나 설레면 안 될 것 같았다. 그냥 정말 인간적으로 좋은 사람. 딱 그렇게 생각하는 게 적정한 거리이고, 적정선인 것 같았다. 게다가…….

"은우 씨, 어서 먹지 않고 뭐 해…….."

생각에 잠겨 있던 은우는 느닷없는 재성의 부름에 깜짝 놀라 손에 들고 있던 치킨을 떨어뜨렸다. 닭다리가 바지 위로 떨어져 황급히 다시 주우려는데, 그보다 더 빨리 옆에 있던 재진이 티슈를 내밀었다.

"닦아요."

무심한 얼굴을 하고서는 대신 닭다리를 주운 그가 접시째 제 것과 바꿔서 놓아 주었다. 바지에 떨어진 치킨을 그가 가져간 것이 당황스러워 은우가 입을 떼려는데, 그가 조금 더 빨리 닭다리를 한 입 베어 물었다.

"음, 맛있네."

"맛있어, 큰아빠?"

"응. 맛있네. 진건이 많이 먹어."

"아빠가 나 배 나왔다고 조금만 먹으라던데?"

진건이 일어나서 배를 쭉 내밀었다. 그 모습을 보고 있던 재진이 입술 끝을 올리며 소리 내어 웃었다. 아직 채 마르지 않은 그의 젖은 머리칼에서 은은한 샴푸향이 풍겨왔다. 치킨의 고소한 기름 냄새를 뚫고 코끝에 와 닿은 향긋함에, 은우는 저도 모르게 슬며시 따라 웃었다.

그는 정말 생각보다 더 다정하고, 마음이 따뜻한 사람인지도 모르겠다.

어느새 시간이 밤 10시를 넘어가고 있었다. 이미 사온 캔 맥주 여섯 개는 다 비워져 있었고, 진건이는 하품을 하며 눈을 비볐다.

"진건이 잠 오나 보네요. 저도 이만 갈게요."

은우가 자리에서 일어나며 대충 테이블을 정리하려 하자, 재성이 한사코 말렸다.

"놔두세요. 내가 치울게요. 형, 콜택시나 하나……."

재진은 벌써 휴대폰을 손에 쥐고 있었다.

"그래도 제가 치우기라도 해야죠. 매번 얻어먹는데……."

"놔둬요, 재성이 취미니까. 저 녀석 정리벽 있거든요."

뭔가 칭찬인 듯 아닌 듯 애매한 말을 내뱉은 재진이 먼저 앞서 현관으로 향했다. 은우는 재성을 향해 겸연쩍게 웃어 보인 뒤, 고새 그의 품에서 잠이 든 진건을 바라보다 가방을 멨다.

"그럼 전 가 볼게요. 잘 먹었습니다."

"별말씀을요. 조심히 가세요."

늘 변함없이 다정하게 인사를 건넨 재성이 진건의 방으로 들어갔다. 문이 닫히는 걸 바라보다 돌아선 은우는 이미 신발을 신고 현관 앞에 서 있는 재진을 발견하고는 황급히 손사래를 쳤다.

"저 그냥 혼자 갈게요."

혹시나 들릴까 봐 목소리를 낮추며 은우가 속닥거렸다.

"그러니까 얼른 들어가세요."

"가망 없는 일에 괜히 열을 올리는 건 별로 효율적이지 못하죠."

현관문을 연 그가 따라 나오라는 듯 고개를 까딱였다. 은우는 더 이상 대화가 길어졌다가는 재성이 나올지도 모르겠다고 생각하며, 일단 조용히 그를 따랐다. 엘리베이터를 기다리는 동안 그가 콜택시를 불렀고, 함께 1층까지 별다른 대화 없이 내려온 은우는 그제야 다시 입을 열었다.

"금방 올 거예요. 들어가 보세요."

"내가 방금 전에도 얘기한 거 같은데. 가망 없는 일에 괜히 열 올리지 말라고."

은우는 어쩐지 그의 눈을 똑바로 쳐다보고 있을 수가 없어서 시선을 피했다. 술기운 때문인지 달아올라 뺨이 뜨거워진 은우는 손으로 양 볼을 감싸며 택시를 기다렸다. 그런 은우를 넌지시 바라보던 재진은 더 이상은 그 어떤 말도 하지 않아야 한다고 다짐하며 허벅지를 꼬집었다.

오늘 아침 회사에 들어서는데, 문득 은우 또래로 보이는 기획팀 막내가 눈에 띄었다.

[정화 씨가 몇 살이지?]

[스물여섯입니다, 대표님.]

[아, 그래. 잠깐 나 좀 봅시다.]

집무실에 뒤따라 들어오는 막내 여직원을 앉혀 놓고 진지하게 물었다.

[요새 스물여섯 여자들은 뭘 좋아하나?]

[네? 구체적으로 어떤 걸 말씀하시는지…….]

[뭐, 남자가 어떻게 해야 좋아하는지 정도? 그러니까, 아직 별로 썩 마음에 내키지 않는 남자가 어떻게 다가오면 마음이 좀 열릴까, 그걸 물어보는 거야.]

[음, 그러니까 대표님 말씀은, 아직 자신에게 마음이 확 기울지 않는 여자의 마음을 빼앗는 방법, 뭐 이런 거 말씀하시는 건가요?]

[이해가 빠르네.]

[음, 다 같지는 않겠지만, 저 같은 경우는 그럴 거 같아요. 너무 갑자기 막 들이대면 오히려 뒷걸음질 칠 거 같아요. 부담스럽기도 할 거 같고요. 뜬금없는 선물 공세 이런 것도 좀 별로일 거 같고요. 그래도 뭐 대표님 정도의 외모와 스펙이라면 웬만한 여자는 다…….]

[내 얘기라고는 안 했어.]

그 순간 여직원의 표정이 '그래, 한 번 속아 줄게.'여서 속으로 얼마나 민망했는지 몰랐다.

[저는 연애는 적당한 밀당이 필요하다고 생각해요. 음, 그러니까 나를 좋아한다고 고백했던 사람이 어느 날 갑자기 냉랭하게 군다든가 하면, 사람 심리가 궁금증이 일게 되잖아요. 갑자기 왜 저럴까 하고요. 그게 바로 밀당의 기본이라고 생각해요. 상대로 하여금 내 존재를 궁금하게 만드는 것. 너무 들

이대면 그런 게 없거든요. 오히려 부담스럽기만 하지. 그러니까 아무리 좋아도 적당히 마음을 좀 숨기면서 튕길 줄 아셔야 한다는 거예요. 일부러 무심한 듯 시크하게, 그러다 한 방 크게 진심을 보여 주면 대개는 감동이라는 걸 받게 되죠.]

어느 정도 일리가 있어 보였다. 그래서 오늘 저녁 집에 들어서며 일부러 은우에게 관심을 보이지 않았다. 분명 오늘 저를 만날 일을 잔뜩 걱정하고 있었을 그녀를 무심히 지나치자, 이게 무슨 일인가 당황하는 그녀의 표정이 읽혀졌었다.

방으로 들어와서는 재성이 그녀를 대했던 나긋나긋함을 떠올리며 연습도 해 보았다.

[은우 씨, 아직 저녁 전이죠? 일부러 일찍 들어온 거예요. ……닭 좋아한다고 했었잖아요. 오늘은 약속 없으시죠? 어제 점심도 못 먹여 보내서 마음이 좀 안 좋더라고요. 우리 때문에 쉬는 날도 할애하셨는데……, 젠장.]

그녀가 말한 부드럽고 다정한, 친절한 남자가 되는 건 생각보다 어려운 일인 것 같았다. 생긴 것부터가 친절함과는 거리가 멀게 생겼으니 말이다. 하지만 그녀에게 당당하게 얘기하지 않았던가.

'나는 그런 거 전혀 못 할 거 같습니까?'

골이 지끈거렸다. 저 또한 어제 있었던 일들을 떠올리니 민망함에 얼굴이 다 빨개지려 했다. 지나고 나서 생각하니 어제 자신이 내뱉었던 말들 하나하나가 왜 그렇게 오그라들고 난감한지 모를 일이었다. 조카의 토끼 인형까지 탐을 내지 않나, 참나. 어이가 없을 뿐이었다.

한데 이 모든 게 계산되어진 것이 아니라는 게 더 놀라웠다. 그냥 강은우라는 여자 앞에만 서면 모든 건 예상에서 빗나가 버리고 만다.

"택시 오네요."

은우의 말에 차량이 오는 방향으로 고개를 돌린 재진은 제일 먼저 번호판부터 훑었다.

"가 볼게요. 잘 먹었습니다."

재진은 꾸벅 고개를 숙이는 은우를 바라보며 주먹을 쥐었다.

참아야 하느니라. 더 이상은 무리하게 다가가지 말고 참아야 하느니라.

"그래요. 조심히 가요."

은우를 뒷좌석에 태우고 택시가 사라지자 재진은 머리칼을 쓸어 올리며 난감한 얼굴로 실소를 터뜨렸다. 실은 그녀에게 맥주 한 잔 더 하자는 말을 하고 싶었다. 실은 그녀를 따라 같이 택시에 올라 집 앞까지 데려다 주고 싶기도 했다.

"너무 들이대지 말라. 무심한 듯 시크하게, 크게 한 방."

강은우 공략법 요점만 간단히 중얼거리던 재진은 택시 차량 넘버를 다시 한 번 되새기며 걸음을 옮겼다. 자꾸만 어이없는 웃음만 나온다.

**

 이상한 일이었다. 정말 이상한 일이었다. 은우는 요 며칠 재진의 행동에 머릿속이 혼란스러워져만 갔다. 그날의 직구 스타일 류재진은 어디 가고, 그냥 평소 제가 알던 진건이 큰 아빠의 모습으로 돌아와 있었다.

 그저 다른 게 한 가지 있다면, 집에 갈 때 배웅을 해 주며 도착하면 문자 하나 보내 달라는 말만 빼놓지 않고 한다는 점이었다. 그래서 집에 도착해 망설이다 문자를 보내면 답장은 더 오지 않았다.

 은우는 오늘 역시 날이 저물자 괜스레 긴장된 마음으로 시계를 쳐다보았다. 진건은 애견 카페를 다녀온 후 재미가 들렸는지 종종 강아지들이 보고 싶다고 이야기를 해서 오늘도 다녀온 터였다. 목욕을 시키고 잠옷으로 갈아입혀 놓으니 어느새 저녁 시간이 다 되었다.

 "진건이 배고프지?"

 가사도우미 아주머니는 이틀에 한 번 오신다고 하셨는데 한 번도 마주친 적이 없었다. 모두 다 출근을 하고 난 오전에 오셔서 진건이 하원 시간인 3시 이전에 할 일을 다 끝내 놓고 돌아가시기 때문이었다.

 "와, 오늘도 맛있는 거 많이 해 놓으셨다."

 진건을 식탁 의자에 앉히고 간단히 상을 차린 다음, 진건의 옆에 앉았다. 마치 제 자식 밥을 먹이듯 생선살을 하나하나 발라 따끈한 흰 밥 위에 올려 주었다.

"형아는 안 먹어?"

"응. 별로 배가 안 고프네. 진건이 많이 먹어."

"그런데 아빠랑 큰아빠는 축구하러 또 언제 갈까?"

"음, 원래는 일요일마다 모이긴 하는데 아빠랑 큰아빠는 바쁘다 보니까 일주일에 한 번은 무리일 것 같고, 2주에 한 번씩은 참여하기로 했으니까 이번 주엔 나가지 않으실까? 왜, 또 축구 구경하고 싶어?"

진건이 격하게 고개를 끄덕였다.

"형아도 또 같이 갈 거지?"

"응? 아, 응. 그래."

은우는 축구 얘기가 나오니 또다시 재진이 생각났다. 땀에 젖은 머리칼을 쓸어 넘기며 영화 보러 가자고 얘기하던 재진의 모습이 생생했다. 쌍꺼풀이 없어 자칫 매서워 보이는 날렵한 눈매는 오롯이 한 여자를 보고 있었다.

"아휴, 내가 또 무슨 생각을."

"왜, 형아?"

"아니야. 어서 많이 먹어."

진건의 저녁을 알뜰히 챙기고 난 후 깔끔하게 설거지까지 끝내 놓은 은우는 소파에 잠시 앉아 고개를 뒤로 젖히고 등받이에 기대었다. 이런저런 생각들이 복잡해서 가는 숨을 내쉬는데, 진건이 스윽 곁에 다가오더니 무릎을 베고 누웠다.

"형아."

은우는 슬며시 눈을 떠 시선을 내려뜨렸다.

"무슨 일 있어?"

"……응?"

"형아 기분이 안 좋아 보여. 진건이는 형아가 웃는 게 더 좋아."

녀석 참.

은우는 애어른처럼 눈치가 빠른 진건의 말에 뭔가 울컥하고 올라와 일부러 더 웃었다. 아무래도 저도 모르게 생각에 자주 잠겨 있는 모습이 진건의 눈에도 신경이 쓰인 모양이었다.

"아니야, 기분 좋아. 으흥."

은우의 희고 가는 손가락이 진건의 머리칼을 살포시 쓸어 넘기자 눈꺼풀이 감겼다. 길고 숱 많은 속눈썹은 이 집안 남자들의 특징인 것 같았다.

"진건이 졸려?"

"아니야. 안 졸려."

말은 그렇게 해도 눈꺼풀이 점차 감기고 있었다. 은우는 진건의 눈꺼풀이 무겁게 온전히 감기자, 살며시 일어나 방에서 이불을 가져 나왔다. 혹시 깰까 싶어 조심스럽게 덮어 준 은우는 다시 무릎베개를 해 주며 앉았다. 진건이 몸을 뒤채며 옆으로 돌리더니 은우의 허리를 감싸 안고 잠이 들었다.

은우는 내일도 진건이 일찍 잠에 들면 동화책이라도 읽어 줘야겠다고 생각하며 머리칼을 부드럽게 만져 주었다. 이내 은우의 눈꺼풀 역시 스르륵 감겼다.

재진은 자신이 들어온 지도 모르고 잠에 빠져 있는 두 사람을 하릴없이 바라만 보았다. 진건을 무릎에 눕히고 은우는 불편하게 소파에 앉은 채로 잠이 들어 있었다.

그는 조금 더 가까이 다가가 등받이에 기대 고개를 뒤로 젖히고 있는 은우의 얼굴을 빤히 쳐다보았다. 저 작은 얼굴 하나가 뭐라고, 온종일 머릿속에서 떠나지를 않는다.

지금은 진건이와 무얼 하고 있을까. 밥은 챙겨 먹었을까. 오늘은 한번 저녁을 같이 먹자고 얘기해 볼까.

재진은 옷도 갈아입을 생각도 않은 채 마냥 그 자리에 서서 은우의 얼굴만 노골적으로 응시했다. 왜 그녀가 이렇게도 좋은 것일까 생각해 보았다.

이유는 간단했다. 그녀를 보고 있으면 기분이 좋아졌다. 그녀와 똑 닮은 미니어처가 있다면 주머니에 넣어 다니고 싶기도 했다. 우울하고 힘들 때, 짜증날 때, 그럴 때마다 그녀를 보면 저절로 웃음이 나올 것 같았으니까.

그래서 자신도 그녀에게 그런 존재가 되었으면 좋겠다는 생각이 들었다. 그와 함께하면 기분이 좋아지고 행복해지는, 그런 존재가 되면 얼마나 좋을까.

그는 슥 손을 뻗어 이마를 가리고 있는 그녀의 머리칼을 살며시 쓸어 넘겼다. 그저 머리칼을 한 번 쓸어 넘겨주었을 뿐인데 심장박동 소리가 고막을 때렸다.

재진의 시선이 그녀의 이목구비 하나하나를 정교하게 훑으며 입술에서 머물렀다. 살며시 벌어진 붉은 입술은 그 무엇보다도 매혹적이었다.

분명 더없이 보드랍고 달콤하겠지.

입술을 쓸어 보려던 손을 거둔 재진은 조용히 발길을 돌려 방으로 들어왔다.

"하아……. 큰일이네."

무심한 듯 시크하게.

생각대로 잘 될지 모르겠다. 점점 더 그녀 앞에서는 이성의 끈이 놓아지는데, 그게 가능할지 모르겠다.

"일어났어요?"

꾸벅거리며 졸다 눈을 뜬 은우는 눈앞에 보이는 재진을 발견하고는 화들짝 놀랐다.

"쉿. 진건이 깨요."

여전히 은우의 다리를 베고 누운 진건을 조심히 안아 든 재진이 방으로 가 침대에 누이고 나왔다.

은우는 어느새 깜빡 사십여 분을 잠든 걸 인지하고는 서둘러 몸을 일으켰다. 다행히 재진이 오늘도 일찍 퇴근을 해서 시간은 그리 늦지 않았다.

"오늘도 애견 카페 갔었거든요. 좀 심하게 뛰어다녔더니 진건이도 피곤했나 봐요."

이미 그녀와 한 번 가 본 터라 얼마나 열성적으로 진건이와 놀아 주었을지는 안 봐도 비디오였다. 그녀가 베이비시터로 들어온 이후 진건의 취침 시간이 빨라지고 있었다. 그만큼 낮에 활동적으로 움직인다는 뜻일 거다.

"저녁은 먹었고……."

"은우 씨는요?"

은우는 그저 이름 한 번 불렸을 뿐인데 괜히 긴장이 되어 시선을 피했다.

"아, 먹었어요."

소파 위에 놓인 가방을 멘 은우는 잰걸음으로 신발을 신었다. 그 모습을 물끄러미 바라보던 재진은 그녀가 현관문을 열고 나가기 전 어디론가 전화를 걸었다.

"민석아, 나야."

예상대로 그녀가 멈칫하며 뒤를 돌았다.

"너 내일 영화 촬영 오전에만 있지? 점심시간에 두 시간 정도 뺄 수 있나?"

통화를 하던 그가 은우에게 시선을 돌렸다.

"무조건 비워 놔."

일방적으로 통보를 한 재진이 전화를 끊자 은우가 잔뜩 상기된 얼굴로 그를 보았다.

"내일 낮에 잠깐 시간 됩니까?"

"네? 저, 저요?"

"민석이랑 내일 점심이나 같이할까 하는데……."

"되, 됩니다! 되고말고요!"

너무 목소리가 컸다고 생각한 은우는 황급히 입을 막으며 고개를 빠르게 끄덕였다.

"내일 12시까지 내가 집 앞으로 가겠습니다."

"그럼 진건이 하원은……."

"민석이도 어차피 길게는 시간 못 빼요. 진건이 하원 시간 안엔 옵니다."

"아, 네."

자꾸만 벌어지는 입을 억지로 다무는 은우를 보며 재진이 피식 웃었다.

"설렌다고 잠 설치지 말고 푹 자 둬요."

"아, 네. 감사합니다. 그럼 저 얼른 가서 빨리 잘게요."

그녀가 후다닥 빠져나가고 혼자 남은 재진은 뭔가 뿌듯한 얼굴로 한숨을 내쉬었다.

대한민국에서 둘째가라면 서러울 톱스타인 차민석을 제 사리사욕을 채우기 위해 이용하다니, 류재진이 정말 어쩌다 이렇게 됐는지 모를 일이다.

뭔가 그녀와 좀 더 가까워질 계기가 필요하다는 생각이 들었다. 그녀에게 부담을 주지 않기 위해 천천히 다가가는 것도 좋지만, 이대로는 산 속에 들어가 도를 닦을지도 모르겠다는 염려가 들었다.

그녀는 차민석의 열렬한 팬이다. 그런 차민석을 직접 만나 밥 한 끼 함께 먹는다는 건, 그녀와 자신이 열을 내며 대화할 수 있는 최적의 공통분모가 생기는 걸 테다.

다른 남자 이야기로 떠들어 대는 그녀의 수다를 들어준다는 게 썩 내키지는 않겠지만, 그 또한 가까워지는데 이용할 수 있는 수단이라면 얼마든지 수용할 수 있었다.

아마도 오늘 밤 쉽게 잠들지 못할 은우를 떠올리던 재진은 다시금 입매를 올렸다.

정말이지 강은우 때문에 별짓을 다 한다.

어지간히 그녀가 좋은 모양이다.

**

"화장이라는 걸 대체 얼마 만에 해 보는 거야? 안 이상한 가?"

재진의 예상대로 밤잠을 설친 은우는 아침부터 일어나 부산을 떨며 왔다 갔다 했다. 옷장에 있는 옷이란 옷은 다 꺼내 펼쳐 놓으며 수없이 고민을 했고, 화장이라는 것을 참으로 오랜만에 해 보기도 했다.

은우는 몇 달 전 친구 결혼식에 갔을 때 화장을 해 본 이후 처음으로 오랜 시간을 투자하며 정성을 들였다. 얇게 파우더 팩트 정도는 하고 다닌 적이 있지만, 풀 메이크업을 한 적은 정말 극히 드문 일이었다.

"하아, 색조는 진짜 어려워."

혼신의 힘을 다해 마스카라까지 하고 난 은우는 눈에 띄게 눈매가 또렷해진 자신을 보고는 나름 흐뭇하게 웃었다.

"립스틱이 너무 진한 건 아니겠지?"

상큼한 오렌지 빛깔 입술색이 머리색과도 잘 어우러지며 그녀의 밝은 이미지를 더욱 돋보이게 해 주었다.

은우는 결혼식 때나 차려 입으려고 사 두고 생전 입지도 않고 걸어만 두었던 투피스를 과감하게 꺼내 들고 거울 앞에서 대 보았다. 산뜻한 살구색 투피스가 봄날에 딱 부합하며 그녀의 흰 피부와도 잘 어울렸다.

"힐도 잘 안 신어서 걱정이긴 한데."

정성껏 드라이를 하고 옷을 싹 차려입은 은우는, 역시나 사다 놓고 한두 번이나 신었을까 한 연한 베이지색 힐을 꺼내 신어 보았다.

"키가 너무 커 보이려나?"

"누구냐, 넌."

은우는 신발장 앞에 달린 거울에 구두를 비춰 보다 깜짝 놀라 돌아섰다. 방에서 막 나오던 기훈이 뭔가를 잘못 본 듯 눈을 비비고 있었다.

"너 강은우 맞아?"

"왜? 이상해?"

"어떤 놈이야."

"응?"

"어떤 놈이 개수작질을 하기에 이러는 거냐."

"내, 내가 뭘?"

가까이 다가온 기훈이 은우의 얼굴을 자세히 들여다봤다.

"어쭈. 아이라이너에 마스카라까지?"

"왜? 난 그런 거 하면 안 되냐?"

"호오, 녀석 보게. 누구야? 어떤 놈 만나러 가는 거야?"

"아, 결혼식 있어!"

"요새는 평일에도 결혼식을 하냐?"

"아무튼!"

"치마가 너무 짧잖아. 옷이 작은 거야? 왜 그렇게 딱 달라붙어?"

"아, 몰라! 살쪘나 보지! 관심 꺼."

은우가 툴툴거리며 구두를 벗고 방으로 쏙 들어갔다. 기훈은 명탐정처럼 눈빛을 반짝이며 넌지시 고개를 내저었다.

"수상해. 진짜 연애를 하나? 어떤 놈이야, 대체. 저리 예쁜 내 동생 채 가려는 놈이."

재진은 12시보다 좀 더 일찍 은우의 집 앞에 도착해 차를 댔다. 민석이 종종 찾곤 해서 사장님과도 친분이 있는 레스토랑에서 점심 약속을 잡은 터였다. 민석의 지정석이라고 해도 과언이 아닐 정도로 민석이 그곳에 가면 항상 앉는 구석진 자리로 미리 예약을 해 둔 터였다.

민석에게는 어제 그렇게 전화를 끊은 후 다시 연락을 해서, 지인 중에 네 열렬한 팬이 있는데 식사 한 번 같이 했으면 좋겠다고 다시 차분하게 설명을 했고, 민석은 흔쾌히 승낙했다.

재진은 아직 10분 전인 시간을 확인하며 차에서 내려 은우를 기다렸다. 날씨도 화창하고 그냥 이대로 어디론가 놀러 가고 싶다는 생각이 불현듯 들기도 했다.

대문을 향해 있는 조수석 문에 비스듬히 기대 있던 재진은 마침 인기척이 들리자 고개를 들었다. 한데 또각또각 굽 소리가 나서 아마도 은우의 집 대문 안에서 들리는 소리가 아닌가 보다고 생각하며 다시 시선을 떨어뜨리는데, 바로 눈앞의 대문이 열리는 소리가 났다.

"벌써 오셨어요?"

천천히 고개를 들어 기대었던 몸을 일으키려던 재진은 순간 멈칫하고 말았다. 대문 밖으로 내밀어진 뾰족한 하이힐 위로 매끈하게 뻗은 다리의 주인공은 다름 아닌 은우였다. 봄날처럼 화사한 색상의 머리칼이 흩날리자 그녀가 황급히 머릿결을 정돈하며 어색하게 웃었다.

마치 시간이 정지된 것만 같았다. 쭉쭉 빵빵 여배우들이라면 질리게 보았다. 해서 사람 외모를 보고 어지간해서는 놀라지 않았다.

재진은 망막에 맺힌 눈앞의 여자를 그냥 하염없이 바라만 보았다. 강은우가 하루 사이에 풋풋한 소녀에서 매력적인 여자가 되어 있었다.

"흠흠. 가실까요?"

이런 빌어먹을.

재진은 이마를 짚으며 그만 웃음을 터트리고 말았다. 갑작스런 웃음에 그녀가 당황해 하는데 웃음이 멈추지 않았다.

그녀는 아무래도 자신이 했던 말을 새겨듣지 않은 것 같다. 저를 좋아한다고 고백했던 남자 앞에 저런 모습으로 나타나면 어쩌란 말인가.

그녀는 차민석에게 예쁘게 보이고 싶었을 뿐이었겠지만, 다른 한 남자는 미치도록 가슴이 설렌다. 그녀가 의도치는 않았겠지만 지금 엄청난 유혹을 하고 있는 것과 뭐가 다를까. 무심한 듯 시크하게는 힘들 것 같다.

재진은 간신히 입매를 바로잡으며 여전히 당혹스러운 얼굴로 서 있는 은우에게 한 발짝 다가갔다. 한 걸음 정도 사이를 두고 마주 선 재진은 그녀의 흐트러진 머리칼을 바르게 정리해 주었다.

"하아……."

그가 낮게 내뱉은 숨이 그녀의 코끝을 간질이며 닿았다. 그의 체취가 담긴 숨 냄새와 더불어 은은한 좋은 향기가 후각을 자극했다.

 두근두근. 두근두근.

 은우는 느닷없이 빨리 뛰기 시작하는 심장박동을 느끼며 마른침을 꿀꺽 삼켰다. 지금 그의 얼굴이 너무도 가까이 다가와 있어 뒤로 물러나야 하는데, 손끝 하나 마음대로 움직여지지가 않았다.

 마치 시간이 이대로 멈추기라도 한 것 같은 봄날의 오후는 따사로웠다.

9

 평일 점심때라 그런지 레스토랑 안에는 손님이 별로 없었다. 은우는 아까부터 흥분하며 날뛰고 있는 심장을 어떻게든 다스려 보려 심호흡을 연속적으로 했다.
 '나 이러다 호흡곤란 오는 거 아니야?'
 한 걸음 거리를 두고 가까이 섰던 그는 잠시 아무런 말없이 가는 숨을 내뱉으며 쳐다보기만 했다. 한데 그 시선이 한없이 부드러운 것 같으면서도 얼마나 노골적인지, 그의 시선 하나에 압도당하는 느낌이어서 숨도 쉴 수가 없었다.
 [이런 난감한 여자를 보았나.]
 나직이 내뱉은 그의 음성 또한 봄바람처럼 살랑이며 귓가를 맴돌았다. 머릿결을 정리해 주는 그의 손끝이 떨리는 게 느껴졌다. 슥 아래로 내려뜨린 손길이 뺨을 슬며시 쓸어내리

더니 부드럽게 감싸 쥐며 고개를 숙였다. 순간 온몸이 더 뻣뻣하게 굳어 눈망울이 커지는데, 그가 살짝 방향을 틀어 귓가에 대고 속삭였다.

[기억해 둬요. 은우 씨가 먼저였다는 걸.]

아직 할 말이 더 남아 있는 얼굴로 지그시 바라보던 그가 이내 손을 잡아 이끌어 차에 태웠다. 안전벨트를 채워 주려 그가 가까이 다가오는데, 또 얼마나 가슴이 쿵쾅거리는지 촌스럽게 눈을 다 질끈 감아 버렸다. 피식, 그가 웃는 소리가 들리는가 싶더니 바로 그의 음성이 새어 나왔다.

[긴장 풀어요. 지금은 아니니까.]

"은우 씨."

은우는 머릿속에 꽉 차 있는 재진 생각에 넋을 놓고 있다가 화들짝 놀랐다. 그가 예약석 의자를 빼 주며 앉으라고 권하고 있었다.

"아, 네."

차민석은 아직 도착 전이었다. 재진은 이곳 사장님과 친분이 있는지, 잠시 자리를 비운 뒤 담소를 나누고 있는 중이었다. 은우는 유리잔에 채워 준 물을 숨도 안 쉬고 벌컥벌컥 들이켰다.

'도대체 뭐가 지금은 아니라는 거지? 도대체 나를 어떻게 하려고! 나 이대로 이 남자와 같이 있어도 되는 거야? 나 정말 괜찮은 건가?'

"벌써 오셨어요? 시간 맞춰서 온다고 온 건데."

그렇지 않아도 달달 떨고 있던 은우는 낯익은 음성에 더욱 바짝 긴장을 하며 손을 맞잡았다. 이 목소리의 주인공은 분명 차민석이었다.

"우리도 방금 전에 왔어. 은우 씨."

재진의 음성에 호흡을 가다듬은 은우는 자리에서 일어났다. 천천히 고개를 드는데 '오, 맘마미아!'가 절로 터져 나왔다.

"안녕하세요, 차민석입니다."

스크린에서 보던 그 얼굴이 바로 앞에 있었다. 이게 꿈인지 생시인지 구분이 불가능할 정도였다. 그는 역시나 눈이 부시게 희고 고운 피부와 선한 미소가 인상적이었다. 순정만화에서 막 튀어나온 그런 비현실적인 외모라는 걸 다시 한 번 뼈저리게 느끼게 되었다.

"이쪽은 강은우 씨. 네 열렬한 팬."

"영광입니다. 이렇게 미인이신 분이 제 팬이라니요."

은우는 입이 딱 붙어 버려 간신히 입매만 슬쩍 올리며 인사를 했다. 눈에 띄게 긴장을 한 게 보였는지 옆에 있던 재진이 의자에 앉혀 주었다.

"누가 보면 신인 배우라고 해도 믿겠는데요."

스타병이란 게 있을 법한데도 차민석은 스스럼없이 말문을 열며 분위기를 주도했다. 지난번 진건이 보여 주었던 사진에서 보았듯이 재진과도 소속사 배우와 대표 사이 이상의 끈끈

함이 있는 것 같았다. 하긴 데뷔 때부터 줄곧 함께한 사이이니 어쩌면 그게 당연하다는 생각도 들었다.

미리 준비된 스테이크가 금세 나오고, 은우는 떨리는 손을 애써 감추며 나이프를 쥐었다. 한데 도무지 긴장이 되어 썰지를 못하고 있는데, 재진이 본인의 것을 알맞은 크기로 다 썰어 바꿔 주었다.

"천천히 꼭꼭 씹어요."

은우는 옆에 앉은 재진의 세심한 배려에 고마워하며 힐끗 시선을 돌렸다.

아아, 정말이지 여기를 봐도 저기를 봐도 이리도 미친 외모 투성이인 사람뿐이니 심장마비가 올 것 같았다.

이렇게 떨리는 이유가 차민석을 봐서인지, 옆에 앉은 재진 때문인지 이제는 헷갈리기 시작했다.

"아, 저 잠시 실례 좀……."

은우는 조심스럽게 몸을 일으켜 애써 긴장을 감추며 화장실로 향했다. 이대로는 어렵게 만난 차민석을 앞에 두고도 말한 마디도 못 하고 헤어지게 생겨서 마음을 좀 다스릴 필요가 있었다.

"여자에는 전혀 관심 없는 줄 알았더니, 아니셨군요."

은우의 뒷모습을 바라보던 민석이 짓궂게 웃으며 재진을 응시했다. 재진은 설핏 입꼬리를 올리며 어깨를 으쓱였다.

"나도 남자인걸."

"어제 전화 주셨을 때 느낌으로 바로 알았어요. 대표님이 이럴 분이 아니신데 이상하다 했었죠. 아주 상큼하네요. 잘 어울리십니다."

"듣던 중 반가운 소리네."

"류 실장님도 아세요?"

"아직."

"입 다물어야겠네요."

"내가 그래서 널 좋아해."

눈이 마주친 두 사람은 동시에 기분 좋게 입매를 올렸다.

"그럼 오늘 만난 것도 비밀이에요?"

"음, 아니. 그럴 것까지야. 어차피 알게 될 거야. 은우 씨가 진건이 베이비시터거든."

"아, 그래요? 류 실장님한테 얘기 들었어요. 유치원 선생님이셔서 그런지 아이를 아주 잘 돌봐주시는 좋은 분이라고 칭찬이 자자하시던데, 그분이시군요."

"칭찬이 자자할 만하지."

"그런데 괜한 말이 아니라 정말로 배우 해도 되겠는데요? 나이도 어려 보이고요. 저보다 동생이죠?"

"동갑이야."

"오, 엄청 동안이네요. 워낙 상큼 발랄한 이미지라 사랑 많이 받을 거 같은데, 대표님이 한번 키워 보시는 것도······."

"전혀 그럴 생각 없어. 너 한 번 보여 주는 것도 아까운데,

그게 가능할 거라 생각해?"

민석은 졌다는 듯 두 손을 들며 고개를 가로저었다.

"이런 모습 처음이라 당황스럽기까지 하네요. 하하."

"나도 무척 당황하는 중이야."

"느껴집니다."

은우를 두고 이런저런 이야기꽃을 피우던 두 사람은 그녀가 다시 돌아오자 화제를 바꾸며 자연스럽게 대화를 이어 갔다.

"참, 스즈키 아사카가 일본에서 인터뷰한 거 봤어? 이상형이 차민석이라고 얘기해서 은근슬쩍 열애설로 몰고 가려는 분위기던데, 신경 안 써도 되는 거지?"

재진의 질문에 민석이 잠시 은우를 쳐다보며 뜸을 들이자 그가 바로 말을 이었다.

"말해도 탈 없으니까 하는 거야. 오늘 이 자리에서 나눈 대화, 새어 나갈 일 같은 건 전혀 없어. 그런 건 너보다 내가 더 민감한 사안이야."

"아, 그렇겠죠. 걱정 마세요. 그런 일 없으니까. 작품 같이 하면서 친해져서 가끔 연락을 하고 지내기는 하지만, 그냥 친굽니다."

"그래. 나는 네 말이 우선이니까 믿는다."

은우는 두 사람의 대화를 조용히 듣고 있다가 내심 놀랐다. 어찌 보면 굉장히 민감한 문제를 자신이 있는 앞에서 재진이 거론했다는 점이 놀라웠다.

그는 소속사 대표이다. 그 누구보다 말을 할 때 신중하고 아낄 것이다. 한데 자신을 두고 이런 이야기들을 꺼낸다는 건 그만큼 저를 믿고 있다는 뜻일 테니 놀라웠다.

"그보다도 걱정이에요. 제작비가 100억이나 투자됐는데 결과가 좋지 않으면 어쩌나, 중압감이 말로 다 못하겠어요. 크랭크업하고 나서부터는 하루하루가 떨려서 잠을 다 설쳐요. 막상 뚜껑이 열리면 차라리 덤덤할 것 같은데, 아마도 개봉일까지는 계속 이러지 싶어요. 수면제를 복용해야 그나마 눈을 좀 붙여요."

은우는 짧게 숨을 내쉬며 속내를 토로하는 민석을 안타까운 시선으로 바라보았다. 차민석 정도의 톱스타면 저런 걱정은 안 하는 줄 알았다. 하는 작품마다 성공을 거두는 톱스타에게는 예외인 부분인 줄 알았다.

한데 진심으로 걱정하는 듯 보이는 민석을 보고 있노라니, 아마도 저런 스트레스는 아무리 톱스타라고 해도 비껴갈 수 없는 문제일 거라는 생각이 들었다. 얼마나 많은 배우들이 화려한 스포트라이트 이면에서 무거운 중압감에 시달릴지 어느 정도는 이해가 될 것도 같았다.

"민석아."

은우는 재진의 나직한 음성에 귀를 기울였다.

"너는 신이 아니야. 인간이야. 너도 실패라는 걸 할 수도 있는 거야. 네가 갖는 그 중압감을 내가 다 알 수는 없겠지만,

나는 그냥 네가 마음을 좀 편하게 가졌으면 좋겠다. 열심히 했으니 결과는 관객들의 몫으로 남겨 두면 되는 거야. 나는 네가 이 일을 하며 행복하기를 원하지, 괴롭고 불행하기를 원하지는 않는다. 좀 쉬고 싶으면 쉬어도 돼. 팬들에 대한 사랑을 갚겠다는 네 의지와 열정은 높이 사지만, 너를 갉아먹으면서까지 그러는 건 나는 원치 않는다."

은우는 어쩐지 숙연해지는 마음에 고개를 숙였다.

이쪽 세계는 잘 모르지만 그가 참 보기 드문 좋은 대표라는 것은 전해지는 것 같았다. 소속 연예인을 단순히 돈으로만 보는 게 아닌, 한 인간으로서 존중해 주는 그의 진심이 느껴져 가슴 한구석이 뭉클해지면서도 따뜻해졌다.

"이미 잡혀 있는 스케줄만으로도 올 한 해가 꽉 차 있지만, 그것만 끝내면 좀 쉬자. 그렇게 하는 게 좋겠어."

민석이 이렇다 할 대답을 하지 않았다. 순간 은우는 어디서 그런 용기가 나왔는지 저도 모르게 끼어들며 입을 열었다.

"그렇게 하시는 게 좋겠어요."

짐짓 심각한 은우의 음성에 두 사람의 시선이 그녀에게 향했다.

"왜 TV 광고에서도 그러잖아요. 휴식을 모르는 사람은 브레이크 없는 자동차와 같다고요. 브레이크 없이 질주를 하다 보면 어느 날 갑자기 엔진에 무리가 올 거예요. 대표님 말씀대로 차민석 씨는 신이 아니잖아요. 열심히 활동해 주시는 것도 팬인 저희들에게는 선물과도 같은 일이지만, 그보다도 동경하는 배우를 건강한 모습으로 더 오랫동안 볼 수 있는 걸 원해요. 이제 겨우 스물여섯이잖아요. 스물여섯일 뿐이에요. 이제 시작인 건데, 벌써부터 엔진에 무리가 가면 안 되는 거잖아요. 수면제 복용하는 거 몸에 굉장히 안 좋은 걸로 알고 있는데 진심으로 걱정돼요. 저는 차민석 씨를 스크린에서 '자주'가 아닌 '오랫동안' 뵐 수 있었으면 좋겠어요. 기다리는 건 얼마든지 할 수 있어요. 팬이니까요."

순간 정적이 흘렀다. 은우는 그제야 자신이 또 오지랖을 떨었구나 싶어서 입을 막았다. 한데 몇 초 지나지 않아 두 남자의 입매가 동시에 올라갔다.

"좋은 분이시군요, 은우 씨는."

사람 좋게 웃은 민석이 재진을 힐끗 보았다.

"이유를 알 거 같네요."

재진은 그저 미소를 머금을 뿐이었다. 은우는 뭔가 이 분위기가 민망하기도 했지만, 연예인이라서 뭔가 많이 다를 거라 여겼던 그가 보여 준 인간적인 모습에 오히려 더 그의 팬이 되었다.

그는 정말 좋은 사람이구나. 그러니까 이렇게 많은 사랑을 받는 거구나.

더불어······.

"배고플 텐데, 왜 그렇게 못 먹어요? 입맛에 안 맞나?"

평소처럼 잘 먹지 못하는 그녀를 보며 걱정스레 묻는 그가 정말 생각보다도 더 좋은 사람일 거라는 확신이 들기 시작했다.
 "은우 씨."
 은우는 나직이 이름을 부르는 그를 조심스럽게 쳐다보았다. 그의 새카만 눈동자엔 언제나 강은우가 담겨 있는 것 같다.
 두근두근. 두근두근.
 차민석이 아닌 류재진을 두고 심장이 빠르게 움직이고 있다는 걸 부정할 수 없었다.
 기훈이 말하는 개수작이란 건 이 남자에게 어울리지 않았다. 이 남자는 그저 진심을 보여 줬을 뿐이었다.

 은우는 고대하고 고대했던 차민석과의 만남이 상상과는 많이 달라 오히려 더 뿌듯했다. 그저 좋아 가슴이 두근거려 정신이 혼미해질 거라 여겼던 가벼운 상상보다도 더 뜻 깊은 시간이었다. 그리고 그런 시간을 만들어 준 데에는 재진의 공이 컸음을 인정하지 않을 수 없었다.
 바쁜 그를 만나게 해 준 것만으로도 고마운 일이지만 식사 내내 재진이 보여 준, '진심'이 밑바탕이 된 사람을 대하는 '방법'을 보며 많은 걸 생각하게 되었다.
 "은우 씨, 오늘 정말 반가웠어요."
 은우는 이제 또 언제 볼지 모르는 차민석의 얼굴을 뚫어져라 쳐다보며 인사를 건넸다. 아직도 믿기지는 않는다. 차민석과 함께 식사를 하며 너무도 큰 산처럼만 보였던 그도 우리와 똑같은 사람이었다는 걸 느끼게 되는, 우리들의 소소한 일상이 그에게는 얼마나 부러운 꿈같은 일인지를 느끼게 된 잊지 못할 소중한 시간들이었다.

"저야말로 영광이었어요. 보잘것없는 저를 위해서 이렇게 시간 내 주셔서 정말 너무 감사드려요."

"보잘것없다니요. 저야말로 은우 씨를 만나 힐링이 되었어요. 동갑이라고 들었는데, 아마도 친구가 되기는 힘들겠죠?"

한 걸음 다가선 민석이 슬쩍 고개를 숙여 귀엣말을 했다.

"대표님 좋은 분이십니다. 놓치지 마세요."

은우의 얼굴이 수줍음에 벌게졌다.

계산을 끝내고 뒤늦게 나오던 재진은 얼굴이 또 시뻘게져 있는 은우를 발견하고는 고개를 갸웃거렸다. 누가 보면 민석에게 사랑 고백이라도 받은 줄 알겠다.

"전 그만 가 보겠습니다. 점심 잘 먹었습니다."

"시간 내 줘서 내가 고맙지. 운전 조심히 하는 거 잊지 말고."

사람들의 눈을 의식해 밴이 아닌 개인 세단으로 직접 운전해서 온 민석에게 안전운전을 신신당부한 재진은 차 뒤꽁무니가 사라질 때까지 지켜보았다. 은우 역시 옆에 서서 목을 빼다 이내 시간을 확인하며 손뼉을 쳤다.

"헉! 벌써 2시가 넘었어요. 진건이 하원 시간까지 빠듯해요. 얼른 가야겠어요."

은우가 호들갑을 떨며 택시를 잡기 위해 손을 흔들었다.

"내가 데려다 줘야……."

"아니에요. 아까 얘기하는 거 들어보니까 회사 다시 들어가봐야 하던데, 얼른 가 보세요. 택시! 택시!"

순식간에 택시를 잡아 세운 은우가 혹시 늦을까 다급한 마음에 조수석 문을 냅다 여는데, 그가 다시 문을 닫고는 뒷문을 열어 주었다. 마음 같아서는 데려다 줘야 안심이 될 것 같긴 했지만, 사무실로 바로 들어가서 처리해야 할 일이 있었다.

"한쪽으로 조심히 앉아요."

은우가 몸가짐을 바로하며 곱게 뒷좌석에 오르자, 그가 기사님에게 미리 택시비를 지불했다.

"안전운전 부탁드립니다."

도착하면 문자하라는 말을 남긴 재진은 서둘러 사라지는 택시를 보며 후우, 한숨을 내쉬었다. 그녀를 다시 만날 저녁이 되기까지의 시간이 무척이나 길 것 같았다.

"그나저나 진건이 녀석 꽤 놀라겠는데."

"여기서 내려 주세요. 감사합니다."

아파트 앞에서 택시가 멈추기 무섭게 노란 유치원 버스가 뒤따라 모습을 드러냈다. 은우는 그래도 늦지 않아 다행이라 여기며 진건을 향해 손을 번쩍 들었다.

"안녕!"

어라?

은우는 분명 진건이 저를 쳐다봤는데 주위를 두리번거리자 다시 큰 소리로 부르며 다가갔다.

"진건아!"

다시 한 번 눈이 마주쳤다. 한데도 진건이 낯선 사람을 보듯 해 당황한 은우는, 그제야 자신의 모습을 인지하고는 머리를 긁적였다. 그러고 보니 유치원 선생님 또한 의아한 얼굴로 쳐다보고 있었다.

"아하하. 저 맞아요."

선생님과 어색하게 인사를 나눈 은우는 진건과 단둘이 남자 다시 눈을 맞추었다.

"나야, 나."

진건이 큰 눈을 느리게 끔뻑거리며 자꾸 갸우뚱거렸다.

"나야. 삐리, 삐리. 삐리, 삐리."

은우가 손가락을 내밀며 텔레파시를 보내었다. 물끄러미 바라만 보던 진건의 입술이 어렵게 열렸다.

"누……나?"

오, 오잉?

은우는 지금 제가 바로 들은 것인지 귀를 의심하며 입매를 늘어뜨렸다.

"방금 뭐라고?"

"누……나?"

"아하, 아하하하하!"

아까 차민석을 봤을 때와 같은 감탄사가 터져 나왔다. 드디어 진건의 눈에 '형아'가 아닌, '누나'로 보인 모양이다. 이럴 줄 알았으면 진즉 좀 꾸미고 다닐 걸 그랬다.

"와아, 진짜 누나네?"

진건은 신기한 얼굴로 자꾸만 은우를 요리조리 살펴보았다.

"와아, 티브이에 나오는 누나들 같아. 와아, 키도 되게 크고, 되게 날씬하고, 되게…… 예쁘네?"

"아하하하하! 뭘 또 그렇게까지! 하하하!"

마냥 웃음이 나왔다. 그 어떤 남자에게서 프러포즈를 받은 것보다도 더욱 기쁜 순간이었다. 정말이지 오늘은 여러모로 잊지 못할 날이 될 것만 같다.

은우는 헤벌쭉 벌어진 입을 다물지 못하고 손을 척 내밀었다.

"일단 갑시다, 진건 군."

"응, 누나."

스무 살이나 어린 녀석에게 누나 소리를 듣는다는 게 굉장히 민망스럽기도 했지만, 일단은 즐기기로 했다.

누나. 참 좋은 말이다.

은우는 여전히 신기한 눈으로 바라보는 진건의 머리를 풀썩였다.

"이제 형아라고 하기 없기다?"

"이렇게 예쁜데 어떻게 형아라고 그래."

"으흥흥."

짜식. 아빠 닮아 말도 예쁘게 잘 하나 보다. 이제부터 매일 화장이라도 하고 다녀야 하나?

"그런데 왜 이렇게 예쁘게 하고 왔어? 어디 갔다가 온 거야?"

역시나 눈치로는 여섯 살이 아니라고 생각하며 은우는 배시시 웃었다.

"아, 맞다. 진건이한테 고마워해야 하지? 이게 다 진건이 덕분이야. 고마워."

"뭐가?"

"으흥흥. 오늘 드디어 차민석 형아를 만났거든."

"진짜?"

"응. 헤헤."

"큰아빠랑 같이?"

"응."

"좋았어?"

"당연하지. 사진도 찍어 줬어."

입이 귀에 걸린 은우가 레스토랑에서 민석과 함께 찍은 사진을 보여 주었다.

"와아, 진짜네."

"진건이 말이 맞았어. 정말 너무 너무 좋은 형아 같더라."

"그치?"

"응."

"그런데 있잖아."

진건의 시선이 앉아 있어 더 짧게 올라간 은우의 스커트로 향했다.

"치마가 너무 짧은 거 아니야?"

"으, 응?"

자리에서 일어난 진건은 거실을 두리번거리다 이내 방으로 들어가 이불을 끌고 나왔다.

"티브이에 나오는 누나들 보면 이렇게 하던데."

진건이 훤히 드러나 있는 은우의 다리 위로 이불을 덮어 주었다. 은우는 감동의 도가니에 빠진 눈망울로 진건을 바라보다 와락 껴안았다.

"진건아! 넌 왜 이렇게 벌써부터 멋있는 거얌."

"혀, 아, 아니, 누, 누나. 수, 숨 막혀."

"으흥흥."

립스틱을 바른 것을 잊은 채 진건의 볼에 진하게 뽀뽀를 한 은우는, 뒤늦게 몸을 떼어 내며 입술 자국이 선명하게 남아 있는 뺨을 발견하고는 휴지를 찾았다.

"아니야. 화장실 갔다 올래. 쉬도 마려웠어."

의젓하게 욕실로 향하는 진건을 흐뭇한 얼굴로 바라보던 은우는 잠시 테이블 위로 엎드렸다. 어젯밤 너무 설레어서 잠을 통 못 잤더니 슬슬 졸음이 밀려왔다.

"오늘은 옷이 이래서 밖에서는 못 놀겠고……."

진건이와 무엇을 하며 시간을 보낼까 웅얼거리던 은우는 이내 깜빡 잠이 들었다.

화장실에서 나온 진건은 잠들어 있는 은우를 발견하고는 살금살금 다가와 맞은편에 앉았다. 처음 보는 그녀의 모습이 마냥 신기한지, 턱을 괴고 빤히 바라보다 작은 손을 뻗어 은우의 뺨을 슬쩍 만져 보았다.

"부드럽다."

진건은 길게 뻗은 속눈썹도 슬쩍 건드리다 은우가 몸을 뒤채자 얼른 손을 바로 했다. 테이블 위에 팔을 올려 그 위에 얼굴을 대고 기댄 채 은우를 바라보던 진건의 앙증맞은 입술이 달싹였다.

"아……, 예쁘다."

**

재진은 현관 앞에 서서 다시금 옷매무새를 다듬은 뒤 안으로 들어섰다. 여느 때와 다름없이 달려 나온 진건의 곁엔 은우가 서 있었지만, 느낌은 많이 달랐다. 이미 낮에 충분히 신선한 충격을 받았음에도 불구하고 여전히 새로웠다.

"큰아빠, 누나 되게 예쁘지?"

재진은 갑작스럽게 변화된 호칭에 눈썹을 실룩였다. 역시 애, 어른 할 것 없이 보는 눈은 다 비슷비슷한가 보다. 진건이 보기에도 영락없이 예쁜 누나인가 보다.

"응, 그러네. 진건인 이제 이모한테 형아라고 안 하는 거지?"

"이모라니."

진건이 팔짱을 끼며 눈을 부릅떴다.

"내가 아는 이모들 중에 이렇게 예쁜 이모는 없어. 누나야. 큰아빠도 누나라고 해."

귀엽다는 듯 진건의 볼을 잡아당기던 재진은 힐끗 은우를 보았다. 그녀의 입술 끝은 어느새 반달처럼 올라가 있었다.

좋기도 할 거다. 저렇게나 어여쁜데 한 달을 넘게 '형아' 소리를 들었으니 말이다.

"큰아빠. 그런데 할머니, 할아버지 보러 또 언제 가? 보고 싶은데."

그러고 보니 파주에 다녀온 지 한 달이 넘은 것 같았다. 은우를 처음 만나기 전날 다녀온 이후엔 전화나 가끔 드렸지, 찾아가 보지를 못했다. 쉬는 주말이면 조기축구회에 나가고 나름 정신이 없었다지만, 모두 다 핑계일 뿐인 거다.

"진건이가 큰아빠보다 더 낫네. 음, 아빠랑 얘기해 보고 내일 금요일이나 토요일에 할머니네 데려다 줄게."

"와아, 신 난다. 할머니, 할아버지한테 편지 써야지."

"아, 진건아. 누나한테 인사해. 아빠 곧 오실 거야. 누나 데려다 주고 올게."

기분이 좋은 진건이 쿨하게 인사를 건넨 뒤 폴짝거리며 제 방으로 홀랑 들어갔다. 재진은 자신을 보자 또 잔뜩 긴장해 있는 그녀를 향해 한 걸음 다가섰다.

"재성이 올라오고 있을 겁니다. 나가요. 괜찮다는 말은 하지 말고."

집을 나온 두 사람은 마침 엘리베이터에서 내리던 재성과 마주쳤다. 은우를 보고는 놀란 얼굴로 서 있는 재성에게 이따 보자며 스쳐 지난 재진은 황급히 닫힘 버튼을 눌렀다.

은우는 단둘이 있는 엘리베이터 안의 공기가 어쩐지 너무 덥다고 생각하며 머리칼을 쓸었다.

재진에게 잡혀 있는 손목은 뜨끈한 열기가 올라오는 것 같았다. 슬쩍 손을 빼내려 꼼지락거리던 은우는 그가 더욱 세게 꽉 잡자 조심히 한숨을 내쉬었다.

순식간에 지하 주차장으로 내려와 세단 앞까지 그의 손에 끌려온 은우는 용기를 내어 말문을 열었다.

"저기."

그가 비로소 손을 놓아주며 뒤를 돌았다.

"오늘 정말 감사했어요. 귀한 시간 만들어 주셔서. 아, 저기 그런데 제가 들러야 할 데가 있어서……."

한 걸음 다가선 재진이 슬쩍 미간을 좁히며 물었다.

"남잡니까, 여잡니까?"

"네?"

당황한 은우의 입술이 살짝 벌어졌다. 재진의 시선이 그녀의 입술에 먼저 꽂힌 뒤 서서히 위로 올라와 눈을 맞추었다.

"못 해 먹겠네요. 무심한 듯 시크한 거."

"네?"

"남자를 만나는 걸까, 여자를 만나는 걸까, 이런 것들이 궁금하지만 티내면 안 되는 건데, 못 하겠다고요. 영 내 취향이 아니라 못 해 먹겠네요."

은우는 그가 한 걸음 더 다가오자 뒤로 물러나려 했지만, 바로 뒤에 주차되어 있는 그의 세단 때문에 물러날 곳이 없었다.

"천천히 다가가려고 했어요. 놀랐을 은우 씨에게 부담 주고 싶지 않아서. 내 모든 말과 행동엔 사심이 담겨 있다고 말했죠? 지난 며칠 어리둥절했을 내 행동들 역시 사심이 담긴 행동이었습니다. 안 그런 척하면 혹시 궁금해 하려나, 내게 관심이 좀 생기려나."

은우는 마른침만 꿀꺽 삼켰다.

"내가 아닌 다른 남자에게 잘 보이려고 한껏 꾸미고 나온 은우 씨를 보면서, 어쩌면 속상하고 서운해야 하는 게 정상일지도 모르겠어요. 그런데 은우 씨를 만나 나도 몰랐던 새로운 사실을 알게 됐습니다. 누군가에게 눈이 멀면 앞뒤 안 가리고 밀어붙이는 꼴통이 된다는 걸 말입니다. 다 상관없어요. 그냥, 은우 씨밖에 안 보입니다."

다리에 힘이 빠진 은우의 몸이 뒤로 기울며 세단 보닛 위로 주저앉았다.

"나도 얼마든지 기다릴 수 있다고 생각했어요. 은우 씨가 다가올 때까지."

그가 슥 허리를 숙여 얼굴을 가까이 마주했다.

"그런데 안 되겠어요. 대답 들어야겠습니다, 오늘."

은우는 자비 없이 쿵쾅거리는 심장을 진정시킬 생각도 못한 채 파르르 떨리는 입술을 핥았다.

"어서 날 잡으라고 했었죠, 은우 씨가."

"네?"

"이대로 놓친다면 분명 후회할 거라고 했었죠, 은우 씨가."

은우는 그를 처음 만나 면접을 보던 날, 자신이 했던 말을 떠올렸다.

[어서 날 잡아요. 이대로 놓친다면 분명 후회할 거예요.]

그때 했던 말을 그가 이렇게 인용할 줄은 몰랐다.

"그래서 잡으려고요. 후회하기 싫어서 잡으려고요. 내가 어떤 놈인지 알아볼 생각이 정말 전혀 없습니까?"

"아……."
"조금의 가능성도 없는 겁니까?"
"그게 그러니까……."
"나는 안 되겠어요?"

그의 노골적인 시선을 힘겹게 받아 내던 은우는 홍당무가 된 얼굴로 눈을 질끈 감았다.

"그게 아니라, 나도 좀 지금 당황스럽다고요! 내가 이렇게 지조 없는 여자가 아닌데! 이렇게 금세 류재진 씨한테 가슴이 두근거리다니, 나, 나도 당황스럽다고요! 눈도 못 마주치겠고, 같이 있으면 숨도 잘 못 쉬겠다고요! 그냥 막 떨린다고요!"

말을 다 쏟아 내고 나니 급격하게 민망함이 몰려오며 얼굴이 더욱 달아올랐다.

"그리고 조금만 뒤로 물러나 줘요. 나 지금 자세가 무, 무지 이상하거든요?"

보닛을 짚으며 한껏 뒤로 기울어진 채 걸쳐져 있던 그녀가 콧잔등을 찡그리며 새치름하게 고개를 돌렸다. 그런 그녀를 바라보던 재진은 비로소 웃음을 쏟아 내며 그녀의 손목을 잡아 일으켰다.

"어맛!"

잡아 올리는 반동에 의해 그녀의 몸이 휘청거림과 동시에 그의 어깨를 짚고 품속으로 빨려 들어갔다.

두근두근. 두근두근.

"긴장해도 돼요. 아까 하고 싶었던 거 지금 할 거니까."

무슨 말인가 싶어 뒤로 몸을 빼던 은우의 동공이 커졌다.

"따귀를 때리든 뭘 하든, 따지는 건 나중으로 미룹시다. 조급하게 만든 건 은우 씨가 먼저니까."

큼지막한 손이 부드럽게 그녀의 뒷목을 받치며 잡아당기기 무섭게 그의 고개가 살며시 틀어졌다. 너무 놀라 벌어진 그녀의 아랫입술을 빨아 물며 그의 눈꺼풀이 내려앉았다.

그녀의 입술은 생각보다 더 포근하고, 부드럽고, 달콤했다.

은우는 마치 다른 세계에 와 있는 것 같은 착각이 들며 점점 다리에 힘이 풀렸다. 스물여섯 인생을 살아오며 처음으로 느껴보는 낯선 감정과 감촉.

타인의 숨결이 이렇게 가까이에서 맡아지는 것도, 입 속으로 말캉한 혀가 들어와 헤집고 다니는 것도 모두 다 너무 낯설었지만, 온몸의 신경세포가 곤두 일어설 만큼 짜릿하고 몽롱하기까지 했다.

그가 몰아붙이는 키스에 속수무책으로 당하고 있던 은우는 순간 주차장으로 들어서는 차 소리에 그제야 좀 정신이 들었다. 그의 어깨를 짚고 밀어내려 하는데, 그가 허리를 낚아채 빙그르 몸을 돌려 주차되어 있는 차 사이의 공간으로 밀고 들어오며 키스를 이어 갔다. 차 간격이 넓어서 다행이지 하마터면 남의 차를 건드릴 뻔했다.

그의 세단 조수석 쪽 뒷좌석 문에 밀어붙여진 그녀가 가쁘게 숨을 내쉬었다.

"하아, 하아."

잠시 입술을 뗀 그에게서 뜨거운 숨결이 쏟아졌다.

"하아……."

은우는 심장이 더 미친 듯이 쿵쾅거리며 정신이 또다시 혼미해지려 하는 걸 간신히 바로잡았다.

"자, 잠깐만요. 하아, 이러다 누가 보겠어요. 아는 사람 마주치면 곤란하잖아요."

감겨 있던 그의 눈이 떠지며 가까이서 시선이 마주쳤다. 달뜬 얼굴로 창피함에 시선을 피하는 그녀의 턱을 부드럽게 잡아 돌린 그가 오른손 엄지로 슥 입술을 문질러 번진 립스틱을 닦아 주었다.

헝클어진 그녀의 머리칼을 정리해 주고 흐트러진 옷매무새 역시 바로잡아 주더니, 그가 나직이 속삭였다.

"나중에 딴소리할까 봐 분명하게 짚어 줄게요. 우리는 지금 이 순간부터 연인인 겁니다."

은우는 부끄러워서 달리 대답도 하지 못하고 몸만 배배 꼬았다. 그런 그녀가 귀여워서 어쩔 줄을 모르겠다는 듯 짧게 숨을 내쉰 그는 조수석 문을 열었다.

"들러야 한다는 곳이 어딥니까? 데려다 줄게요."

"아, 괜찮아요."

"연인끼리는 원래 다 이렇게 합니다."

손을 만지작거리는 은우의 볼이 더욱 화끈거렸다.

"흠흠. 나, 남자 만나는 거 아니에요. 엄마 일하시는 가게 좀 들렀다 가려는 거예요."

"아무튼 타요. 데려다 줄 테니까."

말이 끝나기가 무섭게 은우를 차에 태운 그는 부드럽게 차 바퀴를 굴려 주차장을 빠져나갔다.

"거울 한 번 다시 봐야 할 거예요."

그의 말에 민망해하며 백에서 파우더팩트를 꺼낸 은우는 얼굴 상태를 확인했다. 그가 닦아 주었음에도 불구하고 립스틱이 번진 자국이 희미하게 남아 있었다. 어쩐지 또 수줍어서 얼른 화장을 고치고 애꿎은 머리칼만 자꾸 쓸어내리는데, 그가 슥 손을 내밀었다.

무슨 뜻인지를 몰라 멀뚱하게 쳐다보기만 하자, 그가 손을 낚아채더니 깍지를 껴잡았다.

겨우 손 하나 잡았을 뿐인데도 심장이 또 쿵쾅거렸다. 그냥 맞잡은 것과 깍지를 껴잡은 건 느낌이 상당히 달랐다. 좀 더 촉각을 자극해 온다고 해야 할까.

"흠흠. 운전에 방해되실 텐데."

그녀가 손에서 땀이 다 날 것 같아 핑계를 대 보았지만 무용지물이었다.

"한 손으로 운전하는 게 자신 없으면 애초에 잡지도 않았으니 걱정 말아요. 내가 설마 은우 씨를 옆에 태우고 위태롭게 운전할 리는 없으니."

아아, 정녕 이 남자가 류재진이 맞는 건가.

이 남자가 이토록 직설적이면서도 로맨틱한 말을 할 줄 아는 남자였던가.

은우는 정말 어쩌다 여기까지 온 건지 아직도 모르겠다는 얼굴로 숨을 죽였다. 역시나 그와 함께일 땐 잔뜩 긴장이 된다.

"참, 앞으로 서서히 말을 좀 편하게 해 보도록 하죠."

"네? 어떻게요?"

잠시 신호에 걸려 정차한 그가 고개를 돌렸다.

"언제까지 이렇게 깍듯하게 존대를 쓸 겁니까? 여덟 살이나 어린 연인한테 이렇게 존대 쓰는 남자가 어디 있답니까. 그리고 나도 은우 씨가 너무 존대하는 거 별로입니다. 나이 차이 많이 나는 거 광고하고 다니는 거 같아서요."

그가 말은 안 해도 나이 차를 신경 쓰고 있었던 모양이라고 생각한 은우가 고개를 끄덕였다. 당장 바꾸는 건 힘들겠지만 편하게 말해 보도록 노력은 좀 해 봐야겠다고 다짐하는데, '연인'이라는 말이 어쩐지 자꾸 간질거려 웃음이 삐져나왔다.

"집에 들어가면 문자하는 거 잊지 말고. 자기 전에 연락할게요."

아아, 별말도 아닌 이 말이 왜 별말처럼 들리는 걸까.

그가 무슨 말을 하든 그저 설렌다.

어느새 엄마가 일하는 가게 앞에 도착한 은우는 조금 떨어진 곳에 차를 세워 달라고 하며 안전벨트를 풀었다. 아직도 잡혀 있는 손을 슬그머니 빼려는데, 그가 아쉬운 듯 쉬이 놓지 못하다 마지못해 놓아주며 차에서 먼저 내렸다.

"아, 괜찮은데."

백을 들고 손잡이를 잡아당기던 은우는 그가 먼저 문을 열어 주자 잠시 당황해하다, 이내 웃음을 참기 위해 입술을 앙다물었다.

[나는 사심 없는 매너 같은 거 모릅니다.]

으흥흥. 그는 정말이지 강은우에게 사심이 가득한가 보다.

"오늘 좀 푹 쉬고, 내일 봐요."

"흠흠. 재, 재진 씨도요. 운전 조심해서 가요."

나름 용기를 내어 성을 빼고 부른 은우는 쏜살같이 엄마 가게로 뛰어갔다. 은우가 가게 안으로 들어서는 것까지 바라본 재진은 크게 한숨을 한 번 내쉰 뒤 입꼬리를 올렸다.

정말 그녀와 연인이 된 것인지 아직도 믿기지가 않는다. 오늘 밤 가슴이 설레어 잠이 올지 모르겠다.

**

"오늘 정말 우리 딸 너무 예쁘네? 어디 다녀온 거야?"

은우는 오랜만에 엄마와 단둘이 집으로 걸어가니 참 좋다고 생각하며 순정의 어깨를 감싸 안았다. 순정의 체구가 작기도 했지만, 그녀가 힐까지 신은 탓에 키 차이가 많이 났다.

"응. 약속이 좀 있었어."

"너무 예뻐서 불안하네. 누가 채갈까 봐."

"에이, 무슨. 신발은 편해?"

은우의 시선이 아래로 향하며 순정의 단화를 쳐다보았다. 순정은 발이 너무 편하고 좋다며 칭찬일색이었다.

"그런데 참 어쩐 일이야? 가게를 다 오고. 무슨 일 있어?"

"음……, 응. 실은 엄마한테 할 얘기가 있어. 집에 가면 오빠가 있어서 둘이 얘기할 시간이 없으니까."

"뭐 안 좋은 일은…… 아니지?"

걱정스런 얼굴을 한 순정이 걸음을 멈추자, 은우는 수줍게 입매를 올리며 고개를 저었다.

"좋은 일…… 같아."

"뭘까? 우리 딸에게 좋은 일이?"

"음, 있잖아. 나는 엄마한테 비밀 같은 거 만들기 싫으니까. 이것저것 물어보고 의논할 사람도 엄마뿐이니까. 오빠한테는 말 못 하는 게 있으니까. 실은 있지, 엄마."

은우는 심호흡을 한 번 하고 난 뒤 용기를 내어 입을 열었다.

"나……, 좋아하는 사람이 생겼어."

순정은 별다른 말없이 지그시 바라보기만 했다.

"음……, 엄마도 아는 사람이야. 진건이…… 큰아빠인데, 아, 그러니까 그 사람이 보기보다 많이 다르더라고. 성격 까칠하다고 내가 매일 투덜거렸었잖아? 그런데 그게 전부가 아니었어. 정말 다정하기도 한 거 같고, 내게 진심인 게 느껴지고……, 정말 마음이 따뜻한 사람인 게 느껴져서……."

"우리 딸, 다 컸네."

인자하게 웃은 순정이 은우의 두 손을 맞잡았다.

"엄마한테 그렇게 일일이 변명하듯 말하지 않아도 돼. 엄마는 우리 딸을 항상 믿어. 우리 딸이 선택한 사람이면 분명 좋은 사람일 거라 믿어."

"엄마……."

은우는 혹여나 그동안 자신이 해 왔던 말들 때문에 재진에 대한 선입견이 있으면 어쩌나 내심 염려를 했었다. 재진을 까칠하고, 무뚝뚝하고, 재미없는 남자라고만 알고 있을 순정에게 어떻게 말을 해야 할까 고민도 했었다. 혹시 반대부터 하면 어쩌나 하고.

"다만 우리 딸이 연애 경험이 없다 보니까 궁금한 것도 많을 거고, 때로는 예기치 않은 문제들로 고민도 하게 될 텐데, 그럴 땐 혼자 끙끙 앓지 말고 지금처럼 엄마한테 얘기해 주면 그저 고마울 뿐이야. 엄마는 지금 너무 행복한데? 우리 딸이 엄마한테 이렇게 다 얘기해 줘서."

코끝이 찡해진 은우는 애써 시선을 피하며 다시 걷기 시작했다.

"헤헤. 엄마한테 얘기하고 나니까 속 시원하다. 사실 며칠 혼자 엄청 고민했거든. 어떻게 해야 하는 건지 내 마음도 잘 모르겠고, 그 사람이 어떤 사람인지도 잘 모르겠고. 그런데 오늘 확신이 생겼거든. 그래서 엄마한테 말해 주고 싶었어. 난 그 사람을 좋아하고, 그래서 한번 알아가 보고 싶은데, 엄마는 어떻게 생각하느냐고."

"엄마는 찬성입니다."

순정이 애교 있게 웃어 보이며 눈물을 글썽이는 은우를 달랬다.

"실은 나 여기까지 데려다 주고 갔어."

"정말?"

"응. 차 문도…… 열어 주던걸? 티브이에 나오는 여자 주인공이 된 거 같았어."

은우가 가슴 부푼 얼굴로 연방 조잘거렸다. 순정은 그런 은우를 빤히 바라보며 희미하게 미소를 머금었다.

"와아, 우리 딸 좋았겠다."

"원래 남자들은 연애를 하면 다 그렇게 하는 걸까?"

"으음, 아니야. 사람에 따라 다르지. 그 사람은 정말 매너가 좋은 거야."

"그래? 으흥흥. 하아, 날씨 좋다아."

깜깜한 밤하늘을 보는 은우의 입매가 내려올 줄을 몰랐다.

"엄마, 오빠한테는 아직 비밀이야? 내가 좀 더 나중에 얘기할게."

"그래. 비밀이야."

"그런데 있잖아, 엄마."

서로가 함께이기에, 집으로 가는 이 짧은 시간조차 소중하고 행복한 엄마와 딸의 수다는 그 후로도 오랫동안 이어졌다.

**

"뭐라고?"

재성은 잠시 할 말을 잃고 당황해하다 이내 놀랍다는 듯 웃음을 터트렸다.

"정말이야?"

그가 흥미로운 얼굴로 슥 의자를 당겨 앉았다. 식탁에 마주 앉아 있는 재진이 멋쩍게 수긍을 했다.

"어쩌다 보니 그렇게 됐다."

"맙소사. 형한테 이런 면이 있는지는 또 몰랐네."

"나도 몰랐던 사실이야."

"뭐…… 그만큼 은우 씨가 매력적이기는 하지만 말이야."

재성은 이제 막 연애를 시작해 설렘이 고스란히 드러나는 재진의 얼굴을 흐뭇하게 바라보았다. 사실 그동안 말은 안 했어도 나이 서른넷 되도록 애인 하나 없는 그가 걱정이 되기도 했었다. 저러다 나이만 자꾸 더 먹고 혼자이면 어쩌나.

그가 어디 한구석 못나기라도 했으면 그래서 그런가 보다 이해라도 할 테지만, 부모님들 역시 형이 혼자인 걸 이해하지 못했다. 회사를 설립하고 3년은 정말 눈코 뜰 새 없이 바빴던 게 사실이었다. 민석이 정상에 우뚝 솟기까지, 그래서 다른 배우들을 더 많이 영입하며 입지를 다지기까지는 정말 앞만 보고 달려왔던 게 사실이니까.

하지만 이제는 제법 기반도 잡히고, 얼마든지 연애를 해도 되는 조건이 되었음에도 불구하고 재진은 여자를 사귀지 않았다. 연예계에 종사하다 보니 몇몇의 여배우들이 재진에게 사심을 품고 접근했던 적도 있었지만, 그는 그때마다 단 1초의 망설임도 없이 거절을 했었다.

이 바닥 생활을 너무 잘 알게 되어서인지 같은 계열에 종사하는 사람은 만나고 싶지 않다고 했었고, 그걸 떠나 마음이 움직이는 여자가 없다는 게 그가 연애를 하지 않는 가장 간단하고도 명확한 이유였다.

한데 얼음장 같던 그의 마음이 한순간에 스르르 녹아내려 어느새 사랑에 빠진 남자가 되어 있었으니 놀라울 수밖에 없었다.

어느 날 불현듯 은우를 보면서 이런 생각을 한 적은 있었다. 참 밝은 에너지를 가진 사람이구나. 형에게는 저런 여자가 어울릴 텐데.

그냥 스쳐 지나며 생각했던 일이 이렇게 현실이 되리라고는 전혀 예상하지 못했지만, 이제 와 되짚어 보면 재진이 은우 앞에서는 평소와 다소 달랐던 것 같기는 했다.

표현에 인색해 캐치하기가 어려웠을 뿐, 그는 분명 은우를 만나 조금씩 변하고 있었던 거다.

"정말 잘된 일이야. 내가 다 한시름 놓이네. 은우 씨 정말 좋은 사람인 거 같으니까 잘 만나 봐. 나중에 후회하게 되는 일 없이 매순간 진심으로 잘해 줬으면 좋겠어."

재성은 형이라도 정말 남들처럼 잘 살기를 바라는 마음으로 축하를 전했다. 재진을 두고 스물여섯의 나이에 먼저 결혼을 할 때는 자신도 남들처럼 잘 살 줄 알았다.

결국은 이혼이라는 결과를 맞이하게 되었지만, 헤어지던 그 순간에도 가장 중요했던 건 진건이었다. 그래서 실은 승연이 진건을 데려가기를 바랐다. 그리움에 사무쳐 목이 멘다 하여도 그것은 오롯이 자신이 짊어지고 가야 할 부분이니, 승연이 아들을 거둬 주길 바랐다. 너무도 어린 아들에게 엄마를 빼앗고 싶지 않아서, 엄마의 품이 더 필요할 것 같아서, 언젠가 진실과 마주하게 될 아들의 얼굴을 똑바로 볼 용기가 사실은 없어서.

"진건이도 분명 좋아할 거야. 은우 씨를 정말 많이 따르니까."

"그래. 그랬으면 좋겠다. 참, 오늘……."

"아, 진건이한테 얘기 들었어. 은우 씨가 몰라보게 달라져서 무슨 일인가 했었는데, 민석이 만났다며. 그러고 보면 은우 씨 참 귀여워. 얼마나 설레면 화장을 하고 옷을 차려 입었을지 생각하니 너무 귀엽지 뭐야. 뭐, 형은 그다지 유쾌하지 않았겠지만, 하하."

재성의 골리는 듯한 말투에 재진은 그냥 웃어 넘겼다.

"하아, 어쨌든 기분 좋은 날이네. 부럽다. 드디어 형에게도 사랑이 찾아온……."

"재성아."

그만 일어서려던 재성이 멈칫하며 다시 의자에 몸을 앉혔다.

"왜, 뭐 더 할 말 있어?"

"나는 이제 혼자가 아닌 둘이 함께이면서, 네게는 이런 말을 한다는 게 잔인하다는 걸 알지만…… 네가 제수씨와 헤어질 때 나와 했던 약속, 잊지 않고 있지?"

"……잊을 리가."

"이제 겨우 서른두 살인 네게, 혼자 분명 외로울 거라는 걸 알면서도 너는 혼자여야 한다고 말할 수밖에 없는 나도 가슴이 아프지만, 진건이가 좀 더 클 때까지만, 그때까지만 약속을 지켜 줘라. 은우 씨는 말할 것도 없고, 나 역시 진건이를 더 많이 사랑해 주고 아껴 줄 테니, 그 약속만은 꼭 지켜라."

"……그래, 그래야지. 그게 유일하게 내가 진건이한테 용서를 빌 수 있는 방법이라면 그래야지."

"만약에, 정말 만약에 그 약속을 지키지 못하게 된다면……
절대 들키지 마라. 내게도."

좋은 날인데 괜히 자신 때문에 진지해지고 싶지 않아 가볍게 웃으며 방으로 들어온 재성은 피곤한 얼굴로 침대 위에 쓰러졌다.

가끔은 신이 원망스럽다. 아니, 사실 매일매일 신이 원망스럽다.

'어째서 나를, 어째서 나만, 어째서 나는…….'

[진건이도 당신 핏줄이잖아. 진건이 몸속에도 류재성 피가 흐르고 있잖아. 무서워. 진건이도 당신과 똑같을까 봐. 나는 이런 일을 두 번이나 겪을 자신이 없어.]

재성은 밀려오는 두통에 억지로 눈을 감으며 잠을 청했다.

어제보다 오늘 더, 오늘보다 내일 더 아들을 사랑하며 그렇게 살 것이다. 두려워하는 그 '언젠가'의 날이 온다 하여도, 아빠가 널 사랑한 마음만은 진심이었다는 걸 알 수 있게끔 그렇게 사랑해 줄 것이다.

~10~

"꺄아! 난 몰라!"

은우는 다시 생각해도 어마어마했던 어제를 떠올리며 난리 블루스를 추었다. 하룻밤이 지났음에도 여전히 상기된 얼굴로 방방 뛰어다니던 은우는 화장대 거울에 비친 제 얼굴을 빤히 바라보며 입술을 쓸었다.

남자 입술이 자신의 입술에 닿은 게 처음은 아니었다. 대학시절 처음이자 마지막으로 미팅이라는 걸 나간 적이 있었는데, 상대가 혼자 술을 막 마시더니 난데없이 고백을 하며 입술 박치기를 해왔던 적이 있긴 했었다. 그래서 얼마나 억울하고 분했는지 따귀를 한 대 날렸었다.

요즘 세상에 여자가 스물여섯 먹도록 제대로 된 첫 키스도 못 해 봤다면 누구도 믿지 않겠지만, 사실이 그랬다. 그리고 그 이유엔 기훈의 몫도 크다고 봐야 했다. 행여 누가 좋다고 쫓아오기라도 하면 기훈이 귀신같이 알고 쫓아 버리곤 했다.

은우는 지금 생각해도 심장이 두근거리는 재진과의 키스를 떠올리며 발을 동동 구르다 침대 위로 폴짝 날아들었다.

이런 건 처음이었다. 입술만 닿은 게 아닌, 좀 더 구체적으로 야한 거.

"꺄아! 어쩌면 좋아!"

말캉거리는 혀의 느낌이 생생하게 살아난 은우는 또 온몸을 꿈틀거리며 오두방정을 떨었다.

"하아, 나 이러다 진짜 심장에 무리 가는 거 아니야? 맙소사."

"너 뭐하냐."

느닷없이 방문이 벌컥 열렸다. 난리법석을 떨던 은우가 간 떨어질 뻔한 얼굴로 몸을 벌떡 일으켰다.

"아, 뭔데!"

"혼자 뭐가 그렇게 시끄럽냐?"

"아, 진짜 뭔데! 왜 자꾸 노크도 없이 문 여는데! 나도 여자라고!"

슥 다가온 기훈이 은우의 이마에 꿀밤을 한 대 먹였다.

"이게 어디서 눈을 부라려?"

"아, 진짜 막 이렇게 열고 들어오지 말라고오! 나 싫다고오! 알았냐고오!"

"너 진짜 연애하냐?"

기훈이 의심 가득한 얼굴로 은우의 표정 하나하나를 세심하게 관찰했다.

"이해해. 솔직하게 얘기해 봐. 네 나이가 스물여섯인데 이제 남자를 알 나이도 됐지. 오빠가 일전에도 얘기했듯이 네게 남자 친구가 생기면 확인해야 할 게 있어서 그러는 거야. 너의 행복을 위해."

"됐어, 됐어! 오빠는 매일 말은 남자 친구 생기면 데려오라고 하면서 못 만나게 하잖아! 오빠가 나 평생 데리고 살 것도 아니면서 왜 그러는데!"

"어쭈. 요거 뭐 있네, 있어."

"아, 오빠나 빨리 장가가라고! 오빠야말로 왜 그러고 있는데! 인물도 멀쩡하게 잘생겨 가지고 왜 여자를 못 만나? 친구들이 소개팅도 안 해 줘?"

한참 씩씩거리던 은우는 비식 웃고 있는 기훈을 노려보았다. 진짜 누가 강기훈 좀 안 거둬 주나 모르겠다.

"은우야."

"아, 왜!"

"넌 나보다 먼저 시집갈 생각은 꿈도 꾸지 마라."

"아니, 누, 누가 뭐 지금 시집간대?"

"참고로 난 서른다섯 이전엔 장가 안 갈 거다."

"어머머, 어머, 어머."

은우가 기겁을 하며 어이없어 했다.

"아니 남자 나이 서른다섯이면 완전 아저씨인데, 그보다 더 늦게 가겠다고? 오빠 미쳤…….."

잔뜩 흥분한 채 나불거리던 은우의 말끝이 흐려졌다.

잠깐만. 재진의 나이가…….

"어머머."

그랬다. 재진의 나이가 올해 서른넷이었다. 그렇게 보이지 않아 잠시 그의 나이를 잊고 있었는데 그가 벌써 서른넷이었다. 서른인 기훈이 4년이나 지난 뒤의 나이가 재진의 나이인 거다.

"어머머."

"뭐가 또 어머머야?"

은우는 갑자기 심각해진 얼굴로 기훈의 등을 떠밀어 방에서 내쫓고는 침대에 풀썩 앉았다. 그의 나이를 생각하자니 지금 그는 얕은 감정으로 연애를 하는 것이 아니라는 생각이 들었다. 재진의 나이 정도에 연애라 함은 결혼이 전제가 되는 것이 어쩌면 당연한 게 아닐까 하는 생각이 뒤늦게 들었다.

"설마 나 이러다 결혼해야 하는 건 아니겠지?"

'이럴 줄 몰랐습니까? 내가 이제 와서 누굴 만납니까. 책임져요.'

아아.

은우는 이마를 짚으며 눈을 감았다. 재진의 목소리가 바로 옆에서 들리는 것 같았다.

"아니야, 그럴 리가. 이제 막 마음을 확인한 사이인걸. 그래, 내가 괜히 앞서가는 거지. 암, 그렇고말고. 결혼이란 게 그렇게 빨리 쉽게 결정내릴 수 있는 사안은 아니지. 괜히 강기훈 때문에 이상한 생각이 들었어."

침대 위로 벌러덩 누운 은우는 다시금 재진을 생각하자 가슴이 설레어 히죽 웃었다.

"하아, 이따 얼굴을 어떻게 보지? 아앙. 눈도 못 마주치는 거 아니야?"

언제나 예상은 크게 빗나가지 않는다.

은우는 아니나 다를까 재진의 얼굴을 보자마자 꿀 먹은 벙어리가 되어 눈도 제대로 마주치지 못했다. 오늘은 편하게 원래의 스타일대로 옷을 입긴 했지만, 얼굴은 포기할 수 없어 가볍게 화장을 했다.

오는 길엔 미용실에 들러 머리칼을 기를 생각이라고 얘기하자, 단발로 기를 때까지 펌을 살짝 하는 것도 지저분해 보이는 걸 커버할 수 있는 방법이라고 했다. 생각해 보지 않은 문제라 잠시 갈등을 하다 일단 살짝 다듬기만 했다.

[진건아, 오늘은 누나 안 예뻐?]

아이새도를 전혀 하지 않고 마스카라로 속눈썹 좀 올려 주고, 립글로스만 살짝 발랐다. 진건은 그래도 민낯일 때보다는 훨씬 여자로 보이기는 하는지 예쁘다고 해 주며 용기를 북돋아 주었다.

"큰아빠. 아빠는? 나 할머니한테는 언제 가? 나 편지도 다 썼는데."

현관 안으로 들어선 재진은 은우의 방황하는 시선을 보고는 슬쩍 웃다 진건을 안았다.

"아빠는 오늘 좀 늦을 것 같으니까 일단 큰아빠랑 먼저 할머니네 가자. 아빠는 이따가 바로 파주로 올 거야."

"그럼 할머니 집에서 두 밤 잘 수 있는 거야? 진건이 내일이랑 모레 유치원 안 가잖아."

그가 오늘 재성과 얘기했을 때는 일요일 날 조기축구회에 참석해야 해서 토요일인 내일 저녁에는 올라오자고 했었다. 재성은 진건을 돌보느라 둘이 따로 데이트할 시간도 녹록치 않을 텐데 이번엔 저 혼자 파주를 다녀오겠다고 했지만, 그래도 한 달에 한 번은 부모님의 얼굴을 뵙는 게 최소한의 도리인 것 같았다.

일단은 내려가 하룻밤을 묵고, 상황을 봐서 내일 일찍 먼저 서울로 올라와야겠다고 생각을 하던 참이었다.

"그건 일단 아빠한테 한번 물어보자. 바로 갈 거니까 화장실 다녀오고 싶으면 다녀와."

착하게 말도 잘 듣는 진건이 종종걸음으로 욕실로 향했다. 은우와 둘이 남은 재진은 그녀에게 한 걸음 다가섰다.

"화장했네요, 오늘도?"

"네? 아, 뭐, 그냥 아주 살짝. 아하하."

"안 해도 예쁜데요. 머리도 다듬었어요?"

은우는 몸 둘 바를 모르겠다는 얼굴로 배시시 웃었다. 정말 미세하게 다듬은 거라 웬만큼 관심이 있지 않고는 모를 거였다. 머리칼을 살짝 다듬은 건 진건이도 몰랐으니까.

"원래 오늘 재성이가 일찍 왔으면 내가 좀 늦게 내려가려고 했었는데 일이 이렇게 됐네요. 진건이가 할머니를 너무 보고 싶어 해서……."

"아, 괜찮아요. 그런 거 일일이 나한테 설명 안 하셔도 되는데, 아하하. 당연한 거잖아요. 다른 곳도 아니고 할머니, 할아버지 뵈러 가는 건데 너무 당연한 거잖아요. 나한테 미안해하지 않아도 되는데 그래요. 뭐, 모처럼 내일 쉴 수 있어서 나도 잘됐……."

슥 오른팔을 뻗은 그가 은우의 뺨을 감싸 쥐며 보드랍게 쓸었다.

"내일 몇 시쯤이 편하겠어요?"

그의 스킨십에 또다시 얼굴이 화악 달아오른 은우가 말을 더듬었다.

"내, 내, 내일이요? 내, 내일은 파주에 있는 거……."

"나는 먼저 올라올 거예요. 은우 씨 보러. 은우 씨와 온종일 단둘이 보낼 수 있는 기회는 흔치 않으니까."

아아.

은우는 이러다 코피가 터지는 건 아닌지 모르겠다고 생각하며 정신줄을 놓지 않기 위해 애썼다.

가만 보면 이 남자가 하는 말은 왜 저렇게 문득문득 섹시한지 모를 일이다. 그의 차도남 같은 생김새 때문에 더 그렇게 느껴지는 것일까? 아니면 듣기 좋은 중저음의 목소리 때문일까?

"내일 혹시 약속 있는 건 아니죠?"

은우는 수줍게 천천히 고개를 끄덕였다. 그녀가 귀여운지 머리칼을 풀썩인 그는 욕실에서 변기 물 내리는 소리가 들리자 말을 빨리했다.

"그럼 시간은 12시쯤으로 하죠. 내가 출발하면서 전화할게요. 그리고 진건이한테도 조만간 얘기하려고 해요. 그래야 서로 편할 거 같아서."

욕실 문이 열림과 동시에 두 사람 모두 서로 약속이나 한 듯 한 걸음씩 물러섰다.

"큰아빠. 나 이제 바로 가면 돼. 가방도 다 챙겨 줬어, 누나가."

은우는 황급히 소파 위에 두었던 옷가방을 가져와 재진에게 내밀었다.

"진건이 속옷하고 겉옷은 다 챙겼……."

"큰아빠도 챙겨야지. 팬티."

맞는 말이긴 한데, 녀석 참 너무도 직설적이다.

"아하, 아하하하! 아휴, 똑똑하기도 하지. 그럼 잘 다녀오세요. 먼저 갈게요."

후다닥 운동화를 신고 집을 빠져나온 은우는 엘리베이터에 올라 거울을 쳐다보았다.

아아. 오늘도 얼굴색은 너무도 솔직한 붉은색이다. 그가 이상하게 오해하는 건 아닌지 모르겠다.

아무래도 오늘 밤 역시 잠을 설치게 생겼다.

**

"쉬잇."

은우는 지금 눈앞에 왜 이 남자가 보이는지 경악한 얼굴로 쳐다보았다. 비명이 터져 나오려던 찰나 그가 입을 막으며 속삭였다.

"식구들 모두 깨울 생각이 아니라면 조용히 해요."

지금 이건 뭐지? 꿈인가?

심장이 미친 듯이 벌렁거려 눈만 끔뻑거리는데, 그가 슬며시 손에 힘을 뺐다.

"쉬잇."

얼떨결에 고개를 끄덕인 은우는 깊은 밤 방 안으로 쏟아지는 가로등 불빛에 어슴푸레 드러난 그의 얼굴을 응시했다.

저 눈, 저 코, 저 입술까지, 그는 류재진이 분명했다.

"여긴 어떻게……, 헉!"

말을 끝까지 이을 수가 없었다. 시선을 조금 아래로 내리자 그의 상체에는 아무것도 걸쳐진 것이 없었다.

"지금 뭐 하시는 거예요? 왜 옷을 헐벗고 계세요?"

시선 둘 곳을 찾지 못한 그녀가 방황하는데 그가 슥 몸을 일으켰다.

오, 신이시여! 저, 저것은!

그의 하체엔 팬티만 달랑 걸쳐져 있었다. 한데 그 팬티의 모양이 너무도 기가 막혀 입이 턱까지 벌어졌다. 코끼리 얼굴 모양인 팬티의 코 부분이 그 자태도 당당하게 쭉 뻗어 있었다. 마치 코끼리가 잔뜩 화가 나서 코를 번쩍 세운 것처럼.

"저한테 왜 이러세요?"

"은우 씨가 원하던 게 이런 거 아니었습니까?"

"네? 제가 이런 걸 원했다고요?"

그가 작지만 단호하게 얘기했다.

"다 봤습니다. 아까 은우 씨 표정. 우리 솔직해지자고요. 아까 이런 거 상상했잖아요. 진건이가 팬티 얘기할 때 분명 야한 상상 하지 않았습니까? 그래서 그렇게 부리나케 도망간 거 아니었냐고요."

침대에서 내려간 그가 팬티를 벗으려 손가락을 걸쳤다.

"기대에 부응하죠."

"아니…… 잠깐만요!"

천천히 팬티가 아래로 잡아당겨지며 검은 수풀이 드러났다.

"머, 멈춰요! 내리지 마요! 내리지 말라고요! 난 아직 준비가, 준비가 되지 않았다고요!"

팬티가 그대로 그의 발목까지 툭 떨어졌고, 그녀는 눈을 확 감아 버렸다.

"난 못 봤어요! 난 절대 못 본 거예요!"

"못 봐, 못 봤어……. 하아, 하아."

온몸이 땀으로 축축하게 젖어 있었다. 허공에 팔을 뻗은 채 번쩍 눈을 뜬 은우는 한참 가쁜 숨을 몰아쉬다 풀썩 팔을 떨어뜨렸다.

"맙소사, 뭐 이런 해괴망측한 꿈을."

은우는 도저히 납득할 수 없는 이상한 꿈을 떠올리며 세차게 도리질을 했다.

"아니야, 아니야. 난 결코 그런 걸 바란 적이 없다고! 그런데 어째서 이런 꿈을? 어째서 왜!"

머리칼을 쥐어뜯으며 자학을 하던 은우가 탄식을 쏟아 내며 웅얼거렸다.

"내게도 어쩔 수 없는 강기훈의 피가 흐르는 건가. 맙소사."

은우는 이게 다 기훈 때문이라고 생각을 하며 현실을 부정했다. 태어나 이런 야시시한 꿈을 꾼 건 오늘까지 딱 두 번째였다. 그 첫 번째는 바로 기훈이 성인만화 작가가 되었을 때 멋모르고 그의 만화를 보았던 날 이루어졌었다. 기훈이 하도 자랑스럽게 '동생아, 오빠의 명작을 한번 감상해 보지 않겠니?' 하며 들이대기에 별생각 없이 훑어 내리다가 어마어마한 장면과 맞닥뜨리고는 기겁을 했었다. 그렇게 소스라치게 놀란 이후 지금까지 단 한 번도 기훈의 만화를 본 적이 없었다.

"아니야, 아니야. 난 순수해! 난 이런 애가 아니야! 난 강기훈과 달라! 매일 그 생각만 하는 강기훈과는 다르다고!"

혼자 원맨쇼를 하며 난리를 치는데 타이밍도 기가 막히게 재진에게서 전화가 왔다.

은우는 하필이면 그와 단둘이 첫 데이트를 하는 날, 이런 망측한 꿈을 꿨다고 좌절하며 조심스럽게 전화를 받았다.

"여보세요?"

-잘 잤어요?

'아뇨. 못 잤어요. 내가, 내가 재진 씨가 나오는 이상야릇한 꿈을 꾸었어요. 난, 난…… 생각보다 순수하지 않은가 봐요.'

속내를 감추며 정신을 가다듬은 은우는 떨리는 목소리로 대답을 했다.

"아, 네. 잘 잤어요. 재진…… 씨는요?"

전화기 너머 설핏 웃는 소리가 들려왔다.

-글쎄. 잘 잔 것 같기도 하고, 아닌 것 같기도 하고.

아아. 이게 또 뭐라고 가슴이 떨리느냔 말이다.

은우는 은근히 말을 짧게 하는 그가 어쩐지 더 매력적이라고 생각하며 발가락을 꼼지락거렸다.

-천천히 준비하고 있어요. 30분쯤 후에 출발할 거니까, 도착하면 12시가 넘겠네요. 천천히 준비하면서 뭐가 먹고 싶은지도 한번 생각해 보고.

"흠흠. 네, 알았어요."

-그럼 이따 보죠.

통화를 끝낸 은우는 애꿎은 이불을 말아 쥐며 창피함에 얼굴을 묻었다.

"하아. 이렇게 매너 있고 좋은 사람인데, 어째서 그렇게 변태 같은 꿈을 꾸었단 말인가."

은우는 이상한 꿈이 제발 기억 속에서 사라지길 바라며 세차게 고개를 내저었다. 혼탁한 머릿속을 정리하며 심호흡을 한 번 한 은우는 몸을 일으켰다. 땀으로 젖어 꿉꿉한 몸을 씻기 위해 욕실로 향하는데, 마침 기훈의 방문이 열렸다.

찌릿.

아침부터 영문도 모른 채 분노의 시선을 받아낸 기훈이 머리를 긁적이며 어깨를 으쓱였다.

"뭐야."

"오빠야말로 뭔데?"

허리춤에 손까지 올린 채 씩씩거리는 은우가 황당한지 기훈의 미간에 내 천자가 새겨졌다.

"뭔데?"

"오빠야말로 뭐냐고."

"이게 왜 아침부터 시비야."

"저질."

기훈이 어이없는 얼굴로 비식 웃었다.

"오빤 저질이야. 음흉스러워, 흥!"

욕실로 향하는 은우의 목덜미를 낚아챈 기훈이 그녀의 귓가에 대고 속닥거렸다.

"그래, 나 저질이야. 그런데 은우야, 넌 그런 놈의 동생이야. 피가 어디로 가겠냐?"

얼굴이 붉으락푸르락해진 은우에게 얄밉게 혀를 쏙 내민 기훈이 주방으로 향했다. 먹이를 찾아 어슬렁거리는 하이에나처럼 기웃거리는 기훈의 뒤통수를 향해 은우가 한 대 거하게 후려갈기는 제스처를 취하는데, 그가 돌아보지도 않은 채 덤덤하게 한마디를 던졌다.

"오빠한테 그러는 거 아니야. 손 내려라."

입술을 삐죽거리며 구시렁거린 은우는 괜한 욕실 문만 쾅 닫았다. 정말이지 누가 강기훈 좀 안 데려가나 모르겠다.

**

"스커트?"

은우는 눈이 왕방울만 해진 옷가게 여사장님을 보며 이해한다는 듯 멋쩍게 웃었다. 동네에 있는 열 평 남짓한 작은 옷가게였는데, 이따금씩 들러 구입하는 옷이라고는 바지가 전부였다.

"아하하, 오늘은 스커트 좀 보려고요."

"호호, 별일이네."

정말 신기한지 자꾸만 웃는 여사장님 덕에 난감해졌지만, 은우는 그런 그녀의 반응이 당연하다고 생각하며 얼굴에 철판을 깔았다.

"요새 남자들은 어떤 옷차림의 여자를 좋아할까요?"

"어머, 은우 씨 애인 생겼나 보구나?"

아니라는 말도 못 하고 얼굴이 새빨개진 은우가 헛기침만 해 댔다. 이런 민망한 상황이 올까 봐 오기를 망설였는데, 막상 데이트 준비를 하려 하니 입을 만한 옷이 없었다. 죄다 청바지 아니면 면바지뿐이었고, 유일하게 하나 장만해 놓았던 스커트는 엊그제 입은 터라 또 입을 수가 없었다.

그냥 원래대로 옷을 입을까 고민도 해 보았지만, 명색이 그래도 첫 데이트인데 예쁘게 하고 나가고 싶었다. 그래서 급한 대로 집에서 5분 거리에 위치한 이 옷 가게로 미친 듯이 달려온 것이었다.

은우는 여전히 웃고 있는 여사장의 얼굴을 보고 있노라니 여간 쑥스러운 게 아니었지만, 그녀가 추천해 주는 옷들을 적

극적으로 스캔하며 전신거울에 비춰 보았다.

"한번 입어 봐요. 그냥 보는 것과 입어 보는 건 다르니까."

"그럴까요?"

은우는 재진의 도착 시간을 빠르게 계산하며 후다닥 옷을 갈아입었다.

"어때요?"

"어머."

여사장의 동공이 확장되며 의외라는 듯이 입매를 올렸다.

"은우 씨, 다리 너무 예쁘다. 세상에, 이렇게 예쁜 각선미를 왜 그동안 숨기고 있었데요?"

"아하하, 별말씀을."

"갑자기 의지가 막 샘솟네? 잠깐만, 이거 한번 입어 봐요."

여사장의 손엔 한눈에도 타이트해 보이는 원피스가 쥐여져 있었다.

"헉. 너무 야한 거 아닌가요?"

"음, 이게 좀 부담스러우면 이런 것도 괜찮고요. 좀 러블리 하면서도 청순한."

여사장이 다시 집어든 건, 방금 전 원피스와는 확연히 다른 발목까지 길게 내려오는 시폰 소재의 하늘거리는 크림색 롱 스커트였다.

"여기다 민소매 받쳐 입고, 이렇게 볼레로 하나 걸쳐 주면 딱이죠."

여사장의 손에 의해 순식간에 사랑스러운 여친 컨셉 의상이 완성되었다. 크림색 시폰 스커트에 연한 노란빛 볼레로가 정말이지 봄날과도 딱 잘 어울리며 너무도 러블리했다.

"와아, 정말 예쁘긴 한데 저한테 어울리는지 모르겠어요."

"한번 입고 나가 봐요. 애인이 안 어울린다고 하면 도로 반품해 줄 테니까."

"정말이죠?"

"정말이죠, 그럼. 은우 씨 단골인데. 아, 그리고 여기엔 이 플랫슈즈가 어울릴 거예요. 내가 원가에 줄게."

거부할 수 없는 유혹에 뭔가에 홀린 듯 격하게 고개를 끄덕인 은우는 지갑을 꺼냈다.

"그럼 다 얼마예요?"

생각보다 시간을 많이 허비한 은우는 냉큼 계산을 하고 바쁘게 옷가게를 나섰다.

"도대체 얼마를 쓴 건지 모르겠네. 일단 뛰자."

서둘러 집으로 돌아온 은우는 이미 12시가 넘은 시간을 확인하며 급하게 화장대에 앉았다. 아직은 화장이 서툴러 마음과는 다르게 천천히 정성껏 꾸미고 있는데 휴대폰 벨소리가 울렸다.

벌써 온 건가 싶어 발을 동동 구르던 은우는 다행히 재진이 아닌 쓸데없는 전화에 안도의 한숨을 내쉬며 서둘러 화장에 집중했다. 한참이 더 걸려 립스틱까지 완벽하게 바른 은우는 마지막으로 드라이어에 열을 올려 머릿결을 정돈했다.

"다 됐다. 괜찮은 거겠지?"

거울 앞에 서서 머리끝부터 발끝까지 세심하게 훑어보던 은우는 이제는 엎질러진 물이라고 생각하며 까치발로 살금살금 걸어 나왔다. 혹시 또 기훈이 자다 깨면 이것저것 참견을 해서 골치가 아플 거였다.

다행히 무사히 탈출에 성공한 은우는 어느새 한 시가 다 되어가는 시간을 확인하며 휴대폰에서 재진의 번호를 찾았다. 아무래도 생각보다 늦어지나 보다. 차라리 잘됐다고 여기며 대문을 나서자 낯익은 차가 눈에 들어왔다.

은우는 운전석에서 내려 모습을 드러내는 그를 향해 다가갔다.

"어? 언제부터 와 있었어요? 많이 기다렸어요? 전화하지 그랬어요. 나는 아직 도착 전인 줄 알았는데……."

"이래서 늦었구나."

"네?"

"오늘은 오롯이 나를 위해 꾸민 거 맞죠?"

입매를 올린 재진과 눈이 마주친 은우가 또다시 시작된 수줍음에 고개를 떨어뜨렸다.

"흠흠. 아니 뭐……."

"하아."

낮은 숨을 내뱉으며 허리를 숙인 그와 눈이 마주쳤다.

"곤란하네요, 무척. 은우 씨를 보면 자꾸만 마음이 조급해져서."

사랑스러운 눈길로 바라보는 재진의 시선에 그녀의 심장은 또 박차를 가하기 시작했다.

'나도 곤란해요. 나도 무척 곤란하다고요. 이러다 심장이 터질까 봐.'

은우는 입 밖으로 내뱉지 못한 말을 삼키며 서둘러 조수석 쪽으로 향했다.

"일단 갈까요?"

홀랑 차에 오른 은우는 그가 뒤따라 운전석에 오르자 곱게 앉아 무릎 위로 손을 가지런히 모았다.

슥, 그가 또 손을 내밀었다. 쑥스러움에 어쩔 줄을 몰라 하던 은우는 발그스름해진 얼굴로 슬쩍 손끝을 잡았다. 이내 깍지를 껴 다시 잡은 그가 부드럽게 세단을 움직였.

화창한 봄날의 하늘은 더없이 푸르렀다.

"이 집 해물칼국수가 정말 맛있어요."

재진은 냄비째 흡입할 기세로 군침을 삼키며 음식을 쳐다보는 은우를 흡족한 얼굴로 응시했다. 간혹 여배우들과 식사할 때면, 열에 아홉은 몇 젓가락 먹지도 않고 깨작거리곤 했다. 물론 관리 차원에서 그럴 수도 있겠지만, 물 한 모금 마시고도 배가 부르다는 어이없는 경우도 보았던 터라 오히려 잘 먹는 은우가 보기 좋았다.

"봐요. 오징어 한 마리가 통으로 들어 있죠? 낙지도 있고, 홍합이랑 조개도 이렇게나 많이 들어 있잖아요."

집게로 오징어를 잡아 일정한 두께로 먹기 좋게 잘라 놓은 은우는 그의 앞 접시에 갖은 해물을 골고루 퍼 주었다.

"일단 해물을 먼저 먹고 칼국수 넣어 먹어야 해요. 은근하게 졸이면 국물 맛이 더 깊어져서 그때 면을 넣으면 진짜 맛있거든요. 손칼국수라 진짜 면발이 끝내줘요."

재진은 사실 은우가 딱히 먹고 싶은 게 있다고 얘기하지 않았으면 좀 더 분위기가 좋은 곳에서 점심을 하려 했었다. 한데 은우는 칼국수 잘하는 집이 있다면서 안내를 했고, 레스토랑 같은 곳은 분위기 탓인지 왠지 더 어색하다는 말을 솔직하게 해 주었다.

편한 이웃들과 함께 식사하는 것 같은 그런 분위기에서 점심을 먹는 것도 좋지 않겠냐는 그녀를 보며, 어떻게든 좀 더 편한 관계가 되기 위해 노력을 하고 있는 게 느껴져 어여뻤다. 그냥 툭 내뱉는 것 같아도 가만 보면 생각이 참 깊고 배울 점이 많다. 고로 그녀는 예뻐하지 않으려야 않을 수가 없는 사람이다.

재진은 그녀가 퍼 준 칼국수 국물을 한 숟가락 떠먹어 보았다.

"어때요? 입에 맞아요?"

먹기를 기다렸다는 듯 질문을 해오는 은우에게 그가 엄지를 들어 올려 보이자, 그제야 그녀가 한시름 놓았다는 듯이 숨을 크게 내뱉었다.

"다행이다. 내 입에만 맛있으면 어쩌나 했는데. 참, 파주는 잘 다녀온 거예요? 오랜만에 부모님 뵈러 간 건데, 괜히 나 때문에 너무 일찍 온 거 아닌가 싶어서요."

재진은 그녀의 머리색과 너무 잘 어울리는 노란 볼레로가 더없이 흰 피부와도 잘 맞는다고 생각하며 설핏 웃었다. 지난번엔 생각지도 못했던 늘씬한 각선미를 뽐내 당황케 하더니, 오늘은 또 청순하면서도 귀여운 룩을 선보여 놀라게 한 그녀가 정말이지 사랑스러웠다. 자신과의 데이트를 위해 그만큼 고심하고 준비를 했다는 뜻일 테니, 기특하면서도 귀여웠다.

"어머니, 아버지야 손자 보는 게 더 큰 낙이죠. 진건이가 워낙 살가우니까요. 아, 혹시 파주 가 본 적 있어요?"

"아뇨. 파주는 한 번도 안 가 봤어요."

"그럼 나중에 한번 같이 가죠."

은우는 잔뜩 긴장한 얼굴로 그를 보았다.

'설마 벌써 부모님에게 나를 소개하려는 건가? 이러다 나도 모르게 결혼식장에 있는 거 아니야?'

한데 그는 오버하지 말라는 듯 바로 말을 또 이었다.

"파주가 주말에 잠깐 나들이 가기에는 꽤 좋아요. 헤이리 예술 마을이나 프로방스에 괜찮은 찻집이나 맛집도 있고."

은우가 그의 말에 고개를 끄덕이다 저리 잘 아는 걸 보니 누군가와 많이 가 봤나 보다고 언뜻 생각하는데, 그가 또 속내를 읽기라도 한 듯 말문을 열었다.

"부모님 모시고 식사하려고 여기저기 알아보다 보니 자연스레 알게 되더라고요."

"아하하, 그렇구나. 그래요. 다음에 한번 가 봐요."

피식, 그가 또 웃었다.

"왜요?"

"왜라니, 웃으면 안 되는 건가? 자꾸자꾸 그냥 웃음이 나오는데."

"흠흠. 어서 드세요."

오늘따라 칼국수가 더욱 맛있는 건 그와 함께여서 일까?

은우는 지금까지 먹은 칼국수 중에 가장 맛있는 것 같다고 생각하며 들뜬 마음을 숨기지 못했다.

그와 데이트라는 걸 하고 있다는 게, 바로 눈앞에서 저를 보며 웃고 있다는 게 믿기지 않았다. 처음 만났을 때 그 딱딱하던 사람이 이렇게 변한 이유가 강은우 때문이라는 게 믿기지 않을 만큼 가슴이 설렜다.

"무슨 생각을 그렇게 해요?"

그가 엄지와 중지를 튕겨 딱, 소리를 내며 그녀의 시선을 사로잡았다. 입매는 여전히 반달 모양이었다.

"그냥 좋은 생각이요."

지금 함께 있으면서도 당신 생각을 했노라고 말할 수가 없었다. 고개를 갸웃거리는 그를 보며 은우는 그저 웃었다. 그가 왜 자꾸자꾸 웃음만 나온다고 했는지 알 것 같았다.

심장이 간질간질거린다.

"네?"

"이미 계산하셨다고요."

은우는 매일 얻어먹는 게 미안해서 그가 화장실 간 사이 계산을 하려 했는데, 그가 한발 앞선 모양이었다. 은우는 아쉬운 얼굴로 이따 영화 볼 때 자신이 내야겠다고 생각하며 얼른 자리로 돌아왔다. 그가 오기 전에 거울을 꺼내 치아 상태를 점검한 은우는 만족스럽게 립스틱을 다시 발랐다.

칼국수는 사실 겉절이와 함께 먹는 게 환상인데, 김치를 많이 먹으면 고춧가루가 많이 끼거나 입에서 냄새가 날까 봐 얼마 먹지 않은 터였다. 한데 가만 생각해 보니 재진은 김치는 아예 손도 대지 않았다. 원래 김치를 싫어하는 건지, 아니면 혹시 자신과 같은 이유에서인지는 모르겠지만, 아무튼 그는 김치는 쳐다보지도 않았다.

은우는 멀리 모습을 드러낸 재진을 무심코 바라보았다.

아, 정말이지 저 우월한 9등신 몸매와 주위 사람을 다 오징어로 만들어 버리는 저 엄청난 비주얼은 볼 때마다 신기하다.

은우는 하필이면 재진과 나란히 걸어오는 남정네에게 괜히 미안한 마음까지 다 들었다. 왜 하필이면 재진의 옆에 서서 오징어가 되어 버린 걸까.

평소 회사를 나갈 땐 멀끔하게 올린 머리칼이 오늘은 축구를 할 때처럼 자연스레 흘러내려와 있었다. 정장 구두 대신 운동화를 신었고, 슈트 대신 핏이 딱 떨어지는 진청색 면바지와 하얀색 린넨 셔츠를 걸쳤다. 타이트하지 않고 오히려 여유 있게 하늘거리는 셔츠가 무척이나 세련돼 보이면서도, 소매를 살짝 걷어 올려서인지 엄청 섹시하기도 했다.

시끌벅적한 칼국수집을 순식간에 런웨이 현장으로 만들어 버리는 그의 압도적인 비주얼은 비단 자신의 시선만 앗아간 것은 아닌 것 같았다. 남녀노소 불문하고 주위 여기저기서 재진을 힐끔거리는 시선을 어렵지 않게 볼 수 있었다.

"그만 나갈까요?"

은우는 문득 자신도 옆에 서면 오징어가 되는 건 아닐까 하는 생각이 들어 그와 조금 떨어져 식당을 빠져나가는데, 그가 슥 뒤로 손을 뻗었다. 잠시 머뭇거리며 잡지 않자 고개를 돌린 그가 손을 낚아채 잡았다.

"앞으로 함께 다닐 땐 손은 꼭 잡는 걸로 하죠."

빠져든다. 빠져든다. 자꾸만 그에게 빠져든다.

귓가를 맴도는 환청에 사로잡힌 은우의 입매가 자꾸만 벌어졌다.

은우는 그와 칼국수를 먹으며 나누었던 이런저런 많은 이야기들을 다시금 되짚어 보았다. 좋아하는 영화 취향부터 음식, 취미생활, 무엇보다도 부상으로 인해 축구를 그만두며 지독한 슬럼프에 빠졌을 때 우연찮게 피팅모델 아르바이트를 하게 되며 연예계 쪽에 관심이 생기기 시작했다는 아주 흥미로운 이야기였다.

 그는 정말 거짓말처럼 명동 한복판에서 민석을 처음 발견하게 되었고, 요새는 많이 사라졌지만 한참 유행처럼 연예계 등용문이 되었던 길거리 캐스팅을 직접 했다고도 했다. 민석을 본 순간 그냥 본능적으로 물건이라는 생각이 들었다고, 처음으로 자신이 아닌 타인을 스포트라이트를 받는 주인공으로 만들어 보고 싶다는 열정이 샘솟아, 맨땅에 헤딩하는 기분으로 이 일을 시작하게 되었다고 말해 주었다.

 5년 전만 해도 이렇게까지 대형 기획사로 자리매김할 줄은 몰랐다고, 더러운 꼴도 많이 당해 포기할까도 싶었지만, 지금은 자신이 하는 일에 만족하며 살고 있다고 당당하게 얘기하는 그의 자신감이 정말이지 근사해 보였다.

 사실 비주얼로 보자면 배우를 했어도 됐을 것 같은데 그런 욕심은 없었냐고 물어보니, 모델 일을 시작하면서 잠깐 그런 생각을 하기도 했고 제안도 많이 받았지만, 자신은 연예인이라면 필수 요건이나 마찬가지인 '끼'가 없어 일찌감치 접었다고 말해 웃음을 자아내기도 했다. 특히 쉴 새 없이 터지는 카메라 셔터 소리가 갈수록 너무 부담스럽고 싫어서 모델 일도 오래하지 못하고 그만두었다고 했다.

은우는 영화 시간까지 한 시간 넘게 여유가 생기자 목적지도 말하지 않고 그냥 무작정 끌고 가는 그를 힐끔 쳐다보았다. 역시 그의 패션 감각은 괜히 남다른 게 아니었다.

백화점 내에 있는 영화관이라 여기저기 아이쇼핑을 하다 보면 시간이 금방 가겠다고 생각하며 마냥 그를 따라가는데, 그가 여성의류 매장에서 손을 잡아끌었다.

"한번 볼래요? 마음에 드는 게 있는지."

"네?"

"정히 못 고르겠다면 내가 골라 줄 의향도 있어요."

은우가 대답을 바로 하지 못하고 멈칫거리자 그가 입매를 초승달 모양으로 만들며 나직이 얘기했다.

"원래 연인들은 다 이렇게 해요. 그러니 부담 갖지 말고 골라 봐요. 선물하는 건 남자가, 기쁘게 받아주는 건 여자가 하면 되는 일이라고 생각하는데."

혹시나 부담을 느낄 그녀를 배려해 웃으며 가볍게 분위기를 전환시킨 그는, 그녀의 뒤에서 어깨를 짚으며 옷을 구경하게 했다.

"이것도 괜찮고, 이것도 괜찮고. 한번 입어 보지 그래요?"

은우가 선뜻 고르지를 못하자 안 되겠다고 생각했는지 재진이 스커트 두 벌을 가져왔다. 한 벌은 원피스고, 다른 한 벌은 투피스였는데, 두 벌 다 여성미가 강조된 옷이었다.

"은우 씨는 뭘 입어도 다 잘 어울리지만, 유난히 스커트가 잘 어울리던데. 마침 내 취향도 그쪽이라."

은우는 어쩐지 너무도 쑥스러운 그의 말에 볼을 붉히며 옷을 받아들고 피팅룸으로 들어갔다. 점심을 너무 배부르게 먹어서 혹시 사이즈가 안 맞으면 어쩌나 하는 걱정과는 달리 다행히 몸에 꼭 맞았다. 하지만 너무 타이트해서 몸매가 고스란히 다 드러나 부담스럽기도 했다.

은우는 피팅룸 바로 앞에 있을 재진을 떠올리며 마구 긴장되는 마음으로 빠끔히 고개를 내밀었다.

잠시 뜸을 들이다 쭈뼛거리며 완전히 모습을 드러내자, 재진의 반응을 살필 겨를도 없이 매장 여직원이 손뼉까지 치며 과분한 찬사를 보내왔다.

멋쩍은 얼굴로 배에 힘을 주며 전신거울 앞에 서는데, 그녀의 뒤에 서 있던 재진이 거울 속에서 눈을 맞추며 양손 엄지를 척 들었다.

"역시 예상대로."

등 뒤에서 낮게 들리는 그의 음성이 그리 섹시할 수 없었다.

"음, 이 원피스는 나 만날 때만 입는 걸로 하죠."

아아. 어쩐지 얼굴이 화끈거리는 은우는 잊고 있던 꿈이 갑자기 생각나 얼른 다시 피팅룸으로 들어갔다. 호흡을 가다듬고 투피스로 갈아입고 나오는데 그는 역시나 엄지를 번쩍 치켜들었고, 결국은 두 벌 모두를 다 사고 말았다.

 가격표를 보지 못하게 하는 바람에 정확하게 얼마짜리 옷들인지 알 수는 없었지만, 아마 상당한 금액이 나왔을 거라는 건 짐작할 수 있었다. 게다가 괜찮다는데도 끝끝내 구두까지 하나 같이 구입을 했다. 신발 사 주면 도망간다며 거절을 해 보았지만, 그는 오히려 귀엽다는 듯이 머리칼을 흩뜨리며 한마디를 던져 가슴을 떨리게 했다.

 [도망가 봐요, 한번. 갑자기 나도 궁금해지네. 내가 어떻게 할지. 아마도 모든 수단을 가리지 않고 기어코 찾아내겠지만.]

 "나 진짜 옷 한 벌만 사 주셔도 너무 감사한데요."

 은우는 그의 손에 들린 쇼핑백을 쳐다보며 난처한 얼굴을 했다. 선물이라는 걸 받아서 싫은 사람은 없겠지만, 이렇게 많이 받아도 되는 건지 고민이 되었다.

 "이런 말하면 은우 씨가 어떻게 받아들일지 조심스럽긴 하지만, 나는 이렇게 생각해요. 선물엔, 과분한 게 없다고. 말 그대로 선물이에요. 선물하는 사람의 마음이 담긴 것이기 때문에, 특히 연인 사이에서 과분한 선물은 있을 수 없다는 게 개인적인 내 생각입니다. 그러니 편하게 생각해요. 선물이란 과분한 것도 없지만 모자란 것도 없으니, 괜히 쓸데없는 부담 갖지 말고."

 쇼핑백을 한 손으로 몰아 쥔 그가 은우의 손을 낚아챘다.

 "이러다 영화 시간 늦겠네요."

아무런 말없이 그의 손을 잡은 은우는 고개를 푹 숙였다. 설핏 보이는 그녀의 귓불이 시뻘게져 있었다.

감동의 도가니에 빠져 버린 그녀는 좀처럼 헤어 나오지 못하며 허우적거렸다. 아무래도 류재진을 계속 만나다가는 진짜 심장병이 걸릴지도 모르겠다.

은우는 도저히 영화에 집중할 수가 없었다. 그와 함께 시사회를 갔을 때는 그래도 꽤 집중하며 보았었는데, 지금은 도저히 옆에 있는 재진이 신경 쓰여 영화 내용이 머릿속에 잘 들어오지 않았다. 드라마에서 보던 것처럼 팝콘을 먹다가 손끝이 살짝 스치기만 해도 움찔거렸고, 낮게 들리는 그의 웃음소리 하나까지도 놓치지 않고 귀를 기울이게 되었다.

은우는 이러다 재진의 스토커가 되는 건 아닌지 모르겠다고 생각하며 다시금 영화에 집중하려 애썼다. 하지만 러닝타임 두 시간 동안 기억나는 장면이라고는 자동차 폭발신이 전부였고, 이내 엔딩크레딧이 올라가며 상영관에 불이 들어왔다.

북적거리며 관객들이 다 빠져나가고 맨 마지막으로 몸을 일으킨 재진은 영화에 대해서 이런저런 이야기를 풀어 놓았지만, 영화를 제대로 보지 못한 은우는 이해할 수 있는 말이 거의 없었다.

"아하하, 맞아요."

그의 말에 무조건 장단을 맞춘 은우는 영화 비용 역시 그가 계산을 해 버려 기필코 저녁은 꼭 자신이 사겠다고 다짐을 했다.

어느새 6시가 다 되어가는 시간을 확인한 그녀는 아직 배가 고프지는 않았지만, 무엇을 먹든 일단 무조건 가게 안으로 들어가면서 아예 카드를 맡겨야겠다고 생각했다.

"내가 은우 씨를 만나는 걸 친구들이 알게 된다면, 아마 도둑놈이라고 욕할 거예요."

"네?"

"스물여섯 아가씨가 서른넷 노총각을 만나 주는 것만으로도, 은우 씨는 대단한 일을 하고 있다는 뜻이죠. 그러니."

재진이 그녀의 이마를 살며시 톡톡 두드렸다.

"생각 좀 그만해요. 나는 뭐든 해 주고 싶고, 은우 씨는 뭐든 받을 자격이 충분하니까. 저녁은 신사동 가로수 길에서 하는 게 어떨까 하는데, 괜찮아요? 이것저것 눈요기할 것도 많고."

빠져든다. 빠져든다. 자꾸만 그에게 빠져든다.

가슴속 울림이 점점 커졌다.

데이트 한 번에 이렇게 속수무책으로 그에게 빠져 버리면 앞으로는 어찌해야 하나 걱정이 될 정도였다. 은우는 정녕 이게 꿈은 아닐까 싶어 허벅지를 슬며시 꼬집어보았다.

아팠다. 분명 꿈은 아니었다.

그녀는 깍지 낀 손에 슬며시 힘을 주어 잡아당겼다. 그가 고개를 돌려 쳐다보자 은우가 용기를 내 입술을 달싹였다.
"……고마워요. 내가 정말 뭐라고 말을 해야 할지 모를 정도로 너무 고맙고……, 무엇보다도 내가 마치 특별한 사람인 것처럼 느끼게 해 줘서……."
"'특별한 사람인 것처럼'이 아니라, 특별해요. 내게는."
다정하게 웃는 그와 눈이 마주쳤다.
두근두근. 두근두근.
궤도를 벗어나 비정상적으로 빠르게 움직이는 심장박동이 느껴졌다. 어찌 이 남자를 좋아하지 않을 수가 있을까. 아마 좋아하지 않는 게 더 어려운 일일 거다. 어떻게 이런 사람이 지금까지 혼자였는지 믿기지 않을 만큼, 그는 생각보다 훨씬 더 근사하고 매력 있는 남자였다.
이렇게 푹 빠져도 되나 염려가 될 정도로, 그에게 빠져 버린 것 같다.

신사동에서 저녁까지 먹은 후 그녀를 데려다 주고 집에 오니 밤 10시가 넘어 있었다. 재진은 은우에게 잘 도착했다는 전화를 한 뒤 욕실로 향했다. 샤워기를 틀어 놓고 오늘 하루를 쭉 되짚어 보는데 마냥 흐뭇한 웃음이 나왔다.
설렜다. 서른넷이 되어 이렇게 풋풋한 감정을 느끼게 될 줄은 몰랐던 사실이었다. 나름 20대 때 해 보았던 연애란 것과는 차원이 달랐다.

다만 걱정이 되는 건, 그녀를 보고 있노라면 자꾸만 마음이 조급해진다는 거였다. 아까 집 앞에 데려다 주면서도 결국은 참지 못하고 내리려는 그녀의 목덜미를 잡아당겨 입술을 맞대었다.

그녀의 뜨거운 숨결 하나에도 중심부가 단단해졌다. 뺨을 감싸고 있는 손이 그녀의 가슴께로 내려가려는 것을 참은 건 정말 스스로 생각해도 기특할 정도였다.

이제 겨우 막 연인이 된 것인데 스킨십 조절이 뜻대로 되지 않았다. 아마 은우가 이런 저를 알게 된다면 음탕하다고 손가락질을 할 게 분명했다.

피식 웃으며 샤워를 끝낸 재진은 문득 뭔가 생각이 난 듯 잰걸음으로 거실을 지나 진건의 방으로 향했다. 빈 침대 위에 혼자 누워 있는 토끼 인형을 발견한 재진은 괜히 주위를 두리번거리며 배를 꾹 눌렀다.

-진건아. 형아가 진건이 얼마나 사랑하는지 알지? 삐리, 삐리. 삐리, 삐리. 마음아, 전해져라. 사랑해.

그의 입가에 잔잔한 미소가 번졌다. 마치 그녀가 자신에게 들려주는 것 같았다. 아무리 듣고 또 들어도 질리지 않을 것 같았다.

토끼 인형을 아예 방으로 가져가는 그의 발걸음은 깃털처럼 가벼웠다.

"하아."

 주희는 밤늦은 시간까지 쉬이 잠을 이루지 못하고 데스크 의자에 앉아 짙은 한숨을 내쉬었다. 손에 들린 DSLR 카메라에 담긴 은우의 웃는 얼굴이 자꾸만 마음에 걸렸다.

 차민석을 쫓다 렌즈에 포착된 그녀를 보는 순간 너무 놀라 입이 다물어지지 않았다. 재진과 함께 차민석을 만나고 있는 은우는 평소와는 너무 다른 천생 여자의 모습을 하고 있었다. 하지만 그보다도 더 놀라운 건, 재진이 은우를 바라보는 눈빛이었다.

 그 누가 보더라도 같은 생각을 했을 거다. 많이 좋아하고 있구나.

 은우 역시 수줍은 듯 자꾸만 볼을 붉히는 모습은 설렘, 그 자체였다. 게다가 류재진이 은우에게 차민석을 따로 만나게 해 줬다는 것 역시, 사심이 있지 않고서야 있을 수 없는 일이었다. 그 바쁜 차민석을 공석이 아닌 사석에 불러낼 정도라면 이미 답은 나온 거였다.

 주희는 골이 다 지끈거려 느릿하게 눈꺼풀을 내렸다가 올렸다. 은우가 재진의 조카를 돌봐주고 있다는 것만으로도 마음이 불편했었는데, 일이 자꾸만 전혀 생각지도 못한 방향으로 흘러가고 있었다. 설마 재진과 은우가 마음이 동한 사이일 줄은 몰랐다.

 주희는 카메라에서 시선을 떼며 데스크 위에 놓인 녹음기를 들어 플레이 버튼을 눌렀다.

 차민석을 쫓다 알게 된 충격적인 사실.

 몇 번을 다시 들어도 그때마다 심장이 두근거렸다.

 [진건이 말이야. 정말 너무 어여쁜 아이야. 때로는 너무 조숙해서, 그 조숙함이 그 작은 가슴 안에 새겨진 상처로부터 시작된 거 같아 아프기도 하지만, 그럼에도 밝게 잘 자라 더 기특하고 예쁘기도 해. 나는 진심으로 진건이가 행복했으면 좋겠어. 더욱 밝은 아이로 자랐으면 좋겠어.]

 마지막으로 은우와 통화했을 때를 떠올리던 주희는 좀처럼 멈추지 않는 두통에 이마를 짚었다.

 류재성 실장의 이혼 사유를 은우는 절대 모르겠지. 그들만의 비밀일 테니.

 "하아, 차라리 몰랐어야 했을까."

 은우를 생각한다면 여기서 접어야 한다는 걸 알면서도 기자로서의 본능이 자꾸만 꿈틀거렸다.

 '이건 특종이야. 놓치면 넌 바보야.'

 고민의 밤은 깊어만 간다.

~11~

"진건아, 안녕?"

은우는 재진과의 설레는 첫 데이트를 마친 다음 날, 진건의 표정이 썩 좋지 못하자 의아해 했다. 오늘 역시 세 남자 모두가 축구복으로 풀 세팅을 하고 있었는데, 재진과 슬쩍 인사를 나눌 새도 없이 진건의 어두운 표정부터 살폈다.

"진건이 할머니, 할아버지 잘 만나고 왔어?"

"……응, 누나."

"그런데 우리 진건이 뭐 안 좋은 일 있었을까?"

불만스럽게 입술을 쭉 내민 진건을 대신해 옆에 서 있던 재성이 입을 열었다.

"은우 씨가 선물한 토끼 인형 때문에 그래요. 건전지의 수명이 다 됐는지 목소리가 안 나오더라고요."

"네? 건전지가 벌써 닳을 리가 없는데……."

은우는 고개를 갸웃거리며 토라져 있는 진건을 달랬다.

"진건이가 누나 목소리 듣고 싶어서 아주 많이 눌렀나 보다. 그치?"

"아니야. 많이 안 눌렀어. 진건이가 할머니네 두 밤 자고 오니까, 갑자기 토끼 인형에서 누나 목소리가 안 나와. 나 진짜 많이 안 눌렀는데."

"아하하, 그래? 아무튼 진건아, 그거 건전지만 교환하면 되니까 걱정 마. 축구 끝나고 오면서 건전지 사자."

"진짜?"

은우의 말에 다시 기분이 좋아진 진건이 눈을 반짝였다.

"자자, 진건아. 얼른 가자."

재성이 일부러 진건을 잽싸게 낚아채 먼저 엘리베이터에 올랐다.

"아, 형. 집에서 그것 좀 가져와."

집에서 가져올 '그것'이라는 것은 존재하지 않는다는 걸 재진은 알고 있었다. 잠시나마 은우와 둘이 있을 시간을 제공해 주려는 재성의 귀여운 배려일 것이다.

"그래. 먼저 내려가."

재진은 얼떨결에 엘리베이터를 놓치고 다시 버튼을 누르고 돌아서는 은우에게 가까이 다가갔다. 그녀는 오늘도 옅게 화장을 하긴 했지만 차림새가 평소대로여서인지 아무래도 한껏 꾸밀 때보다 더 앳돼 보이긴 했다.

"어제 잘 잤어요?"

사실 첫 데이트의 후유증으로 잠을 잘 못 자긴 했지만, 은우는 그렇다고 대답을 했다. 반팔 축구복을 입어 또다시 드러난 그의 오른쪽 팔뚝에 새겨진 레터링 문신을 쳐다보던 은우는 슬쩍 입을 열었다.

"문신은 언제 한 거예요?"

"아, 5년 됐겠네. 민석이 처음 만났을 때가 막 스물아홉 됐을 때였으니까. 기획사 차린답시고 여기저기 쑤시며 벌여 놓은 일은 많은데 도무지 혼자 힘으로는 무리라 아버지께 손을 좀 벌렸었어요. 재성이마저 형 따라 같이 해 보겠다고 고집을 부려서 욕도 좀 먹었죠. 네가 그러니까 동생도 그런다면서."

"그래도 결국은 성공했잖아요."

은우의 칭찬에 재진이 기분 좋게 웃었다.

"결과만 놓고 보자면 그런 셈이지만, 과정이 순탄치는 않았죠. 아무튼 그때 꼭 성공하겠다는 의지를 불태우며 인생 모토를 문신으로 새긴 건데, 지나 생각해 보면 괜한 짓을 했나 싶기도 하고. 문신은 하는 것보다 지우는 게 더 어려우니까. 문신에 거부감 가진 사람들도 생각보다 많고."

"왜요, 나는 너무 좋은데. 과하지도 않고 멋스럽게 한 줄 있는 레터링 문신인데요, 뭐. 나도 작년에 손목에 레터링 문신 새기려다가 오빠가 반대해서 못 했거든요."

재진의 얼굴에 화색이 돌며 반가워했다.

"다행이네요, 거부감이 없다니. 내심 신경 쓰였었는데."

다시금 엘리베이터가 도착하자 은우의 손을 잡고 오른 재진은 말을 계속 이었다.

"참, 오늘 저녁에 기회 봐서 진건이한테 얘기하려고 해요. 재성이한테는 말을 해서 편한데, 진건이 녀석 눈치 보기가 더 힘드네."

은우는 재성이 알고 있다는 것보다도 진건에게 얘기한다는 말이 더 떨렸다. 만약 재진의 부모님을 만나 뵙게 된다면 이런 느낌일까 할 정도로 긴장이 되기도 했다.

그녀의 떨림이 느껴졌는지 재진이 잡은 손을 더 꼭 쥐었다.

"좋아할 거니까 긴장하지 마요. 재성이도 그러던데. 은우 씨를 잘 따르니까 분명 좋아할 거라고."

"정말 그럴까요? 그럼 다행인데……."

"안 그럴 이유가 없잖아."

안심시키는 재진의 말에 겨우 걱정을 좀 내려놓은 은우는 엘리베이터 문이 다시 열리기가 무섭게 손을 놓았다. 진건이 차창 밖으로 고개를 내밀며 빨리 오라고 손짓하고 있었다.

"축구장으로 출바알!"

하늘을 향해 손을 뻗으며 진건에게 달려가는 은우를 바라보던 그의 얼굴엔 지지 않는 웃음꽃이 피었다.

오늘 역시 축구는 1:0의 승리를 거두었다. 역시 스트라이커 재진의 발끝에서 이루어 낸 쾌거였다. 은우는 땀 흘리며 축구하는 그의 모습을 넋을 놓고 쳐다보다가도, 그와 슬쩍 눈이라도 마주치면 진건이 몰래 살짝 손을 흔들었다.

"하아, 멋있어."

은우는 경기를 끝내고 돌아오는 재진을 바라보다 문득 어젯밤 기훈과 있었던 일이 떠올라 그에게 미안해졌다. 돈 쓰면서 선물하고도 욕을 먹었으니 말이다.

세 개나 되는 쇼핑백을 들고 기훈과 마주치지 않고 방으로 들어가는 데까지는 성공했다. 언제 기훈이 벌컥 들어올지를 몰라 부리나케 옷걸이에 원피스 하나를 걸어두면서 쇼핑백을 치우는데 방문이 열렸다. 순간 얼른 옷장을 닫아 한 벌은 걸리지 않았지만, 그대로 방바닥에 방치된 쇼핑백 두 개는 여지없이 기훈에게 걸렸다. 바람처럼 잽싸게 쇼핑백을 낚아챈 기훈은 딱 걸렸다는 눈으로 손가락을 까딱였다.

[앉아 봐.]

[아, 왜!]

[오늘은 진지하게 얘기를 좀 해 보자. 어떤 놈이야?]

투피스와 구두를 친절하게 꺼내 침대 위에 나란히 올려놓은 그가 팔짱을 끼며 물었다. 여기서 거짓말을 해 봤자 믿지도 않을 거란 생각에 그냥 좋은 감정으로 만나는 사람이 생겼다고 말을 하는데, 기훈이 예리하게 파고들었다.

[데이트에서 이 정도의 선물을 하며 만날 수 있다는 건 어느 정도 능력이 된다는 놈일 거고, 그렇다는 건 나이가 좀 있다는 뜻이 되겠지. ……그 서른넷 노땅이냐?]

어차피 알게 될 일이었고, 아니라고 반박할 수가 없었다.

[내가 개수작에 넘어가지 말라고 그랬지.]

[개수작 같은 거 아니야! 좋은 사람이야!]

[어쭈. 벌써 편드는 거냐? 그래, 다 좋아. 그런데 그 사람 평범한 회사원이라고 그러지 않았냐?]

재진의 직업을 발설할 수가 없어 어쩔 수 없이 고개를 끄덕이는데, 그때부터 기훈이 열변을 토해 내기 시작했다.

[그것 봐. 그래서 개수작이라는 거야. 나이 서른넷 평범한 샐러리맨이 이런 고가의 옷과 신발을 선물하며 환심을 사려 한다는 게 개수작이라는 거다. 제 분수도 모르고 어떻게 하면 한번 자빠뜨려 볼까 시커먼 속내를 숨긴 채 달콤한 말만 지껄였겠지. 남자들은 다 똑같거든. 이렇게 허리 휘청거리며 돈 자랑을 할 때는 뭔가 원하는 게 있으니까 그러는 거야. 어떤 골 빈 놈이 아무런 목적도 없이 이런 선물을 막 들이대겠냐? 돈을 쌓아놓고 사는 재력가라도 된다면 내가 또 이해를 하지. 그건 사는 수준이 다르니까 그럴 수도 있는 거니까. 그런 부류들과 우리 같은 서민의 사고 회로는 완전히 다른 법이니까. 한데 회사원이라며. 너는 평범한 회사원이 이런 선물 갖다 바치는 게 말이 된다고 생각하냐?]

그게 아니라고 자초지종을 설명하고 싶었지만, 행여 재진의 진짜 직업을 알고 기훈이 떠들어 대고 다닐까 봐 쉽사리 입이 떨어지지 않았다. 평소 기훈의 성격을 보자면 누구 사인 좀 받아줘라, 걔는 어떤지, 얘는 어떤지, 아주 귀찮을 정도로 물어볼 게 뻔했기 때문이었다.

더군다나 기훈이 배우 이하영을 좋아하는데, 재진이 이하영 소속사인 제이엔터테인먼트 대표인 줄 알게 되면 아주 골치가 아파질 거였다. 분명 한 번 만나게 해 달라고 할 게 불보듯 뻔했다. 기훈은 아주 낯짝이 두껍고 뻔뻔스러우면서도 당당함을 잃지 않는 희귀 캐릭터이니까.

[아무튼 나는 네 눈을 못 믿는다. 정말 네가 정식으로 교제하고 싶다면 나한테 데려와. 어떤 놈인지는 내가 판단해. 내가 한 번 보고 아니라고 하면 그 일도 그만둬. 그런 놈이 어슬렁거리는 집의 베이비시터로 널 보낼 수는 없으니까.]

"하아."

은우는 이 사태를 어째야 하나 무거운 한숨을 내쉬었다. 이제 막 사귀기 시작했는데 오빠를 만나자고 한다면 재진이 부담스러워할 것 같았다.

진건이 재성에게 달려간 틈을 타 은우의 곁으로 가까이 다가온 재진은 뭔가 골똘히 생각에 잠겨 있는 그녀에게 넌지시 물었다.

"무슨 고민 있나?"

은우는 아무것도 아니라며 고개를 내저었지만 재진은 뭔가 석연찮은 눈으로 그녀를 응시했다. 진건에게 교제 사실을 얘기하면 어떤 반응을 보일까 걱정하던 얼굴과는 사뭇 달랐다. 분명 뭔가 다른 문제인 듯했다.

더 이상은 물어보지 않고 화제를 바꾸려던 그는, 순간 그녀의 휴대폰에서 메시지 알림음이 울리자 저도 모르게 힐끗 쳐다보았다.

바로 문자를 확인하는 그녀 덕분에 메시지 내용을 빠르게 스캔한 재진은 가는 숨을 내쉬었다.

<내 말 허투루 듣지 말고 그 돈 자랑하는 놈한테 가서 얘기해라. 이 오라버니가 좀 보자고 한다고. 나 오래 안 기다린다. 내가 그 집으로 찾아가는 수가 있어.>

발신인은 '울오빠'였고, 휴대폰 번호까지 머릿속에 입력한 재진은 아무래도 어제 자신이 한 선물 때문에 오빠가 오해를 좀 한 것 같다는 생각에 난감해졌다. 오빠의 입장에서는 동생이 느닷없이 많은 선물을 받아오니 만나는 사람이 의문스럽기도 할 거였다.

진건을 돌봐주는 일부터 이것저것 할 것 없이 은우에게 고마운 것도 많고, 뭐든 해 주고 싶은 마음에 다른 부분을 배려하지 못한 것 같았다. 자신은 아무 부담 없이 해 준 선물이지만, 그녀나 가족의 입장에서는 너무 과하다 싶어 진심을 의심할 수도 있지 싶었다.

"누나! 아빠가 또 집에서 맛있는 거 만들어 준대."
"와아, 진짜?"
진건의 손을 잡고 먼저 걸어가는 은우를 바라보던 재진은 아래로 늘어뜨린 손가락을 까딱거리며 고민에 빠졌다.
은우는 쉽사리 말을 꺼내지 못할 게 분명했다. 그렇다면 방법은 한 가지뿐이다.

재성의 뛰어난 요리 실력이 오늘도 유감없이 발휘되었다. 까르르, 웃음소리가 끊이지 않았고, 함께이면 뭐든 이렇게 행복할 수 있다는 게 신기하기까지 했다. 정성껏 차린 음식을 대충 다 비우고 해가 저물기 시작할 때쯤, 재진은 은우에게 이제 얘기하겠다는 사인을 보냈다.
긴장이 되는지 은우가 손을 맞잡았고, 재진 역시 짧게 숨을 한 번 내쉰 뒤 입을 열었다.
"진건아."
"응, 큰아빠."
"기분 좋아?"
"응, 무지. 토끼 인형에서 누나 목소리도 다시 나오고, 밥도 맛있게 먹었고, 아주 좋아. 왜?"
"큰아빠가 진건이한테 할 말이 있어."
"응. 해."
진건이 또랑또랑한 눈망울로 재진을 응시했다.

"그러니까 진건아. 음, 큰아빠하고 누나가 서로 좋아해."
"쿨럭, 쿨럭."

재진의 직설화법에 진건과 더불어 은우 역시 시뻘게진 얼굴로 기침을 해 댔다. 이거 참, 어디 쥐구멍이라도 있으면 숨고 싶은 지경이었다. 재성은 이 상황이 재미있는지 마냥 웃을 뿐이었다.

"뭐라고?"
"좋아한다고, 큰아빠랑 누나가. 진건이한테도 말해야 할 거 같아서 얘기해 주는 거야. 너도…… 좋지? 은우 누나 좋아하잖아, 진건이도."

잠시 정적이 흐르는가 싶더니 진건의 작은 입술에서 하아, 한숨이 쏟아졌다. 그런 진건의 반응에 당황한 재진이 더는 말을 잇지 못하고 있는데, 진건의 입술이 열렸다.

"진짜야?"

진건의 시선이 은우에게 향했다. 은우는 뭔가 죄를 짓고 있는 것 같은 마음으로 고개를 끄덕였다.

"으, 응, 진건아. 그게 그렇게 됐네. 아하하."

또다시 입을 닫고 침묵을 고수하던 진건이 자리에서 일어났다.

"진건이 어디 가?"

재진이 다정하게 물었다.

"방에 들어오지 마, 큰아빠."

당혹감을 감추지 못한 두 사람이 안절부절못하는데 재성이 괜찮다며 안심을 시켰다.

"너무 걱정 마요, 은우 씨. 내가 얘기 잘 할 테니까. 녀석이 아무래도 은우 씨를 형한테 뺏겼다고 생각하나 봐요, 하하. 그만큼 은우 씨가 마성의 매력의 소유자라는 거니까 좋게 생각하세요."

재성의 위로에도 은우의 얼굴은 좀처럼 펴지지 않았다. 정말이지 진건이 이대로 계속 토라져 있으면 어쩌나 걱정이 되었다. 그와 함께 그저 가슴 두근거리는 일만 있으리라 여겼던 건 생각이 짧았던 걸까.

은우의 한숨이 깊어졌다.

**

재성은 은우가 돌아가고 정리를 마저 다 끝낸 뒤 진건의 방으로 들어섰다. 이불을 폭 뒤집어쓰고 있는 진건의 옆으로 파고든 그가 얼굴이 보이게끔 이불을 걷었다.

"진건아, 큰아빠랑 누나한테 왜 그랬어? 좋은 일인데."

아무 말이 없는 진건의 머리칼을 쓸어 넘긴 그가 시선을 마주했다. 혹시 울기라도 했으면 사태가 생각보다 심각해지는 건데, 다행히 운 흔적은 없었다.

"설마 진건이, 누나를 막 가슴 두근거리게 좋아한 거야? 얼레리꼴레리~."

 재성이 겨드랑이를 간질이며 놀려 대자 그제야 진건이 꿈틀거리며 웃었다.

 "내일 은우 누나 보면 축하한다고 말해 줘. 그럼 좋아할 거야. 그리고 큰아빠한테도 심술부리지 말고. 큰아빠가 진건이 얼마나 아끼고 사랑하는지 알지? 진건이가 심술부리면 큰아빠 가슴 아파. 은우 누나도. 아빠랑 약속해."

 그가 새끼손가락을 슥 내밀었다. 그런 재성을 물끄러미 바라보던 진건이 속삭이듯 말을 건넸다.

 "아빠는…… 괜찮아?"

 "응? 뭐가?"

 "아빠도 좋다고 했었잖아. 은우 누나 좋다고 했었잖아."

 재성은 해머로 뒤통수를 얻어맞은 것 같은 당혹감에 순간 할 말을 잃었다.

 [있지, 아빠. 그런데 나는 은우 누나가 너무 좋아.]

 [응, 아빠도.]

 [정말 아빠도 좋아?]

 [응, 좋지. 진건이가 좋으면, 아빠도 좋아.]

 제 방 침대에 함께 누워 진건과 나누었던 대화가 비로소 떠올랐다. 그때는 진건이 그런 의미로 물어본다고는 전혀 생각을 못 했다. 그저 은우에게 너무 의지하는 진건이 어느 날 그녀가 베이비시터를 그만두면 상처를 받을까 봐 그걸 걱정했을 뿐이었다.

"큰아빠랑 누나랑 좋아해도, 아빠 괜찮아?"

진건이 재성의 가슴팍에 살포시 손을 얹었다.

"여기 안 아플까?"

"……."

"은우 누나 큰아빠한테 뺏겨서, 아빠 여기 안 아플까? 괜찮을까?"

재성은 어린 아들의 속 깊은 걱정에 삽시간에 눈물이 차올랐다.

"나는 큰아빠도 참 좋은데, 아빠가 조금 더 좋아. 그래서 나는 아빠가 또 아플까 봐 걱정이야."

진건이 자그마한 손으로 재성의 가슴을 살살 문질렀다.

"아프지 마라……. 아프지 마라……. 진건이가 호, 해 줄게."

입술을 동그랗게 모은 진건이 호오, 소리를 내며 가슴팍에 갖다 대었다. 재성은 간신히 감정을 추스르며 진건을 안아 토닥였다.

"있잖아, 진건아. 아빠는 하나도 안 아파. 정말로 안 아파. 진건이가 아빠 말을 잘 이해할 수 있을지는 모르겠지만, 아빠가 은우 누나를 좋아하는 건 큰아빠가 은우 누나를 좋아하는 것과는 다른 거야. 큰아빠가 은우 누나를 좋아하는 건 손도 잡고 싶고, 뽀뽀도 하고 싶고 그런 거지만, ……아빠는 아니야. 아빠는 은우 누나랑 그런 걸 하고 싶지는 않아. 그냥 너무 마음이 고운 사람이니까 그게 좋다는 거지, 큰아빠처럼 누나를 좋아한다는 게 아니야. 아빠 말…… 이해할 수 있을까?"

잠시 생각을 하는 듯 보이던 진건이 이내 고개를 끄덕였다.

"그럼 아빠. 나중에 손도 잡고 싶고, 뽀뽀도 하고 싶은 누나야가 생기면 진건이한테 꼭 얘기해 줘. 진건이는 아빠가 좋으면 다 좋아."

그래, 라는 한 마디가 차마 나오지 않았다. 그래서 재성은 눈꺼풀을 내려뜨리며 그냥 더 꽉 안아 주었다.

"오늘 아빠하고 같이 잘까?"

"응. 같이 자."

진건을 안아 든 재성은 제 방으로 옮기며 흘깃 재진의 방문을 쳐다보았다. 재진 역시 어지간히 신경이 쓰이는지 열려진 문틈으로 고개를 빠끔히 내밀었다.

재성이 손가락으로 오케이 표시를 해 보이자, 그제야 재진은 안도의 한숨을 내쉬며 문을 닫았다.

이제 한 고비만 더 넘기면 될 것 같았다.

**

은우는 진건의 하원 시간을 기다리며 심호흡을 했다. 멀리 노란 버스가 보이기 시작하자 가슴이 다 떨려왔지만 아까 통화로 재진이 했던 말을 떠올렸다.

[너무 걱정 마요. 진건이가 웃으면서 반겨 줄 테니까.]
 "아자!"
 버스가 정차하고 진건이 모습을 보였다. 은우는 활기차게 손을 번쩍 들며 진건을 맞이했다.
 "진건아, 안녕!"
 재진과 함께일 때와는 다른 두근거림으로 마른침을 삼키는데 진건이 씩 웃었다.
 "얼레리꼴레리~."
 "으, 응?"
 당황한 은우의 모습이 재미있는지 진건이 또 놀려 댔다.
 "얼레리꼴레리~."
 "아하하. 지, 진건아."
 "큰아빠가 그렇게 좋아?"
 진건이 팔짱을 끼며 새침하게 물었다. 은우는 민망함에 어쩔 줄 몰라 하며 쩔쩔맸다.
 "대답해 봐, 누나. 큰아빠가 그렇게 좋아?"
 "아, 으, 응."
 콧잔등을 찡그리면서도 솔직하게 대답을 한 은우를 빤히 바라보던 진건은 살포시 은우의 손을 잡았다.
 "우리 큰아빠 아프게 하면 안 돼?"
 "……응?"
 "누나는 그러면 안 돼? 우리 큰아빠…… 여기 아프게 하면 안 돼?"

진건이 제 가슴팍에 손을 얹으며 은우를 올려다보았다.

"진건이는 큰아빠가 좋아. 누나도 좋아. 그래서 진건이는…… 큰아빠랑 누나랑 얼레리꼴레리 해서 좋아."

은우는 여섯 살배기 같다가도 어느 순간 너무도 애어른 같은 진건의 말에 가슴이 짠해져, 무릎을 굽히고 눈높이를 맞춰 앉았다. 진건의 손을 품으로 끌어당긴 그녀는 조심히 숨을 내쉬며 껴안았다.

"……응, 약속할게. 큰아빠 가슴 아프게 안 할게. 진건이한테 약속할게."

그 누구에게 받은 교제 허락보다도 더 값지고, 고귀했다.

그래서 은우는 한참 동안을 그냥 안고 있었다. 눈물이 마를 때까지 그 자리에서 꼼짝도 않고 안고만 있었다.

**

재진은 조금은 초조한 마음으로 파킹을 하며 심호흡을 했다. 은우의 집 대문을 보면 매번 설레는 마음 한 가득이었는데, 오늘은 저 문이 되도록 늦게 열렸으면 하는 마음이 들었다.

몹시 당혹스러웠던 기훈과의 통화를 떠올리던 재진은 운전대를 톡톡 두드렸다. 자다 일어난 듯 잔뜩 목이 잠긴 그의 음성에는 귀찮음이 묻어 있었다.

[아, 제가 타이밍을 잘못 맞춰서 전화했나 봅니다.]

[누구신지.]

[강은우 씨······.]

[아, 그분. 이렇게 직접 전화를 다 주신 것을 보니 은우는 모르는 모양입니다? 은우가 알고 있다면 이렇게 나한테 미리 전화 한 통 안 할 리가 없으니까요. 내 번호는 어떻게 알았는지 궁금하지만 다 각설하고, 우리 집 당연히 알고 계시죠?]

[압니다.]

[퇴근 몇 시에 하십니까? 저녁에 잠깐 봤으면 하는데요.]

[편한 시간을 말씀하시면 제가 맞추겠습니다.]

[그럼 7시까지 집 앞에서 보죠. 남자 둘이서 찻집을 갈 일도, 술 한 잔 나눌 사이는 더더욱 아니니까요.]

그렇게 통화를 끝내고 한참을 고민에 빠졌다. 뭔가 보통내기가 아니라는 확신과 함께 상대하기 까다롭겠다는 불편함도 들었다. 그래서 오늘 은우 집을 오며 다짐을 했다. 어떤 상황에서도 발끈하지 말자. 은우의 오빠라는 사실만 명심하자. 아쉬운 사람이 우물을 파야 한다.

"하아."

재진은 정확히 7시가 되자 차에서 내렸다. 숨을 고르고 옷매무새를 다듬는데, 대문 안에서 인기척이 들리더니 문이 벌컥 열렸다.

허공에서 강렬하게 시선이 부딪쳤다. 날 선 긴장감이 팽팽하게 감돌았다. 재진은 습관처럼 악수를 청하려다 멈칫하며 살짝 고개를 숙였다.

"처음 뵙겠습니다. 류재진입니다."

고개를 들어 그를 보았지만 여전히 고개를 빳빳이 세운 채였다. 재진은 짧게 숨을 내쉬었다.

"제가 먼저 인사를 드렸어야 했는데……."

"대체 연봉이 얼마나 됩니까?"

재진은 슬쩍 미간을 좁히며 눈썹을 치떴다. 트레이닝복 차림새에 손은 주머니에 꽂은 채였다.

"어느 회사가 평범한 샐러리맨이 그런 고가의 옷과 신발을 아무렇지 않게 선물할 수 있을 정도로 돈을 많이 준답니까? 어디 그런 데 있으면 나도 좀 소개시켜 주십시오. 당장이라도 면접 보게."

재진은 그가 지금 무슨 말을 하고 있는지 몰라 미간이 더 좁혀졌다.

"은우가 그 집 베이비시터나 하고 있으니까 우스워 보였어요?"

"잠시만요. 지금 뭔가……."

"애가 순진해서 꼬시기 쉬워 보였을 수도 있을 겁니다. 그런 선물 하나에 홀라당 넘어갔으니."

기훈은 한 걸음 더 가까이 다가가 재진의 얼굴을 똑바로 쳐다보았다.

"그런데 나는 달라요. 나는 불행하게도 내 동생처럼 순진하지도, 착하지도 못하죠. 아주 되바라지고, 싹수없고, 눈에 뵈는 게 없는 놈이거든요."

재진은 그의 말을 끊지 않고 차분하게 끝까지 다 들었다. 기훈의 시선이 재진의 어깨 너머로 보이는 세단으로 향했다.

"정말 궁금해지네요. 다니시는 회사가. 아주 판타스틱하군요, 차 역시. 생긴 것도 멀쩡하시고, 돈도 잘 쓰고, 이러니 어느 여자가 싫다고 하겠어요. 그 수많은 여자들 중에 이번엔 내 동생이 걸린 모양이죠?"

재진의 눈썹이 다시금 꿈틀거렸다. 내내 다물어져 있던 그의 입술이 무겁게 열렸다.

"말씀 삼가십시오."

"얼마나 많은 여자들을 이런 수법으로 꼬셨는지는 몰라도 이번엔 포기하세요. 얼마나 금이야 옥이야 키워온 내 동생인데, 어디서 그런 개수작을……."

재진은 슈트 안주머니에서 명함 지갑을 꺼내 명함을 한 장 내밀었다. 고급스러워 보이는 골드 색상의 명함을 심드렁한 얼굴로 받아든 기훈의 이맛살이 심하게 찌푸려지더니 이내 비식 웃었다.

"하! 이 양반, 진짜."

머리칼을 거칠게 쓸어 올린 기훈이 한쪽 입꼬리만 올렸다.

"그래요. 내가 스물여섯 여자라면 믿을 수도 있겠죠. 자그

마치 제이엔터테인먼트 대표시라는데 말이죠. 이렇게 황금색 명함까지 제작해 다니시고, 뭐 좀 있어 보이려고 알파벳 몇 자 박아 넣으셨나 본데, 어디 보자. Be sure you are right, then go ahead. 아휴, 좋은 말이죠. 여자들이 꺅꺅거릴 만하네요. 명함판에 이렇게 멋진 문구도 넣어 다니시고."

재진은 명함을 건넸는데도 믿지 않는 기훈의 반응에 다소 어이없는 얼굴로 그를 응시했다. 어쩜 저렇게 남자가 쉬지도 않고 나불거리는지 신기할 지경이었다.

"이거 가만 보니 완전 전문 사기꾼 냄새가 납니다? 타인을 사칭해서 이런 것까지 제작해서 다니면서 여자를 꼬시다니, 콩밥 좀 먹어야 정신을……."

"왜 안 믿습니까?"

"믿을 만해야 믿을 거 아닙니까? 만약 진짜라면 굳이 은우가 왜 속였겠습니까?"

재진은 은우가 왜 속였는지 이유를 알 것 같았지만 심신을 다스렸다.

"저는 제이엔터테인먼트 대표 류재진이 맞고, 현재 은우 씨와는 서로 좋은 감정이 있음을 확인하고 예쁘게 만나보려는 시작 단계입니다. 오빠분께서 생각하시는 그런 얕은 감정으로 개수작을 부리는 게 아니라, 진심으로 강은우 씨를 좋아합니다."

재진은 정중하지만 단호하게 말을 이었다.

"걱정이 많으실 거라는 거 압니다. 여덟 살 나이 차이도 걸리시겠죠. 그래서 제가 더 진심을 다하려고 합니다. 그저 뭐든 해 주고 싶은 마음이 앞서다 보니 어제 좀 과하다 느끼실 선물을 하게 됐는데, 오해는 안 하셨으면 좋겠습니다. 선물의 값을 돈이 아닌 마음으로 매겨 주시길 부탁드립니다."

또다시 침묵이 흐르며 팽팽한 시선만이 오고 갔다. 잠자코 있던 기훈이 한층 누그러진 톤으로 입을 열었다.

"그럼 정말 제이기획사 대표라는 겁니까?"

"거짓말을 할 이유가 없습니다."

"확실한 증거 하나만 보여 줘요. 설령 이하영과 통화가 된다든지, 뭐 그런 거. 소속사 대표이면 전화 한 통 하는 게 크게 어려운 일은 아니잖아요?"

아마도 이하영을 좋아하는 모양이었다.

재진은 어쩐지 이제는 귀엽게까지 보이는 그의 제안에 망설임 없이 휴대폰을 꺼내었다. 아직도 '설마' 하는 의심의 눈초리인 그에게 보란 듯이 전화를 걸었다.

신호가 꽤 울렸음에도 하영의 목소리는 들리지 않았다. 아무래도 드라마 촬영 중인 것 같았다.

"통화가 안 되나 보죠?"

이죽거리는 기훈의 말에도 재진이 차분하게 다시 전화 연결을 시도하자, 매니저의 목소리가 들려왔다.

"나야. 전화를 왜 이렇게 안 받아? 하영이 지금 촬영 중인가?"

 기훈의 상체가 슬쩍 휴대폰 쪽으로 기울어졌다. 재진은 아예 스피커폰으로 전환한 뒤 기훈에게도 다 들리게끔 통화를 했다.

 -예, 대표님. 이제 막 촬영이 끝나서요.

 "바꿔, 당장."

 -아, 잠시만요. 하영아! 대표님 전화야!

 기훈의 얼굴이 점차 흥미롭게 바뀌었다. 휴대폰을 건네받는 인기척이 나더니 곧이어 익숙한 여자의 목소리가 흘러나왔다.

 -뭐 또 혼내시게요? 선배님들한테 공손하게 인사 다 잘 하고 다닌다고요. 아침부터 촬영하느라 수고한다는 말은 못 해줄망정, 왜 저만 보면 매일 잔소리세요?

 앙앙거리는 저 목소리는 분명 이하영이 맞았다. 기훈은 이게 무슨 일인가 싶어 저도 모르게 입을 벌렸다.

 "이하영 씨?"

 -누구세요?

 "강기훈입니다. 하하. 제 이름 석 자, 꼭 기억해 두십시오. 언젠가 만날 날이 있을 테니."

 -네? 여보세요? 대표님?

 재진은 입이 헤벌쭉 벌어진 기훈을 슥 쳐다보고는 다시 휴대폰을 귀에 대고 통화를 했다.

"촬영 잘하고 있나 전화해 본 거야. 그래, 수고하고."

재진은 통화를 끝내며 기훈을 향해 돌아섰다. 이쯤 되면 오해한 게 미안해서라도 조금은 난처한 표정을 지을 법도 한데, 그는 역시나 당당한 자태 그대로였다.

"요즘 세상이 그렇잖아요. 사기꾼도 많고. 뭐, 적어도 거짓말은 아니라는 건 믿겠습니다. 다소 말이 지나쳤던 점은 사과드립니다."

재진은 뭔가 쿨내 진동하는 기훈의 사과에 피식 웃음이 나오려는 걸 억지로 참았다. 뭔가 굉장히 독특한 캐릭터 같았다.

"은우 씨와는 예쁘게 잘 만나겠습니다. 속상한 일 없게끔, 매순간을 진심으로 대하겠습니다. 많은 걱정이 앞서겠지만 지켜봐 주십시오."

말없이 재진의 시선을 고스란히 받아내던 기훈이 천천히 입을 열었다.

"첫 번째도, 두 번째도, 세 번째도 제가 당부 드리고 싶은 건 하납니다. 눈물 흘리는 일 없게. 제가 세상에서 가장 보고 싶지 않은 두 가지가 있습니다. 어머니와 은우 우는 얼굴이요."

"……명심하겠습니다."

"은우 성격이 원래부터 그렇게 밝고 명랑하지 않았어요. 어머니에 의해 그렇게 자란 겁니다. 은우가 그렇게 웃음이 많은 밝은 아이가 되기까지, 어머니와 제가 무던히도 많은 노력을 했습니다. 그러니."

가벼워 보이는 사람이 어느 순간 진지하게 다가오면 그게 유달리 크게 느껴지기 마련이다. 재진은 그가 말하는 한 마디 한 마디를 놓치지 않기 위해 귀를 기울였다.

"은우가 언제나 지금처럼 그 웃음을 유지할 수 있게 해 주세요. 저는 그거면 됩니다. 은우 아직 애예요. 연애에 대해서 아무것도 몰라요. 사람 인연이란 게 어찌 될지 모르는 일이니 예쁘게 오래 만날 수도, 혹은 서로 인연이 아니라 헤어짐을 경험할 수도 있겠지만, 적어도 누군가한테 마음을 내어 준다는 건 아름다운 일이라는 좋은 기억을 심어 주시길 부탁드립니다. 그럼 인사를 제대로 다시 할까요? 반갑습니다. 은우 오빠, 강기훈이라고 합니다."

기훈이 먼저 악수를 청했다. 재진은 은우와 많이 다른 것 같으면서도 닮은 듯한 기훈의 손을 맞잡고 다시 통성명을 한 뒤, 그만 들어가려는 그를 향해 질문 하나를 건넸다.

"실례가 안 된다면, 나이를 여쭤 봐도 되겠습니까?"

바로 대답을 하지 않고 잠시 뜸을 들이던 기훈은 여전히 당당하게 얘기했다.

"서른입니다. 살펴가세요."

기훈이 잽싸게 대문 안으로 사라졌다. 그 자리에 잠자코 서 있던 재진은 이내 실소를 머금으며 한숨을 토해 냈다.

"서른이라."

분명 저보다 앳돼 보이기는 했으나 하도 당당히 오빠 행세를 하기에 무척이나 동안이지만 비슷한 나이 대라고 생각을 했다. 차이가 나 봤자 한두 살 정도. 한데 무려 네 살이나 어리다니. 재성이보다도 두 살이 어리다.

재진은 어찌되었든 속은 시원하다고 생각하며 발길을 돌렸다. 얼른 가서 은우의 얼굴을 보고 싶다.

기훈은 대문에 바짝 붙어 서 있다 재진의 차가 움직이는 소리가 들리자 그제야 가슴을 쓸어내렸다.

"시팔. 갑자기 나이를 물어봐서 좆나 깜짝 놀랐네."

기훈은 포스 작렬의 비주얼을 뽐내는 재진을 떠올리며 놀란 가슴을 달랬다.

"하마터면 밀릴 뻔했어. 뭐 그렇게 필요 이상으로 쓸데없이 잘생겼대?"

고개를 내저은 기훈은 집으로 들어서며 TV를 틀었다. 마침 이하영이 나오는 화장품 광고가 나오고 있었다.

"진짜 인물은 이하영이 갑이지. 뭐, 성격이 이러니저러니 소문이 파다하긴 해도, 그게 더 오히려 인간적이지."

흐뭇한 얼굴로 브라운관 속 하영의 얼굴을 바라보던 기훈이 씩 웃었다.

"은우 이 녀석, 어디서 그런 대어를 낚은 거야? 잘해 줘야겠어, 앞으로."

**

은우는 현관 안으로 들어서는 재진을 보며 슬쩍 손을 흔들었다. 옆에 있던 진건이 슥 쳐다보더니 시크하게 말했다.

"몰래 안 해도 돼. 큰아빠하고 누나하고 얼레리꼴레리 하는 거 다 아는데, 뭘."

"아하하, 아하하하! 아휴, 요 녀석."

은우는 괜히 진건의 뒷머리를 쓰다듬으며 어색하게 웃었다. 입매를 올리며 가까이 다가온 재진이 진건을 먼저 안아들어 볼을 비비더니, 은우를 향해 다정하게 물었다.

"저녁 먹었어요?"

"아뇨. 진건이만 먹였어요."

"왜 같이 안 먹고."

진건을 내려놓은 그가 여전히 웃는 얼굴로 말을 이었다.

"나 기다린 건가?"

은우의 얼굴이 여지없이 벌게졌다.

"그런 거 아니에요! 그냥 입맛이 좀 없었을 뿐이에요."

"난 또, 나 기다린 줄 알고 괜히 좋아했네."

아아.

은우는 엔도르핀이 마구 샘솟는 것을 느끼며 몸을 꼬았다.

"기다리긴, 어차피 시간되면 올 텐데……."

이 상황을 옆에서 가만히 지켜보던 진건이 끼어들었다.

"누나는 큰아빠가 진짜 좋은가 봐. 얼굴이 막, 이만큼 빨개 졌어."

진건이 팔을 크게 벌렸다.

"아하하. 배고프죠? 오늘 아주머니가 맛있는 거 많이 해 놓으셨는데, 상 차려 드리고 갈게요."

홀라당 주방으로 내뺀 은우를 바라보며 미소 짓던 재진은, 진건이 팔짱을 낀 채 올려다보고 있자 흠칫 놀랐다.

"왜, 큰아빠한테 할 말 있어?"

"큰아빠도 진짜 누나가 좋은가 봐. 방금 입이 여기까지 올라갔어."

진건의 짤막한 손가락이 귀를 콕콕 찔렀다.

"흠흠. 그래?"

"손도 잡고, 뽀뽀도 했어?"

"응?"

"아빠가 그러던걸? 큰아빠가 누나를 좋아하는 건, 손도 잡고 싶고 뽀뽀도 하고 싶은 막 그런 거라고."

아니라고도 못 하겠고.

재진은 괜히 헛기침을 하며 머리를 풀썩였다.

"좋으면 원래 그런 거야."

"그건 그래. 나도 은우 누나 보면 손도 잡고 싶고, 뽀뽀도 하고 싶거든."

휙 몸을 돌린 진건이 주방으로 달려갔다. 안아 달라는 듯

팔을 올리자 은우가 엉덩이를 두드리며 볼에 뽀뽀를 했다. 우연인지는 몰라도 진건이 쳐다보며 씩 웃었다.

"이거 참."

재진은 이젠 조카를 상대로 질투를 하나 싶어 어이없는 얼굴로 방으로 들어갔다. 그래도 저렇게 웃는 얼굴을 보니 마음이 좀 놓였다. 진건의 얼굴이 밝아야 재성이가 그나마 편히 숨을 쉴 테니까.

어린 녀석이 부모의 이혼으로 벌써 '아픔'이라는 걸 안다는 게 안쓰러웠지만, 부디 앞으로라도 여느 아이들처럼 밝게 자라기만을 바랐다. 그러기 위해서는 어쩔 수 없이 재성의 희생이 따라야 한다는 사실이 여전히 가슴을 무겁게 짓눌렀지만, 받아들여야 한다는 말밖에는 할 수가 없었다.

편한 옷으로 갈아입고 방에서 나온 재진은 아직 주방에서 찌개를 데우고 있는 은우에게 다가갔다. 진건은 좋아하는 만화를 틀어 놓고 보고 있었다.

"오늘은 뭐 했어요?"

등 뒤에서 들려오는 재진의 목소리에 깜짝 놀란 은우는 고개도 돌리지 못한 채 마냥 찌개만 저어 댔다. 그가 너무 가까이 붙어 서 있었다.

"맛있나?"

은우가 쥐고 있던 숟가락을 가져간 그가 국물을 한 술 떠먹어 보았다.

"음, 역시 아주머니 음식 솜씨가 참 좋다니까. 그렇죠?"

싱크대를 짚고 고개를 옆으로 틀어 은우의 얼굴을 보던 재진이 피식 웃었다. 발그스름해진 그녀의 볼이 깨물어 주고 싶을 정도로 사랑스러웠다.

"은우 씨."

"네?"

그는 한 번도 그녀의 이름을 '씨' 자를 빼고 부른 적이 없었다. 한데 아까 기훈이 살갑게 은우의 이름을 말하는데 뭔가 굉장히 가까운 사이처럼 느껴져 그렇게 불러 보고 싶기도 했다.

"형제가 어떻게 돼요?"

"아, 오빠가 하나 있어요."

"오빠가 몇 살이죠?"

"서른이요."

"나는 몇 살이더라?"

은우는 그가 왜 이러나 싶어 고개를 갸웃거렸다.

"서른넷이요."

"오빠가 은우 씨 뭐라고 불러요?"

"뭐 그냥 은우야……."

"아, 은우야."

은우는 눈을 끔뻑거리며 그를 쳐다보았다.

"은우야. 이렇게 부른다고?"

"아……, 네."

"아, 그렇게 부르는구나. 은우야."

뭐, 뭐야. 왜 또 심장이 난리야.

은우는 저를 또렷이 쳐다보며 나직이 이름을 부르는 그의 음성에 심장이 또 쿵쾅거렸다.

그걸 아는지 모르는지 보글보글 끓고 있는 찌개를 식탁으로 옮겨온 재진이 의자를 빼 주며 멋스럽게 웃었다.

"같이 먹어요. 일부러 기다렸는데."

"아니라니까요."

재진은 좋아하는 여자에게 괜히 장난을 치고 싶은 짓궂은 남자아이들 마음이 이런 거였을까 싶었다.

"맞는 거 같은데?"

"아니에요."

"뭐, 그래도 같이 먹죠. 내가 혼자 밥 먹는 거 싫어해서."

은우를 의자에 앉히고 직접 밥까지 퍼 준 재진은 거실에 있는 진건을 향해 소리쳤다.

"진건인 밥 더 안 먹을래?"

만화에 푹 빠져 있는 진건이 안 먹겠다며 손만 흔들었다. 재진은 제 밥만 하나 더 퍼서 은우의 맞은편에 앉았다. 식탁에 은우와 단둘이 앉아 식사를 하려니 기분이 묘하기도 했다.

누군가 저를 위해 밥을 차리고, 함께 식사를 하고, 어찌 보면 별것 아닌 이런 소소한 일상이 너무도 소중하고 행복했다.

"맛있게 먹어요."

"아, 네. 재진 씨도요."
"좋네."
"응?"
"성 빼고 부르니까 좋다고. 뭔가 더 가까워진 느낌이랄까."
"흠흠."
"나중엔 더 편하게 불러도 되는데."
"어떻게요?"
"글쎄."
그의 입술 끝이 슬쩍 말려 올라갔다.
아아. 오늘도 그녀는 변함없이 그에게 심장 저격을 당하고 만다.

밥이 코로 들어가는지, 입으로 들어가는지도 모르게 식사를 끝내고 식탁을 정리한 은우는, 재진이 고무장갑을 끼며 싱크대 앞에 서자 깜짝 놀랐다.
"놔두세요. 내가 할게요."
"모르죠? 내가 설거지를 얼마나 잘하는지. 혼자 산 경력이 얼마인데 이 정도는 기본이지."
그가 수세미에 주방세제를 묻혀 구석구석 세심하게 닦는 걸 지켜보던 은우는 소매를 걷어붙였다.
"그럼 내가 헹굴게요."
"아아, 그냥 두라니까. 장갑 안 끼고 세제 만지면 안 좋아.

금방 끝나니까 앉아 있어요."

"그래도 같이할래요."

기어이 손에 물을 묻힌 은우가 뽀득뽀득 깨끗하게 여러 번씩 헹궜다. 옆에서 쳐다보던 재진은 그저 마냥 웃음이 삐져나왔다. 이래서 사람들이 결혼이라는 걸 하나 보다.

띡띡띡띡.

설거지를 거의 끝낼 때쯤 도어록이 해제되는 소리가 들렸다. 누가 먼저랄 것도 없이 세 사람이 동시에 현관으로 향했다.

"아빠!"

"왔어?"

"오셨어요?"

재성은 자신이 문을 열고 들어서자 옹기종기 모여든 세 사람을 물끄러미 바라보았다. 나란히 서 있는 재진과 은우 앞에 진건이 활짝 웃고 있었다. 순간 재성은 마치 한 장의 가족사진처럼 보이는 세 사람의 모습에 뭔가가 울컥 치솟았다.

"아빠, 밥 먹었어?"

"밥은?"

"식사는요?"

같은 말을 동시에 한 세 사람이 서로 쳐다보며 입꼬리를 올렸다. 가만히 바라보던 재성이 이내 부드럽게 눈매를 휘며 들어섰다.

"먹었어요. 진건인 오늘도 누나랑 잘 놀았어?"

"응! 누나랑 있으면 너무 재미있어."

재성은 진건의 겨드랑이 사이에 손을 넣어 번쩍 들어 올렸다.

"까아!"

숨넘어갈 듯 웃어젖히는 진건의 웃음소리에 모두 같은 생각을 하며 미소를 걸쳤다.

지금처럼만. 그저, 지금처럼만 행복하기를.

**

"왔냐."

은우는 현관문을 열자 바로 보이는 기훈을 발견하고는 잔뜩 긴장을 했다. 아직 재진에게 아무런 말도 하지 못했는데, 언제 만나게 해 줄 거냐고 기훈이 재촉할 게 뻔했다.

"곧 할 거야. 할 거니까……."

"오빠는 지금부터 찬성이다."

"으, 응?"

"어차피 우리 사회는 물질만능주의야. 없는 것보다는 많은 게 낫지."

"으, 응?"

"그 정도 선물, 받아도 된다. 암, 받아도 되고말고. 선물의 값은 돈이 아닌 마음으로 매기는 법이지."

잠시 어벙한 얼굴로 기훈을 바라보던 은우는 그제야 뭔가 감이 잡혀 화들짝 놀랐다.

"오빠, 그 사람 만났어? 어떻게? 하는 일도 알게 된 거야?"

"입이 꽤 무거우시네. 그건 마음에 드네."

"설마 막 뭐라고 한 건 아니지? 무례하게 군 건 아니지? 나 진짜 그럼 오빠 미워할 거야!"

기훈은 혹시 그에게 뭔가 실수라도 했을까 봐 안절부절못하는 은우의 모습에 뭔가 가슴이 뭉클해졌다. 어리기만한 줄 알았던 동생이 어느새 사랑도 할 줄 아는 여자가 되었구나 싶어서. 머지않아 이제 이 둥지를 떠날 수도 있겠구나 싶어서.

"은우야."

가까이 다가선 기훈이 은우의 머리칼을 풀썩였다.

"설마 내가 네게 미움 받을 짓을 했겠냐. 세상에서 가장 보기 싫은 것을 보게 될까 봐서라도, 나는 그렇게 못 한다."

"무슨 말이야, 그게?"

"네가 이 오빠의 하해와 같은 마음을 어찌 알겠느냐."

주머니에 손을 찔러 넣은 기훈이 슬리퍼를 신었다.

"어디 가는데?"

"정 여사 모시러. 전화해도 안 받고, 올 시간 지났는데 안 오고 계시잖아. 늦게 단체 손님이라도 받은 건지."

"아, 나도 같이 갈까?"

"아니야. 혼자 다녀올게. 문 잘 잠그고 있어."

은우는 기훈이 집에서 나가자 황급히 방으로 들어가 재진에게 전화를 걸었다.

"여보세요? 아, 저, 우리 오빠…… 만났어요? 왜 아까 얘기 안 했어요. 미안해요."

-뭐가?

"우리 오빠가 무례……."

-은우 씨가 왜 그렇게 밝은 에너지를 갖게 되었는지 알겠던데.

"네?"

-오빠가 참 유쾌하신 분 같던데?

"오빠가…… 막 이상한 말 하고 그러지는 않았어요? 워낙 엉뚱해서……."

그가 웃음기 머금은 음성으로 짓궂게 얘기했다.

-노코멘트. 남자 사이에 있었던 일을 너무 알려고 하지 마요. 다쳐.

은우는 장난 섞인 그의 말에 그제야 마음이 놓여 침대에 풀썩 주저앉았다. 다행히 기훈이 크게 실수는 안 한 모양이다.

"아, 지금 운전 중이죠? 도착하면 그때 다시 통화해요."

자신을 집 앞까지 데려다 주고 가는 길이었다는 사실이 뒤늦게 생각난 은우는 서둘러 통화를 끝냈다.

"하아."

침대에 벌러덩 눕는데 입이 자꾸 벌어졌다.

기훈이 계속 반대를 하면 어쩌나 엄청 고민했었는데, 뭔가 일이 술술 잘 풀린 것 같았다.

"나…… 이렇게 행복해도 되는 걸까, 아빠?"

천장을 쳐다보며 중얼거리는 은우의 얼굴에는 미소가 가득했다.

기훈은 물고 있던 담배를 서둘러 껐다. 담배 연기가 날아가게 휘휘 저은 그는 이제 막 식당에서 나오는 순정에게 다가갔다.

"정 여사."

갑작스레 들리는 기훈의 목소리에 깜짝 놀란 순정이 고개를 들었다.

"기훈아, 여기까지 어쩐 일이야?"

"전화는 왜 안 받으셔. 그건 또 뭐고."

기훈은 순정의 손에 들려 있는 검은 봉지와 가방을 낚아채 갔다.

"아, 전화 받을 정신도 없었어. 갑자기 손님이 밀려들어 오는 바람에……. 이건 오늘 만든 반찬 남은 거. 버리기 아까워서 좀 쌌어. 손님상에 한 번도 안 나간 새 거야."

"혹시 내가 드리는 용돈이 부족한 거야? ……그런 거 아니면 말 좀 들으셔. 내가 일 좀 그만 다니시라고 했잖아. 나 이제 돈도 제법 번다고 말했잖아. 내가 정 여사 하나 못 먹여

살릴 거 같아서 그래?"

"왜 또 말을 그렇게 해. 엄마는 그런 게 아니라……."

"속상하잖아."

기훈이 짧게 숨을 내쉬며 말을 이었다.

"속상해. 정 여사가, 어머니가 지금까지 얼마나 고생했는지 너무 잘 아니까 속상해서 그런다고. 내 나이가 벌써 서른이야. 은우도 스물여섯이면 다 컸고. 자기 밥벌이 정도는 알아서 다 하고 있잖아."

"집에 있으면……."

"집에 있으면 뭐해. 아직 성한 몸, 빈둥빈둥 놀리느니 한 푼이라도 버는 게 낫지."

순정은 제가 하려던 말을 가로채 버린 기훈 때문에 할 말을 잃고 입을 다물었다.

"아마도 내 기억엔 어머니가 같은 대답을 한 게 백서른다섯 번은 되는 거 같아. 그럼 나는 오늘 백서른여섯 번째 같은 말을 드릴게. ……일 좀 그만 다니셔."

기훈은 순정의 손을 깍지 껴잡았다.

"성했을 때 쉬시라는 거야. 성했을 때 놀러 다니고, 성했을 때 하고 싶은 것도 좀 하고 그러시라는 거야. 여기저기 다 망가져서 그때 쉬면 그게 다 무슨 소용이야. 죽을 날 받아놓는 것밖에 더 되느냐 말이야."

"……."

"나는 그런 거 싫다고. 그러니까 제발 일 좀 그만 다니셔."

"……알았어. 고민해 볼게."

"하아, 끝까지 그만두겠다는 말은 안 하지. ……좀 걸으셔야 돼. 차 댈 때 없어서 좀 멀리 세워 놨어."

"걸어가도 금방인데 뭘 차를 가져와."

"정 여사 매일 다리 두드리고 있잖아."

순정의 보폭에 맞춰 느릿하게 걸음을 옮기는 기훈은 한동안 말이 없었다.

"담배는…… 아직도 그렇게 많이 피우니?"

"하루 한 갑이면 많이 태우는 것도 아니야."

"스트레스 많이 받는 건 알겠지만, 그래도 좀 줄여 봐. 술, 담배가 몸에 얼마나 안 좋은데."

"나 몸 상하는 건 걱정되고, 정 여사 몸은 걱정 안 되는 거야? 일 그만두시면 나도 좀 줄여 볼게. 이틀에 한 갑 정도로."

차 앞에 도착한 기훈은 짐을 뒷좌석에 싣고 조수석 문을 열어 순정을 태웠다.

"어머니는 알고 계셨지? 은우 연애하는 거."

잠시 뜸을 들이던 순정이 그렇다고 대답을 하자, 기훈이 무심한 듯하지만 애정 어린 어투로 말을 했다.

"너무 걱정 마셔. 나쁜 사람 같지는 않아."

"……만나 봤어?"

"응. 내가 확인을 해야 안심이 될 거 같아서. 우리 정 여사가 얼마나 애지중지 키운 딸인데 아무 놈에게나 주면 되겠어? 너무 걱정 말라는 소리야."

"응. 아들이 그렇다면 그런 거야."

내심 걱정스러웠던 마음을 한시름 놓은 순정은 믿음직스러운 기훈을 보며 흐뭇하게 웃었다. 그 작던 아이가 언제 저렇게 훌쩍 자라 엄마 마음까지 헤아리는지 가슴이 다 뭉클해졌다.

식당이 집에서 그리 멀지 않은 곳에 위치한 터라 금세 집에 도착한 순정은 문 열리기가 무섭게 쪼르르 달려 나오는 은우를 품에 안았다.

"왜 이렇게 늦었어. 시간이 몇 시인데. 우리 엄마 누가 잡아간 줄 알고 걱정했잖아아."

은우가 순정의 허리를 감싸 안으며 애교를 부렸다.

"은우야."

은우는 뒤통수로 날아오는 기훈의 목소리에 힐끔 고개를 돌렸다.

"왜?"

"혀 짧은 소리 자꾸 내는 거 아니야. 그거 못된 거야."

"뭐?"

찌릿. 은우가 곱게 눈을 흘기자 기훈이 귀엽다는 듯 쳐다보며 웃었다.

"정 여사, 치맥 한잔할까?"

"응, 나는 콜."

"너 말고."

기훈의 시선이 순정에게 향했다. 순정은 인자하게 웃으며 고개를 끄덕였다.

"우리 아들이 사 주는 거면 먹지."

그는 입매를 올리며 간단하게 대답했다.

"콜."

 은우는 이제 어느덧 봄날이라고 하기엔 제법 강하게 내리쬐는 태양열에 눈살을 찌푸리며 제이엔터테인먼트 간판이 달린 건물을 올려다보았다.

 어제 무심코 재진에게 기획사가 어떤 곳인지 궁금하다고 얘기를 했는데, 그가 별다르게 구경할 건 없지만 궁금하다면 언제든 와도 된다며 오늘 점심 때 보자고 한 터였다.

 "하아. 날씨도 좋고, 다 좋구나."

 은우는 요즘 그저 모든 것이 아름다워 보여 자꾸만 웃음이 나왔다. 정말이지 사랑이란 건 너무도 신비한 힘을 가지고 있음을 매일매일 깨닫는 중이었다. 그와 함께 밥을 먹고, 드라이브를 즐기고, 영화를 보고, 그렇게 남들과 별다를 것 없는 일상을 보낼 뿐인데도 하루하루가 너무도 새롭고 설레었다.

"후우. 괜히 좀 떨리네."

경비실에 제이엔터테인먼트 방문을 알리고 잠시 기다리다 출입 허가를 받았다. 건물 안으로 들어선 은우는 긴장되는 마음으로 엘리베이터에 올라 재진의 기획사가 있는 5층 버튼을 눌렀다. 심호흡을 한 번 하는 사이 금세 5층에 도착했고, 조심스럽게 금속 문을 빠져나온 그녀는 기획사 팻말이 달린 유리문을 슬그머니 열었다.

"실례합니……."

재진이 이미 그녀의 방문을 얘기해 둔 듯, 은우가 인사를 채 하기도 전에 단정한 옷매무새의 여직원이 밝게 웃으며 맞아 주었다.

"잠시만 앉아서 기다려 주세요. 손님이 와 계셔서요."

"아, 네."

"차 한 잔 드릴까요?"

"괜찮습니다."

가죽 소파에 엉덩이를 살며시 걸친 은우는 천천히 기획사 내부를 둘러보았다. 엘리베이터에서 내리자마자 복도 벽에 붙어 있던 영화 포스터들이 사무실 내부에도 멋들어지게 붙어 있었다. 은우는 새삼 재진의 기획사에 소속되어 있는 배우들이 참 쟁쟁하다는 생각을 하며 포스터를 흐뭇하게 바라보았다. 그러고 보니 차민석을 비롯해 재진의 소속사 배우들이 나오는 영화나 드라마는 거의 다 챙겨 본 것 같았다.

"알았어요. 알았다고요."

은우는 재진의 집무실에서 나오는 눈에 익은 얼굴을 신기하게 쳐다보았다. 티브이에서 봐오던, 기훈이 국내 여자 연예인 중에서 얼굴로는 최고라고 인정한 이하영이 바로 앞에 있었다.

'세상에, 얼굴 작은 거 좀 봐. 몸매가, 와아, 진짜 바비 인형이 따로 없네.'

은우는 같은 여자가 봐도 너무 매력적인 이하영을 넋 놓고 바라보았다. 시선을 의식한 이하영이 새침하게 힐끗거리더니 바로 선글라스를 꼈다.

"내 말 명심해. 촬영 끝나면 딴 데로 새지 말고 집으로 좀 가. 이 바닥 물 먹은 지가 언제인데 아직도 파파라치 무서운 줄을 모르는 거지?"

"글쎄, 알았다니까요."

이하영을 마뜩잖게 쳐다보는 재진의 미간에 골이 팼다. 평소 청순한 이미지로 많은 사랑을 받고 있는 이하영이 도도하게 사무실을 빠져나갔다.

하영이 사라질 때까지 얼굴을 구기고 있던 재진은 뒤늦게 은우를 발견하고는 다른 사람처럼 인상을 펴며 다가왔.

"차 안 밀렸나?"

다정한 재진의 말투에 직원들의 눈동자가 바쁘게 돌아갔다. 은우는 '대표님 오늘 왜 저래?'라는 공통의 느낌으로 눈빛을 주고받는 직원들의 시선에 왠지 웃음이 나올 것 같았다. 저 역시 처음 그의 이미지를 봐서는 이렇게 말랑말랑해진 류재진은 상상도 하지 못했으니까.

"들어와요."

은우의 손목을 잡아 이끈 그가 집무실로 향했다. 또다시 직원들의 눈이 왕방울 만해지며 바쁘게 움직였지만, 그는 아랑곳 않은 채 식사들 하고 오라며 문을 닫았다.

"별건 없을 텐데."

은우는 모던하게 블랙 앤 화이트로 꾸며진 집무실을 둘러보다, 그의 데스크 한쪽에 놓인 작은 액자 하나에 시선을 빼앗겼다.

"이거 진건이가 그린 거예요?"

가까이 다가가 액자를 쓸어보는 은우의 입매가 기분 좋게 늘어져 있었다. 아마도 재진인 듯한 남자 얼굴이 어설픈 솜씨로 그려져 있었다.

"빙고. 류진건 작품. 작년 생일 때 큰아빠 선물이라면서 처음으로 그려 준 명작."

"와, 진건이는 정말 못하는 게 없어요. 이제 여섯 살인데 그림도 제법 잘 그리고, 받침은 좀 틀려도 글도 잘 쓰고, 잘 읽고. 뭐든 습득력이 굉장히 빠른 것 같아요. 이런 아들 하나 있으면 영재라고 떠들면서 자랑하고 다녔을지도……."

크레파스로 그려진 재진의 얼굴을 흐뭇하게 바라보다 뒤를 돌던 은우는 마른침을 꿀꺽 삼켰다. 코발트블루 슈트를 단정하게 차려 입은 그가 소파 팔걸이에 비딱하게 걸터앉아 있었다. 늘 보아오던 슈트 차림인데도 그의 집무실이 배경이 되어서인지 뭔가 느낌이 색달랐다.

머리카락 한 올 흘러내리지 않게 단정하게 넘겨진 검은 머리칼만큼이나 새카만 그의 눈동자가 오롯이 그녀를 응시하고 있었다.

"흠흠. 방금 이하영 씨였죠? 정말 예쁘긴 하더라고요."
"그런가."
"재진 씨가 볼 땐 안 예뻐요?"
"글쎄, 난 잘 모르겠던데."
"에이, 거짓말. 이하영이 안 예쁘면 세상에 어느 누구보고 예쁘다고 하겠어요?"

슥 팔을 뻗은 그가 은우의 손을 잡아채며 가까이 잡아당겼다.

"강은우."

그에게 이런 능청스러운 면도 있었나.

은우는 뻔뻔스러울 정도로 시선을 피하지 않으며 얘기하는 그의 말에 괜히 수줍어져 헛기침을 해 댔다.

"흠흠. 입술에 침도 안 바르고 거짓말도 참 잘하시지."
"나도 누구처럼 거짓말 잘 못 하는데."
"말솜씨가 이렇게 유려하신지 몰랐어요."

그를 힐끔거린 은우가 입술을 샐쭉거렸다.

"선수 같아요, 좀."

"선수?"

"흠흠. 여자깨나 꼬셨나 봐요."

먼 산을 보며 구시렁거리는 그녀를 지그시 바라보던 그가 미소를 머금으며 나직이 불렀다.

"은우야."

'은우 씨.'가 아닌 '은우야.'라고 부르는 그의 음성에 그녀의 가슴이 고새 또 콩닥거렸다. 최근 들어 바뀐 호칭을 들을 때마다 괜히 설렜다. 강기훈이 '은우야.' 하는 것과는 차원이 다른 기분이었다.

"생각해 보니 그런 거 같네. 강은우 앞에서는 선수가 되는 게 맞아. 나는 강은우를 무척 꼬시고 싶었거든. 그래서 지금도 열심히 꼬시는 중이고."

"흠흠. 진짜 선수인가 봐. 은근슬쩍 말도 잘 놓고……."

그녀의 목덜미를 감싸 끌어당긴 그가 입술이 닿는 거리에서 속삭였다.

"말 놓을 때도 되지 않았나, 이제?"

"여, 여기서 이러면 안 돼요."

"여기서 이럴 사이도 되지 않았나, 이제?"

짧게 웃음이 터지는가 싶더니, 이내 그가 그녀의 아랫입술을 빨아 물었다. 소파 팔걸이에 걸터앉아 있던 그가 몸을 일으켜 그녀와 좀 더 가까이 맞붙었다.

허리를 감싸 끌어당겨 더욱 농도 짙은 키스로 이어지려던 찰나, 그의 휴대폰 벨소리가 요란하게 울려 댔다.

"하아. 전화……."

간신히 정신을 붙들며 그를 밀어낸 그녀가 가쁜 숨을 몰아쉬었다. 이렇게 대낮에 그와 키스를 나눈 건 처음인데, 집무실이라서 그런지 뭔가 더 짜릿해서 정신없이 빨려들었다.

그 역시 이 좋은 분위기를 망가뜨린 장본인이 누구인지 불만 가득한 얼굴로 휴대폰을 확인했다.

"아, 조 감독님. 그렇지 않아도 전화 한번 드리려고 했는데……."

은우는 창가에 기대 통화를 하는 재진을 물끄러미 바라보았다. 아, 정말이지 저렇게 멋있어도 되는지 모르겠다. 만화책을 찢고 나온 것 같은 비현실적인 외모는 볼 때마다 신기할 지경이다.

눈이 잠시 마주치자 그가 미안하다는 듯 손을 들어 보이며 슬쩍 웃었다. 은우는 입 모양으로 괜찮다고 말하며 소파에 앉아 넋 놓고 그를 보았다.

빠져든다. 빠져든다. 자꾸만 그에게 빠져든다.

그저 바라만 보고 있는데도 그녀의 얼굴에서 미소가 떠나지 않았다.

"와아, 진짜 맛있겠다."

은우는 침샘을 자극하는 자장면을 보며 어린아이처럼 좋아했다. 탕수육 역시 동네에서 시켜 먹던 비주얼과는 비교도 되지 않을 만큼 훌륭했다.

"꽤 유명한 곳인데 입에 맞을지 모르겠네."

"맞아요. 무조건 맞아요."

은우가 젓가락을 들어 탕수육 하나를 집어 오물거리며 황홀경에 빠진 표정을 지었다.

"최고."

그녀가 엄지를 치켜들자 재진이 그제야 자장면을 비벼 은우의 것과 바꿔 주었다.

"짱. 진짜 맛있어요."

"다행이네. 여기까지 와서 먹고 싶은 게 자장면이라는데, 최고로 맛있는 데로 모셔야지."

은우는 굉장히 만족스런 얼굴로 자장면도 한 젓가락 먹어 보았다. 그녀가 이번엔 쌍 엄지를 치켜들자 그가 고른 치열을 드러냈다.

"진짜 내가 여태껏 먹어 본 자장면 중에 제일 맛있어요. 탕수육도 그렇고, 완전 맛나요."

"먹고 싶을 때마다 얘기해."

"정말요? 매일 먹고 싶다고 하면 어쩌려고?"

"어쩌긴. 매일 중국집에서 데이트하는 거지."

"으흥."

입가에 자장 소스를 묻힌 은우가 헤벌쭉 웃었다. 재진은 그마저도 마냥 귀여워 일부러 말하지 않고 놔두었다.

"이따 갈 때 탕수육 하나 포장할까 봐요. 진건이도 좋아할 거예요."

"음, 그래야겠네. 참, 이번 주 일요일에 혹시 약속 있나? 뮤지컬 좋아하면 티켓 예매할까 하는데."

"아, 맞다. 나 그날 친구 결혼식이 있어요. 고등학교 동창인데 깜빡 잊고 있었어요. 그렇지 않아도 이번 주엔 축구장 같이 못 가겠다고 말하려고 했었는데……."

"예식이 몇 시인데? 오후 늦게라도 못 보나?"

"오후 3시더라고요."

"이런."

그의 미간이 슬쩍 좁혀졌다 다시 펴졌다.

"시간이 좀 애매하죠? 게다가 신혼여행을 다음 날 가서 예식 끝나고 피로연을 한다고 해서, 아마 그날은 보기 힘들 거 같아요."

"피로연?"

재진의 눈썹이 불만스럽게 꿈틀거렸다.

"응. 신랑 쪽이며 신부 쪽이며 워낙 친구들이 많아서, 근처 호프집 하나를 통째로 빌렸다고 하는 거 같더라고요. 나도 고등학교 동창들 그렇게 한꺼번에 많이 보는 건 오랜만이라 그날 술도 좀 할 거 같고…….."

종알거리며 자장면을 먹는 은우를 바라보던 그의 얼굴이 점차 불편한 심기를 드러내며 슬며시 일그러졌다.

결혼식장에 가는 은우의 모습이 벌써부터 그려졌다. 어떻게 화장을 하고, 어떻게 옷을 차려입을지 예상이 되었다.

"예식장이 어디인데?"

"영등포요."

"아, 영등포. 3시 예식이면 좀 미리 가 있어야 하지? 신부랑 사진도 찍고 하려면."

"그렇죠. 친구들이랑 2시에 예식장에서 만나기로 했거든요."

"그럼 1시쯤 나가겠네?"

"아마 그렇겠죠?"

"데려다 줄게."

면발을 쪽 빨아 당기던 은우가 눈을 껌뻑거리며 고개를 내저었다.

"괜찮아요. 축구 끝나면 12시 될 텐데, 언제 또 여기까지 와서 날 데려다 줘요."

"데려다 줄게."

"난 진짜 괜찮아요."

"데려다 준다니까."

분명 그가 웃으며 말을 하고는 있는데, 뭔가 등줄기가 서늘해진 은우는 얼떨결에 고개를 끄덕였다.

"그래요. 나야 고맙죠, 하하. 그런데 자장면 진짜 맛있네요. 얼른 먹어요."

후루룩 맛있는 소리를 내며 잘도 먹는 은우를 보던 재진은 이내 또 웃음이 삐져나왔다. 그녀는 무엇을 하든 어여쁘지 않은 게 없었다. 이렇게 분명 눈앞에 있는데도 누가 채갈까 봐 염려스러운 마음이 든다는 게 어이가 없기도 했다. 나이 서른넷을 어디로 먹은 건가 싶기도 했다.

"왜 웃어요?"

"좋아서 그런가 보지."

"흠흠. 아, 진짜 뭔데요?"

"아, 진짜 좋아서 그러는데 왜?"

재진이 은우의 말투를 그대로 흉내 내었다. 결국 은우 역시 웃음보가 터졌고, 그저 자장면 하나 같이 먹을 뿐인데도 이렇게 행복할 수 있다는 게 신비롭기까지 했다. 진정 모두 다 꿈은 아니겠지 싶을 정도로 행복했다.

"재진 씨, 나 볼 한 번만 꼬집어 줘요."

여전히 입가에 자장 소스를 묻힌 은우가 눈을 살포시 감으며 얼굴을 내밀었다. 재진은 그 모습이 너무도 사랑스러워 배고픈 것도 잊은 채 바라보았다.

"눈을 뜨는 게 좋을 듯싶은데."

"응?"

그녀가 슬쩍 눈꺼풀을 들어 올렸다. 테이블 위에 팔꿈치를 대고 손으로 턱을 괸 그가 짓궂게 웃으며 얘기했다.

"몰랐는데 과감한 구석이 있네. 공공장소에서 말이야."

"응?"

"키스는 둘이 있을 때만 하는 걸로."

"키스요?"

"눈을 감는다는 건, 키스해 달라는 거 아닌가?"

"어머머. 어머, 어머. 웬일이야."

은우의 얼굴이 서서히 달궈지고 있었다.

"난 그런 거 아니거든요!"

"그런 거 같은데."

"아, 진짜 아니라고요!"

"그럼 눈을 왜 감지?"

"그건 그냥, 아, 그러니까…… 아, 몰라요!"

툴툴거리는 그녀를 보면서 재진은 마냥 웃음이 나왔다.

그녀는 정말이지 사랑스럽다. 그래서 기대된다. 강은우로 인해 류재진이 얼마만큼 더 변해 갈는지 가슴이 뛴다. 그렇게 일부러 부드럽고 다정해지려 노력해도 되지 않던 것들이 지금은 자연스레 그렇게 되니까. 강은우 앞에만 서면 그렇게 되니까.

"아, 그만 좀 웃으라고요!"

그녀를 만난 건 정말 행운과도 같은 일임에 분명하다.

**

"어, 나 지금 나가려고. 그래, 이따 봐."

은우는 오후 한 시가 다 되어가는 시간을 확인하며 마지막으로 옷매무새를 확인했다. 민석을 만날 때 입었던 살구색 투피스를 입을까, 아니면 재진이 선물해 주었던 옷 중에서 골라 입을까를 수없이 고민하다, 이내 그가 사 준 원피스를 입었다.

"너무 붙는 거 같은데. 갈아입을까?"

몸에 딱 맞는 새하얀 원피스에 가운데 허리 부분만 벨트처럼 검은색 리본 띠가 둘러져 있고, 길이는 무릎 위로 살짝 올라가는 정도이지만, 앞트임이 있어 걸을 때마다 허벅지가 반 이상은 드러났다.

"에이, 이러다 늦겠다. 재진 씨는 정말 온 건가?"

백을 챙겨 서둘러 힐까지 신은 은우가 부리나케 집을 나섰다. 대문을 열자 재진의 차가 타이밍도 기막히게 골목으로 들어서고 있었다.

"차 안 밀렸나 봐요? 제 시간에 맞춰 왔네요?"

운전석 윈도우가 내려가고 재진이 모습을 드러냈다. 은우가 막 조수석 쪽으로 돌아가려는데 그가 차에서 내렸다.

"설마 그렇게 입고 가려고?"

"왜요?"

데려다 준다는 핑계로 미리 만나보길 잘했다고 생각한 재진은 슬쩍 이맛살을 찌푸리며 말을 이었다.

"오늘의 주인공은 신부잖아."

"응? 아, 그렇죠."

"그렇다면 하객들은 되도록 하얀색은 피해 줘야 하지 않나? 신부가 돋보여야 하니까. 웨딩드레스가 하얀색이잖아."

"아……."

은우는 마치 뭔가 큰 깨달음을 얻은 것 같은 얼굴로 고개를 끄덕였다.

"듣고 보니 그러네요. 정말 큰 실수를 할 뻔했어요."

"그러니까."

"얼른 갈아입고 나올게요. 미안해요. 조금만 기다려 줘요."

은우가 잽싸게 대문 안으로 사라지자 재진은 그제야 한숨을 길게 토해 냈다. 분명 저 원피스는 저를 만날 때만 입으라고 했던 것 같은데, 아마도 기억을 못 하는 모양이다.

피로연까지 간다면서 옷을 저렇게 차려입고 어느 남정네 가슴을 설레게 하려고 저러는 건지 모를 일이었다. 지난번 백화점에서 볼 때보다 앞트임이 상당해서 하얀 속살이 너무도 많이 보였다.

재진은 그녀가 피로연을 끝내고 나올 때까지 과연 얌전하게 기다릴 수 있을까, 하는 자신 없는 마음이 들자 비식 웃음이 나왔다. 정말이지 어쩌다 류재진이 이렇게 됐는지 모르겠다.

5분여가 지나고 구두 굽 소리가 빠르게 들리더니 대문이 다시 열렸다.

"이건 괜찮죠? 하얀색 아니잖아요."

하얀색 원피스와 함께 사 주었던 연한 핑크 톤의 투피스였다. 원피스보다는 더 단정하고 단아해 보였지만, 색상 때문인지 그렇게 러블리할 수가 없었다.

"하아."

그가 못마땅한 얼굴로 이마를 짚었다. 옷을 사 줄 때 미처 여기까지는 생각을 못 했다. 그녀가 저 옷을 입고 다른 남자도 만날 수 있다는 사실. 신랑 측 친구들이 바글바글할 텐데 말이다.

재진은 애써 마인드컨트롤을 하며 억지로 태연한 척했다.

"예쁘네."

"하아, 다행이다. 얼른 가요."

그녀가 먼저 차에 오르고, 심호흡을 한 번 한 그는 운전석에 올라 세단을 움직였다.

"오늘도 축구 이겼어요?"

"아니, 졌어."

"진짜요? 진 거 처음 아니에요? 컨디션이 별로였어요?"

"그런가 봐. 집중이 잘 안 되더라고."

"왜요?"

"왜일까?"

그가 슥 고개를 돌려 피식 웃었다.

"술은, 적당히 마셔. 천천히."
"아, 응."
"신랑은 나이가 어떻게 되나?"
"오빠랑 동갑이에요. 서른, 궁합도 안 본다는 네 살 차이."
그의 눈썹이 슬며시 실룩거리는 걸 발견한 은우는 새치름하게 웃었다.
"친구들도 하나같이 다 인물들이 출중하다고 하더라고요. 아직 미혼인 사람이 많다는 소리에 내 친구들도 다 기대하는 눈치더라고요."
"아, 그래?"
운전대를 쥔 그의 손에 힘이 꽉 들어갔다.
"피로연에서 눈 맞는 경우가 그렇게 많다나, 어쨌다나?"
"아, 그래?"
"그런데 내 눈엔 한 사람밖에 안 보인다나, 어쨌다나?"
그가 힐끗 쳐다보자 은우가 눈이 안 보일 정도로 생글거렸다.
"재진 씨보다 더 멋있는 남자가 있을 리 없잖아요. 으흥."
그녀의 애교 한 방에 결국 또 웃고 만 그가 손을 끌어다 잡았다. 선수는 오히려 그녀가 아닌가 싶다. 정말이지 사람 마음을 들었다 놨다 한다.
아무래도 강은우의 포로가 되어 버린 듯하다.

"큰아빠, 뭐 화나는 일 있어?"

재진은 거실 벽시계로 향해 있던 시선을 거두며 곁으로 다가온 진건을 응시했다.

"아니. 왜?"

"큰아빠 아까부터 이렇게 하고 있어."

진건이 눈을 부라리며 미간을 힘껏 좁혔다.

"큰아빠가 그랬어?"

"응. 아까부터 계속 시계를 노려봤어. 시계가 뭐 잘못한 거 있어?"

재진은 어린 조카의 말에 어쩐지 민망해져 도리질을 했다. 밤 10시가 넘어서고 있는데 은우에게서는 아직까지 연락이 없었다. 예식장에 데려다 준 이후 자그마치 여덟 시간 동안 전화 한 통이 없다. 예식은 잘 끝난 건지, 피로연은 하고 있는 건지 너무나 궁금했지만, 서른네 살이나 먹어 너무 집요하게 옥죄면 노땅 티낸다고 그럴 것 같아 애써 참고 있는 중이었다.

"형, 그러지 말고 먼저 전화를 해 보지 그래? 은우 씨, 술 많이 취했으면 형이 데리러 가야 하지 않아?"

보다 못한 재성이 한마디를 거들자 재진이 기다렸다는 듯 벌떡 일어섰다.

"그렇지?"

그가 휴대폰을 들고 잽싸게 은우에게 전화를 걸었지만 연결이 되지 않았다. 한 번 더 이어서 해 보아도 받지 않자 그가 심각한 얼굴로 소파에 다시 앉으며 한숨을 내쉬었다.

"설마 무슨 일이 생긴 건 아니겠지?"

"에이, 아닐 거야. 시끄러우니까 못 듣는 거겠지."

"궁합도 안 본다는 네 살 차이라던데."

"응?"

"신랑 친구들이 말이야. 대부분 미혼이랬어. 오늘 화장도 엄청 신경 썼던데. 스커트도 역시나 너무 짧았던 거 같아. 좀 더 긴 걸 사 주는 건데. 그냥 바지를 입혀 보낼 걸 그랬나."

"하하, 형."

재진은 골똘히 생각에 잠겨 있다 재성의 웃는 소리에 고개를 들었다.

"은우 씨가 그렇게 걱정돼? 누가 채어 가기라도 할까 봐? 와아, 내가 형 이런 모습을 다 보게 될 줄은 꿈에도 몰랐던 사실이야. 내가 아는 형 맞아? 오랜만에 친구들 만나서 신 나게 놀고 있겠지. 은우 씨 이제 스물여섯이야. 형도 스물여섯일 때 생각해 봐. 형도 대학 다닐 때 좀 놀지 않았어?"

"세상이 변했어. 나쁜 놈들이 너무 많아."

"그렇게 여자들이 줄지어 쫓아다녀도 거들떠도 안 보더니, 이게 무슨 일이야 그래. 하하. 여자들한테 그리 도도하게 콧대 세우던 류재진은 어디로 간 거야?"

그러게 말이다. 벌 받나 보다, 아마도.

그가 속으로 신세한탄을 하고 있는데, 옆에서 가만히 지켜보고 있던 진건이 슬쩍 다가왔다.

"큰아빠, 원래 사랑은 힘든 거래."

"뭐?"

재진이 어처구니가 없다는 얼굴로 헛웃음을 토해 내는데도 진건은 아랑곳 않고 입술을 달싹였다.

"티브이에 나오는 어떤 형아가 그랬어. 사랑은 힘든 거라고. 기운 내, 큰아빠."

"하!"

어린 조카가 아무래도 드라마를 너무 많이 본 모양이다.

시크하게 제 할 말만 하고는 주방에 있는 제 아빠 곁으로 쪼르르 달려가는 진건을 보며 황당해 하는데, 때마침 벨소리가 울렸다.

"누나다!"

"은우 씨다!"

모두가 한마음이 되어 시선이 집중됐다. 재진은 멋쩍은 건 두 번째라고 생각하며 냉큼 발신인을 확인했다. 은우였다.

그는 최대한 여유로운 목소리로 전화를 받았다.

"음, 어디……."

-재진 씨이~.

혀가 살짝 꼬인 은우의 음성엔 애교가 철철 묻어났다. 재진은 어느새 몸을 일으켜 차 키를 집어 들고 있었다.

-재진 씨이~. 재진 씨이~.

뭔가 엄청 기분이 업 된 것 같았다. 왜 저렇게 이름만 불러 대는지 모를 일이라고 생각한 재진은 침착하게 위치를 확인했다.

"어딘지 알아. 그래, 거기 꼼짝 말고 있어. 금방 가."

-정말요? 나 데리러 오게요? 와아~.

전화기 너머로 남자 목소리도 간간이 들려왔다. 재진이 그 어떤 위급 상황보다도 재빠르게 바람처럼 휙 지나가며 신발을 신었다.

"형! 운전 조심히 잘 다녀……."

이미 문이 닫혔다. 재성은 진건과 눈이 마주치자 못 말리겠다는 듯 난감하게 웃었다.

"진짜 좋은가 보다."

"응, 그런가 봐. 큰아빠가 불쌍해지려고 해."

"와아, 재진 씨다아~."

재진은 친구들의 부축을 받으며 서 있는 은우를 향해 한걸음에 달려갔다. 불법 주정차 구역이라 차를 주차하면 안 되었지만, 근처에 주차할 곳이 마땅치 않아 일단 비상 깜빡이를 켜고 차를 댔다.

재진은 저를 향해 인사를 하는 친구들을 보며 최대한 다정하게 웃어 보였다.

"고생하셨어요."

부축하고 있는 친구 중에 남자도 한 명 있었다. 재진은 얼른 그 친구부터 떼어 내며 은우의 어깨를 감쌌다.

"은우가 입이 닳도록 자랑할 만하시네요. 진짜 잘생기셨다."

"아닙니다. 별말씀을요."

지금 상황에서는 별로 칭찬이 와 닿지도 않았지만, 그는 끝까지 웃음을 잃지 않으며 은우를 챙겼다.

"술을 얼마나 마신 겁니까?"

은우가 그나마 놓지 않고 있던 정신줄을 재진의 품에 안기자마자 놓아 버리며 축 늘어졌다. 재진이 왔다는 사실에 긴장이 풀린 듯했다.

"원래 은우가 소주를 잘 못 마시는데, 오늘 소주를 좀 마셨어요. 내일 일어나면 속도 별로 안 좋을 거예요, 아마."

재진은 친구들에게 인사를 건넨 뒤 은우를 아예 번쩍 안아 들었다. 눈치 빠른 친구 한 명이 뒤따라와 조수석 문을 열어 주었고, 조심스럽게 그녀를 앉혀 의자를 살짝 뒤로 눕힌 그는 안전벨트를 단단히 매 주었다.

부러움 가득한 친구들의 시선을 받으며 세단을 움직인 그는 그제야 한숨 돌리며 은우를 쳐다보았다.

"음냐, 음냐."

얼굴을 긁적이며 입까지 벌린 채 자고 있는 여자의 자태치고는 꽤 선정적이었다. 스커트가 말려 올라가 매끈한 하얀 속

살이 고스란히 드러나 있었다. 길게 뻗은 다리를 힐끗 쳐다보던 재진은 이내 실소를 머금었다.

"하아, 이 여자 진짜."

아무래도 그녀는 아직 잘 모르는 것 같다. 류재진도 늑대라는 걸.

나이 서른넷 먹어 여덟 살이나 어린 연인을 만난 덕에, 매일 밤을 얼마나 도를 닦고 있는지 정말 모르는 것 같았다. 당장이라도 저 고운 살결을 쓸고 스커트 속으로 손을 넣고 싶은 연인의 마음을 안다면, 저리 무방비 상태일 수는 없을 거다.

재진은 슬그머니 중심부가 묵직해짐을 느끼며 난감한 얼굴로 차창을 내렸다. 밤바람을 맞으며 열을 식혀 보지만 녹록치가 않았다. 시선은 자꾸 그녀의 다리로 향했다. 새삼 그녀의 각선미가 저리 늘씬했었나 감탄사가 다 나올 지경이었.

"음냐, 음냐."

잠결에 힐을 벗어 버린 은우가 몸을 틀어 비스듬히 차창에 기대어 앉았다. 그 바람에 스커트는 더 짧게 올라가 간신히 엉덩이만 가리고 있었고, 옷이 딱 달라붙어 도드라진 힙은 그를 향해 내밀어져 있었다.

재진은 난감한 얼굴로 비식 웃다 결국 갓길에 잠시 차를 세웠다. 살며시 고개를 쳐든 녀석 때문에 어정쩡한 자세로 차에서 내린 재진은 뒷좌석에 놓인 담요를 가져와 그녀의 다리 위에 덮어 주었다. 그렇지 않고서는 그녀를 무사히 집까지 데려다 줄 자신이 없었다. 잠든 연인을 상대로 추잡한 행동을 할지도 몰랐다.

재진은 바로 운전석에 오르지 않고 크게 심호흡을 했다.

여전히 세상모르고 잠들어 있는 은우의 얼굴을 힐끗 쳐다본 그는 혀를 내둘렀다.

오늘 밤은 바늘로 허벅지를 찔러야 할 참이다. 아니면 이불 빨래라도 하든지.

"대단한 여자야, 정말."

류재진을 이리도 애먹이게 만들다니, 언제나 어느 상황에서나 그녀가 'WIN'일 것 같다.

"그래도 좋다는 게 문제지, 항상."

혼잣말을 하는 그의 시선이 그녀에게 머물렀다.

"예쁘네."

**

"진건아."

은우는 아직도 속이 썩 좋지 않았지만 전혀 내색하지 않으며 진건을 반겼다. 오늘 아침 눈을 뜨자마자 내내 두통에 시달리다가 진건의 하원 시간에 맞춰 간신히 나온 터였다.

"누나, 괜찮아?"

"응? 뭐가?"

"큰아빠랑 안 싸웠지?"

어제 재진이 데려다 줬다는 건 기훈에게 들어 알고 있었다. 그렇지 않아도 아침부터 잔소리를 한 바가지 얻어먹었다. 무슨 계집애가 인사불성이 될 정도로 술을 먹고 다니느냐고 말이다.

재진이 영등포까지 왔었다는 건 기억이 나는데, 집에 어떻게 들어왔는지는 사실 기억이 잘 나지 않았다. 재진에게 미안한 마음에 일어나자마자 전화를 걸었지만, 그는 여느 때와 다름없이 친절하게 전화를 받으며 오히려 점심 때 죽이랑 약을 사다 주고 갔다.

"어제 혹시 큰아빠 화 많이 났었어?"

잠시 대답을 망설이던 진건이 가까이 오라는 손짓을 했다.

"있잖아, 큰아빠한테 전화 좀 많이 해."

"응?"

"어제 큰아빠가 누나 전화 엄청 기다렸어. 막 이렇게 시계를 노려보고 그랬어."

진건이 어제 재진의 표정을 똑같이 따라했다.

"아, 진짜? 어제 누나가 친구들을 너무 오랜만에 만나서 노느라……"

"어제 좀 불쌍했어."

"어떡해. 미안해."

"큰아빠는 누나가 정말 좋은가 봐."

"알았어. 앞으로 전화 많이 할게. 큰아빠 불쌍하게 안 할게. 진짜야."

은우는 재진을 가슴 아프게 하지 않겠다는 약속을 어긴 것 같은 기분에 미안함을 감추지 못했다. 26년을 살아오며 만취할 만큼 술을 마신 적은 정말 드문 일인데, 하필이면 어제 그런 모습을 보여 낯이 뜨거웠다.

"오늘은 진건이 뭐 하고 놀까? 하고 싶은 거 있어?"

"오늘은 집에서 놀래. 동화책 읽어 줘."

"알았어. 가자."

속이 울렁거려 뛰어 놀지는 못할 것 같았는데 다행이라고 여긴 은우는, 진건과 함께 집에 올라온 지 얼마 지나지 않아 도어록이 해제되자 의아한 얼굴로 쳐다보았다.

"어? 큰아빠!"

이제 오후 4시가 막 지나고 있었다. 재진이 지금껏 이 시간에 귀가한 적은 한 번도 없었다.

"어쩐 일이에요?"

은우는 슬쩍 그의 눈치를 보며 다가갔다. 역시나 그는 평소와 다름없는 얼굴을 하고 있었다.

"아예 들어온 거예요?"

"속은 좀 괜찮나?"

"아, 응."

은우는 그가 주방으로 향하자 잽싸게 한발 앞서 물 한 잔을 내밀었다.

"날이 꽤 더워졌죠?"

그녀를 흘깃거린 그가 물 컵을 받아들었다.

"그……, 어제 내가 술이 좀 과했어요. 전화도 미리 했어야 했는데……."

"나 뭐라고 안 했는데? 오랜만에 친구들 만나서 놀다 보면 그럴 수도 있지."

은우는 차마 '진건이에게 다 들었어요.'라고 말할 수가 없어 머리를 긁적였다.

"어제 데려다 준 것도 고마워요. 아까 친구들하고 통화했는데 다 부러워하던걸요? 남자 친구가 너무 멋있다고."

그가 별다른 반응이 없자, 그녀가 그의 소매 깃을 슬쩍 잡아 흔들었다.

"화난 거 아니죠? 다음부턴 안 그럴게. 응?"

"나 아무렇지도 않다니까 그래."

"술도 많이 안 마시고, 짧은 치마는 재진 씨 만날 때만 입을게. 응?"

은우는 동화책을 읽고 있는 진건의 눈치를 보고는 소곤거렸다.

"진짜로 화난 거 아니면 웃어 줘요. 응? 치아 여덟 개 이상 보이게 웃어 줘. 응?"

재진의 바로 앞에 선 은우가 그를 힐끔거리며 채근했다.
"웃어 줘요. 응?"
어떻게 안 웃고 배기랴.
결국 또 두 손 두 발 다든 채 웃고 만 재진은 그녀의 볼을 쭉 잡아당겼다.
"선수는 따로 있다니까."
"으흥흥."
"많이 피곤할 텐데 집에 가서 편히 쉬어. 그래서 일찍 들어온 거야. 되도록 진건이 하원 시간 안에 끝내고 오려고 했는데……."
"진짜? 나 쉬라고 일찍 온 거예요?"
그녀가 눈꺼풀을 빠르게 끔뻑거리며 싱긋 웃었다. 미소 하나에 무장해제 되어 버린 그의 심장은 오늘도 그녀를 향해 열심히 전력질주를 했다.
"그래서 어제 친구들이랑 잘 놀았고?"
"응, 덕분에요."
"잘됐네."
"그런데 재진 씨랑 노는 게 더 재밌어요. 으흥흥. 재진 씨 일찍 들어온 김에 같이 놀다 갈래요."
"속 아플 텐데 가서 쉬라니까."
"뭐 하고 놀지? 응? 진건이랑 어디 바람이라도 쐬고 올까요?"

몸을 배배 꼬며 헤헤거리던 은우는 어느새 다가온 진건이 옆구리를 콕콕 찌르자 흠칫 놀랐다.

"누나. 진짜로 큰아빠랑 노는 게 더 재밌어?"

"응?"

"큰아빠랑 둘이 놀면 재미없던데?"

진건이 두 사람을 번갈아 쳐다보더니 다시금 물었다.

"뭐 하고 노는데? 진건이하고 놀 때랑 다른 거 하고 놀아? 나도 가르쳐 줘."

왜인지 이유는 모르지만 은우의 얼굴이 벌겋게 달아올랐다.

"아하, 아하하하하!"

녀석, 참. 정말 귀여워 죽겠다.

~13~

"응, 재진 씨. 축구 끝났어요? 나는 이제 막 도착했어요. 응, 이따 봐요."

평소 주희와 종종 찾곤 했던 스파게티 전문점 앞에 먼저 도착한 은우는 간단히 재진과 통화를 끝냈다. 술 먹고 뻗었던 날 이후 약속이 있어 밖에 나올 때는 필히 그에게 연락을 했고, 전화를 받지 않으면 문자라도 꼭 남기는 게 습관이 되었다.

[일취월장은 이럴 때 쓰는 말이겠지.]

[뭐가요?]

[뭘까.]

은우는 어젯밤 그가 집 앞에 데려다 주며 나누었던 대화를 떠올리다 또 폴짝거리며 생난리를 쳤다. 차에서 내리기 전 키스를 하고 난 후 그가 했던 말이었다.

사실 그를 만난 기간을 따져 보자면 짧은 시간 안에 가까워지고 키스도 하고 그런 것 같았지만, 애인이 있는 친구들에게 언뜻 물어보니 꼭 그렇지만도 않은 것 같았다.

보통의 연인들은 일주일에 한 번 주말에 보거나 많이 봐야 두세 번일 텐데, 하루도 빠짐없이 거의 매일 만나는 거라면 그만큼 당연히 진도도 빠르지 않겠냐는 말이었다. 오히려 진도가 키스밖에 나가지 않았다면 남자가 도를 닦고 있는 거나 마찬가지라고 얘기를 했었다.

"하아, 세상이 원래 이렇게 아름다웠나."

푸른 하늘을 보며 연방 웃던 은우는 문득 언젠가 꾸었던 해괴망측한 꿈이 갑자기 떠올라 얼굴을 붉혔다. 정말 언젠가는 재진과 그런 '응응'을 할 날이 올 거라고 생각하니 벌써부터 사지가 다 떨렸다.

그저 얼굴만 보고 있어도, 키스만 해도 이렇게 심장이 벌렁거리는데, 그런 사랑을 나누게 된다면 아마 자신은 혼절을 할지도 모르겠다.

"먼저 들어가 있지 않고."

혼자 사정없이 부끄러워하고 있던 은우는 가까이에서 들리는 주희의 음성에 빠르게 고개를 들었다.

"주희야!"

"어맛!"

은우는 주희의 목을 끌어안고 방방 뛰었다. 사실 따지고 보면 이 모든 건 주희 덕분이지 않은가. 주희의 소개가 아니었다면 그와 이렇게 만날 수 없었을 테니까.

"너 진짜 얼굴 보기 왜 이렇게 힘들어?"

은우는 만면에 웃음을 띠며 주희를 응시했다.

"그런데 너 좀 말랐다? 특종인지 뭔지 따낸다고 너무 무리하는 거 아니야?"

거의 석 달 만에 다시 만난 주희는 턱 선이 다 갸름해져 있었다.

"너는 더 예뻐졌다. 안 하던 화장도 하고 다니고."

주희는 많이 여성스러워진 은우를 물끄러미 바라보았다. 거의 민낯으로 다니던 얼굴엔 예쁘게 화장이 되어 있었고, 옷차림 역시 내심 신경 쓴 티가 났다.

"으흥흥. 일단 얼른 들어가자. 네게 할 말이 너무 많아."

주희와 함께 가게로 들어와 자리를 잡고 주문을 마친 은우는, 여전히 싱글벙글한 얼굴로 조잘거렸다.

"너한테 정말 고마워할 게 한두 가지가 아니야."

"……왜?"

"아, 정말 어떻게 얘기해야 할지 쑥스러운데, 흠흠. 있지, 나 사실 류재진 대표랑…… 좋은 감정으로 만나고 있어. 아, 쑥스럽다. 그게 어쩌다 보니 그렇게 됐어. 재진 씨도, 또 재성 씨도, 우리 진건이까지, 정말 다 너무 좋은 사람들을 너 때문에 알게 되어서 정말 너무 고맙고, 또 고마워."

주희는 진심으로 행복해 하는 은우를 보며 가는 숨을 내쉬었다. 그날 이후 몇 날 며칠을 고민을 했다. 이따금씩 연락을 해오는 은우에게 바쁘다는 핑계로 만남을 미루었다. 어떻게 해야 할지를 모르겠어서, 은우에게 듣게 될 그 집안사람들 이야기를 듣고 싶지 않아서.

"잘됐다. 축하해."

"으흥흥. 누구보다 네가 축하해 주니까 정말 너무 좋다. 실은 너 만나고 이따 저녁에 또 보기로 했어. 으흥흥."

"그렇게…… 좋니?"

은우는 망설임 없이 고개를 끄덕이며 두 손을 모았다.

"차가워 보이는 외모와는 다르게 실은 너무 따뜻하고, 다정하고, 세심하고, 배려 깊고……. 하아, 말로 다 할 수가 없어. 어떻게 그런 사람이 여태 혼자였는지 의문이 갈 정도야. 나한테 너무 과분한 사람 같아서, 아침에 눈을 뜨면 이게 꿈이 아니라는 사실에 안도할 만큼 그 사람이 좋아."

주희는 이미 재진에게 푹 빠져 버린 은우를 보며 무거운 마음으로 유리잔을 들어 물을 마셨다. 또다시 머리가 지끈거리기 시작했다.

"그리고 재성 씨는 말이야."

유리잔을 내려놓던 주희의 손이 멈칫했다.

"정말 내가 지금까지 살아오며 만나왔던 수많은 사람들 중에, 그렇게 친절하고 웃음이 많은 사람은 처음이야. 너도 다

아는 일이니까 하는 얘기지만, 그렇게 좋은 사람이 어쩌다 혼자가 된 건지 가끔은 너무 가슴이 아플 정도야. 진건이에게도 더없이 좋은 아빠인데, 그런 사람이 사랑하는 아내에게 못할 짓을 했을 것 같지는 않은데……. 만인에게 너무 친절하다 보니 그런 게 좀 마음에 안 들고 그럴 수는 있겠지만, 그렇다고 그런 게 이혼 사유가 되기엔 사람이 너무 좋아서……."

"은우야."

"응?"

"사람 일은 모르는 거야."

은우는 뭔가 부정적인 뉘앙스를 풍기는 주희의 말에 다소 놀란 얼굴을 했다.

"겉으로 드러나는 것과 내면이 모두 다 일치하지는 않아."

"아…… 그렇긴 하겠지만……."

"누군가에겐 한없이 다정한 사람이, 누군가에겐 이를 갈며 앙심을 품을 수도 있는 거야. 너 역시 류재진 대표를 처음 봤을 때는 마냥 까칠하게만 봤었잖아. 그런데 지금은 정반대라는 걸 알게 된 거고. 하지만 분명 다른 누군가는 여전히 그를 까칠하게 보고 있겠지. 왜? 잘 모르니까. 겉으로 드러난 모습만 보게 되니까."

은우는 주희의 말이 옳다고 생각하면서도, 그래도 재성은 절대 누군가에게 악의를 갖게 할 사람은 아닐 거라 확신을 했다. 주희 말마따나, 주희는 재성을 잘 모르니까. 그가 얼마나 심성이 곱고 착한지 모르니까. 옆에서 지켜봐 온 저만큼은 알 수가 없으니까.

"그래. 듣고 보니 네 말도 일리는 있다. 아무튼 결론은 다 좋은 사람들이라는 거야. 그래서 고맙다는 거고."

"은우야. 너는 날…… 얼마나 믿어?"

주희의 질문에 은우는 너무도 간단히 대답을 하며 웃었다.

"그런 질문 자체가 무의미할 만큼. 엇? 스파게티 나왔다. 와아, 맛있겠다."

주희는 너무도 밝은 은우를 가만히 바라보다 씁쓸하게 웃었다. 저렇게나 친구를 믿고 있는 은우에게, 이런 엄청난 고난과 시련을 안겨 주는 건 완전한 배신인 것 같았다. 몇 달을 뛰어다니며 취재를 하고, 특종 하나에 목숨을 거는 기자 본분을 생각한다면 어리석은 짓이겠지만, 아무래도 여기까지만 해야 할 듯싶다.

자신 하나로 인해 무너질 사람이 너무 많았다. 처음엔 차민석 하나뿐이었지만 파헤치면 파헤칠수록 재진도, 재성도, 은우도, 그리고 여섯 살 그 꼬마아이까지……. 아니, 더 나아가 은우의 어머니도, 오빠까지도 혼란에 빠져 무너질 거였다.

지금까지 취재한 내용을 알게 된다면 은우는 아마 재진을 만날 수 없을 테니까. 보통의 부모와 오빠라면 당연히 반대를 할 테니까.

'그런 집안에 널 보낼 수는 없어.'

아마도 부장님에게 엄청 욕을 먹긴 하겠지만, 이쯤에서 그만두는 게 마음은 더 편할 거다.

 주희는 언제나 항상 가지고 다니는 카메라 옆에 놓인 가방 안에 들어 있는 녹음기를 슬쩍 쳐다보았다. 취재를 할 때는 녹음을 하는 게 습관이다 보니 '그녀'를 만났을 때 역시 녹음을 해 뒀었다. 하지만 이 녹음 파일이 세상에 공개될 일은 없을 거다. 특종보다는, 은우를 선택했으니까.

 "주희야, 어서 먹어 봐. 엄청 맛있어."

 주희는 슬며시 입매를 올리며 포크를 집었다. 결정을 내리고 나니 차라리 마음이 홀가분했다.

 "참, 지난번에 네가 얘기한 특종은 어떻게 되어가고 있는 거야? 차민석은 아닌 거 확실하지?"

 "걱정 마. 차민석은 깨끗하니까."

 "역시 인성이 남달라."

 주희는 자신의 선택이 옳았다고 다시 한 번 생각하며 스파게티를 돌돌 말아 입에 넣었다. 입안에 퍼지는 고소한 크림 스파게티만큼이나 마음이 몽글몽글해졌다.

 평생 은우 같은 친구를 만난다는 건 하늘에 있는 별을 따는 것보다 어려운 일일 거다. 친구의 일을 제 일처럼 여기고 걱정해 주는 친구는 드무니까.

 은우의 불우한 어린 시절과는 다르게 그녀는 풍족한 유년 시절을 보냈다. 은우가 친어머니, 아버지를 모두 잃고 지금의 새어머니를 만나 적응하지 못하며 힘들어할 그 시기에, 그녀는 행복한 가정 안에서 여유롭게 살았다.

은우가 갖고 싶은 장난감을 그녀는 갖고 놀았고, 은우가 사고 싶은 옷을 그녀는 입고 다녔으며, 은우가 천 원짜리 하나 허투루 쓰지 못할 때, 그녀는 만 원짜리를 마음껏 쓸 수 있었다. 하지만 은우는 단 한 번도 시기 질투라는 걸 하지 않았다. 그저 말간 눈으로 '너라도 행복해서 다행이야.'라고 말하는 그런 친구였다.

한순간에 아버지 사업이 실패해 방 두 칸짜리 전셋집으로 옮기게 되었을 때도, 은우는 특별히 달라지지 않았다.

'이젠 내가 돈 벌잖아. 네게 많이 얻어먹었던 거, 이제 내가 갚을 차례야.'

은우는 그렇게 그녀의 곁에 있어 줬다.

"주희야, 비싼 거 뭐 더 시켜. 나 이제 돈 많이 벌잖아."

주희는 해맑게 웃는 은우를 보며 기분 좋게 웃었다.

그깟 특종이 뭐라고, 은우를 잃을 수는 없지. 어떻게 할까 고민을 한 것만으로도, 어쩌면 은우에게 미안해야 할지도 모르겠다.

"후회하지 마라?"

"당근이지."

두 사람의 입매가 동시에 올라갔다.

**

"이상하네. 친구랑 싸우기라도 했나?"

재진은 어쩐지 표정이 어두워 보이는 은우를 보며 의아해했다. 오랜만에 제일 친한 친구를 만난다며 분명 들떠 있었는데 어찌된 영문인가 싶었다.

"흐음, 이유가 뭘까? 평소 같지 않은데. 진건이 베이비시터 소개시켜 줬다던 그 친구 만난 거 아닌가? 이름이 뭐였더라?"

잠시 뜸을 들이던 은우는 작은 목소리로 얘기했다.

"주희요. 송주희."

"아, 주희 씨. 언제 진짜 식사 한 번 같이해야 하는데. 주희 씨도 주말엔 쉴 거 아니야. 회사원이라고 했던가?"

은우는 순간 멈칫했다. 주희와 즐거운 시간을 보낸 뒤 헤어지기 전에 했던 말이 떠올라서였다.

[은우야. 네가 알고 있어야 할 것 같아서 하는 말인데, 널 소개시켜 준 그 선배가 나 회사원으로 알고 있어서, 아마 류재성 씨며 다 그렇게 알고 있을 거야.]

[정말? 왜?]

[기자라고 하면 사람들이 선입견을 가지니까. 그래서 언제부터인가 곧이곧대로 말하지 않게 되더라고. 그래서 그 선배도 내가 그냥 회사 다니는 줄 알아. 그러니까 혹시 내 얘기 나오더라도 그냥 회사원으로 얘기해.]

[아……, 어쩌지? 난 거짓말은 못 하고, 하기도 싫은데…….]

[괜히 네가 오해받을까 봐 그래. 신문사 연예부 기자 친구가 있다는 걸 알면 오해할지도 모르니까. 연예기획사 대표이기 때문에 그쪽으로 당연히 예민할 거야. 뭔가 내가 일부러 널 소개시켜 준 것처럼 오해할지도 몰라. 괜히 나 때문에 네가 난처해질까 봐 그래.]

[아……, 그런 부분은 미처 생각해 보지 못했어. 정말 어쩌지? 그렇다고 가장 친한 친구인 네 직업을 속인다는 게 어쩐지 좀 걸리는데. 그렇지 않아도 네게 고맙다고 재성 씨도 언제 식사 한 번 같이하자고 얘기했었거든. 어차피 언젠가는 알게 되지 않을까? 재진 씨나 너나 연예계 쪽에 관련된 사람인데 언젠가는 마주칠 수도 있는 거고, 오히려 그때 발각되면 더 오해하지 않을까? 내가 처음부터 이런 부분을 고민했었다면 좋았겠지만, 이제라도 내가 먼저 말을 하는 게 더 낫지 않을까?]

[하아, 걱정되는데. 내가 괜히 너한테 민폐를 끼칠까 봐. 류재진 대표보다도, 류재성 기획실장이 기자라면 더 예민할 거란 말이야. 나도 그걸 이제야 알았지만.]

[그게 무슨 말이야?]

[아니야. 아무튼 발설하지 않는 게 좋겠어.]

[재진 씨 무턱대고 오해할 사람은 아니야. 그냥 얘기하는 게…….]

[류재진 대표와의 관계에는 지장이 없을지 몰라도, 그 꼬마아이 베이비시터는 못 하게 될 수도 있어서 하는 소리야. 너한테 다 말할 수 없는 그런 게 있어. 내가 네 친구인 줄 알면…… 절대 류재성 실장이 자기 아들을 너한테 맡길 리가 없어. 그래서 그래.]

 은우는 대답을 기다리고 있는 재진을 보며 조심스럽게 한숨을 내쉬었다. 과연 무엇이 정답일까. 무엇이 옳은 걸까. 거짓말은 하고 싶지 않은데 지금의 행복에 금이 갈까 무섭기도 했다. 좋은 사람들을 잃게 될까 봐 두렵기도 했다.

 "일단 저녁을 먼저 먹는 걸로."

 대답을 고민하던 은우는 다행히 화제를 바꾸는 그를 보며 입술을 슬쩍 깨물었다.

 말을 해야 할 것 같은데. 그래야 할 것 같은데, 입이 떨어지지 않는다.

 "오늘 진짜 이상하네. 왜 갑자기 말이 없어졌지?"

 재진은 팔짱을 낀 채 의자 등받이에 기대 은우를 빤히 응시했다. 은우가 좋아하는 찜닭이 바로 눈앞에 있는데도 먹는 것 역시 영 시원찮았다. 분명 뭔가 고민이 있어 보였다. 이젠 고비는 다 넘겼다고 생각했는데, 뭐가 또 남아 있는 건가 싶어 내심 긴장도 되었다.

 톡톡, 테이블을 두드린 재진은 다른 생각에 잠겨 있다가 그제야 고개를 드는 은우를 보며 입을 열었다.

"자랑은 아니지만 내가 8년을 더 살았어. 그만큼 무엇이든 경험도 많고, 해결해 나간 일도 많다는 뜻이지. 고로 내 말은, 혼자보단 함께 고민하면 생각보다 일이 더 쉽게 풀릴 수도 있다는 거야."

은우는 걱정스런 얼굴로 듬직하게 얘기하는 그를 보며 잠시 뜸을 들이다, 이내 결심한 듯 심호흡을 한 번 했다. 이런 그에게 거짓말 같은 건 할 수가 없었다.

"나 실은…… 재진 씨한테 한 가지 얘기할 게 있어요."

"뭘까."

"오해……는 없었으면 좋겠는데."

쉽게 입을 열지 못하는 은우를 보니 뭔가 꽤 심각한 일이다 싶어 재진 또한 자세를 바르게 했다.

"주희 말이에요. 그냥 회사원…… 아니에요."

그는 계속 말을 이으라는 듯 고개를 살짝 끄덕였다.

"내가 처음부터 이 부분을 고려했으면 좋았을 텐데 생각이 짧았고, 주희는 절대 나쁜 아이가 아니에요. 절대 다른 의도를 가지고 나를 소개시켜 준 것도 아니고요. 그건 맹세해요."

"뭔데 그렇게 뜸을 들일까. 긴장 되게."

손이 다 달달 떨리는 은우는 테이블 아래로 급히 손을 내리며 맞잡았다.

"주희는 'The Catch' 연예부 기자예요."

순간 그의 눈썹이 미세하지만 분명하게 꿈틀거린 걸 봐 버린 은우는 시선을 아래로 떨어뜨리며 다 기어들어가는 목소리로 고백했다.

"주희가 아는 선배이자 재성 씨 친구인 그분도 주희가 기자인 줄 모르고 나를 소개시켜 준 거예요. 주희가 사람들의 선입견 때문에 기자라는 직업을 숨기는 게 버릇이 되다 보니, 본의 아니게 일이 이렇게 됐어요. 주희는 자기가 괜히 민폐가 될까 봐 숨기는 게 낫지 않겠냐고 걱정했지만, 아무래도 재진 씨한테 말을 하는 게 옳은 것 같아서요. 연예부 기자가 친구인 게 많이 부담스럽겠지만, 내가 결코 어떤 목적을 갖고 진건이 베이비시터를 하게 된 건 아니라는 걸 믿어 줬으면 해요. 주희 역시 그 어떤 악의도 갖고 있지 않아요. 나를 통해서 뭔가를 캐내려고 한다든지 그런 의도는 전혀 없다는 걸 믿어 줬으면 좋겠어요."

은우는 아무런 말이 없는 그의 얼굴을 차마 쳐다볼 수가 없어 여전히 고개를 숙인 채 다급하게 말을 이었다.

"혹시 차민석 씨 만났던 날을 걱정하는 거라면 염려 마요. 그날 나누었던 대화 그 어느 것도 말하지 않았어요. 그냥 내가 얘기했던 건 진건이가 얼마나 귀여운지, 재성 씨가 얼마나 좋은 사람인지, 또 재진 씨가 얼마나 나한테 잘해 주는지……."

은우는 갑자기 목이 메여 말을 다 잇지 못했다. 아무래도 그가 꽤 큰 충격을 받은 모양이다. 이렇게 한 마디도 하지 않는 것을 보니 배신감을 느낀 모양이다.

"하여튼."

은우는 드디어 그가 한 마디를 내뱉자 슬그머니 고개를 들었다.

"사람 난감하게 만드는 데 뭐 있다니까."

그의 미간이 못마땅하게 좁혀져 있었다.

"찜닭 집에서 이별이라도 고하는 줄 알겠네, 사람들이."

슥, 손을 뻗은 그가 눈물이 그렁그렁하게 맺힌 그녀의 눈가를 닦아 주었다.

"나 만난다고 예쁘게 화장해 놓고 왜 우나 몰라."

"나는……."

"사실 놀랍기도 하고, 당혹스럽기도 해. 내가 이 일을 하면서 가장 견제하는 사람이 연예부 기자니까."

"……미안해요."

"하지만 네겐 그저 친구일 뿐인 거잖아. 기자이기 이전에 친구. 그래서 나도 생각을 좀 바꿔 보려고 하는데."

재진은 그녀의 눈가에 번진 눈물자국을 다시 한 번 닦아 주었다.

"내가 좋아하는 사람의 친구. 잘 보여야 하는 사람. 강은우라는 너무도 큰 선물을 안겨 준 사람."

은우는 재진이 저리 말하기가 쉽지 않다는 걸 알기에 코끝이 또 찡해졌다.

"나는 믿으니까."

"……."

"나는 아니까. 은우 넌 거짓말 못 한다는 거. 사람 속여 가며 어떤 일을 꾸밀 정도로 약지 못 하다는 거. 그래서 내가 좋아하고, 설사 그렇지 않다 하더라도 여전히 좋아할 거라는 거."

"……."

"오히려 이렇게 얘기해 줘서 고마운데, 난. 나중에 내가 다른 경로로 알게 됐다면 정말 오해할 수도 있었을 텐데 다행이라는 생각이 들어. 그러니까 일단 밥부터 먹고……."

"나…… 진건이 계속 돌볼 수 있는 거예요? 재성 씨도 이 사실을 알면 놀랄 텐데……."

재진은 사실 저보다도 재성이 이 문제를 어떻게 받아들일지가 걱정이긴 했다. 그의 입장에서는 예민할 수밖에 없으니까. 이혼 이후 돌다리도 두들겨 보고 건너갈 정도로 신중해진 그이기에, 어떻게 반응을 할지 장담할 수가 없었다.

친구에게 은우를 소개받을 때도, 후배 직업이 뭔지 물어보고 일반 회사원이라는 말에 안심하고 소개를 받은 거였다. 한데 연예부 기자였다는 걸 알게 되면 재성이 어떻게 받아들일지 난감하긴 했다.

은우의 성품이야 재성 역시 의심하지는 않겠지만, 그래도 혹시나 하는 마음에 염려가 되기는 했다. 만약 재성이 끝내 은우를 곁에 두려 하지 않는다면…….

재진은 슬쩍 두통이 밀려와 지그시 눈을 감았다 떴다.
"걱정 마. 내가 다 알아서 할 테니까. 진건이에게 네가 필요하다는 건 그 누구보다 재성이가 더 잘 알고 있으니까."
일단 먹자며 그녀를 달래는 재진의 머릿속은 복잡했다.

"데이트는 잘 했어?"
재진은 진건을 재우고 방에서 나오는 재성에게 잠시 앉기를 권했다.
"나도 마침 형한테 할 말이 있었어. 다음 주쯤 파주에 다녀오려고 해. 진건이만 데리고."
재성이 의미심장하게 씩 웃었다.
"무슨 말인지 알지? 은우 씨와 형에게 이틀의 자유를 주겠다는 거야. 설마 이 기회를 그냥 날릴 건 아니지? 은우 씨 생각해서 조심스러운 건 아는데, 형 그러다 사리 나오겠어. 성인 남녀가 서로 좋아하면 같이 있고 싶고, 스킨십도 하고 싶은 게 당연한 거지. 어디 가까운 데 바람이라도 좀 쐬고 와. 1박 2일로."
재진이 피식 웃으면서도 마음이 착잡해 별다른 대답을 하지 않자, 재성이 이상하게 쳐다보았다.
"반응이 의외인데. 내가 잘못 본 건가?"
"……재성아."
어렵게 입을 뗀 재진은 은우에게 들었던 모든 말들을 그대로 재성에게 전했다. 주희가 연예부 기자라고 말을 하는 순간 딱딱하게 굳어 버린 그의 표정은 좀처럼 펴지지 않았다.

"많이 놀랐을 거라는 거 알아. 네 입장에서는 더욱 조심스럽겠지. 하지만 너도 알다시피 은우 씨가 말을 옮길 사람도, 그 기자 친구 역시 아무런 의도도 없다는 건 확실해. 그냥 직업이 기자일 뿐이야. 우리에게 뭔가를 캐내려는 게 아니야. 캐낸다고 해도 우리 배우들 나올 것도 없잖아. 하영이 성질머리야 이 바닥에서는 이미 소문이 난 거고, 그 외에는 민석이부터 다들 성품도 훌륭하고 문제 일으킬 만한 사람이 없잖아."

"……불편해. 그래도 불편해."

"그럼 진건인 어쩌려고? 진건이가 저렇게나 따르는데 그걸 어떻게 설명하려고."

재성이 고민스러운 듯 머리칼을 움켜쥐었다.

"괜한 염려일 뿐이야. 아무 일도 일어나지 않아."

"하아."

"절대 일어나지 않아."

재성은 더 이상 아무런 말도 하지 않고 방으로 들어갔다. 재진 역시 쉽게 잠을 이루지 못하며 긴 밤을 생각에 잠겼다.

**

"누나, 무슨 일 있어?"

은우는 또다시 같은 말을 하는 진건의 목소리에 정신을 차렸다. 벌써 몇 번째 무슨 일 있냐고 묻고 있는 진건에게 너무 미안했다.

"아니야."

"나한테 말해 봐."

진건이 제법 어른스럽게 양반다리를 하며 마주 앉았다.

[재성 씨는 뭐래요? 많이 놀랐을 텐데.]

[재성이가 워낙 배우들 관리가 철저하다 보니까 좀 예민한 구석이 있긴 한데, 그래도 별일 없을 거니까 너무 걱정은 하지 말고.]

은우는 아무것도 아니라며 웃으면서 진건의 머리를 쓰다듬었다.

익숙한 기계음과 함께 현관문이 열렸다. 둘이 동시에 들어서는데, 은우는 재성의 얼굴을 보자 긴장으로 심장이 다 빠르게 뛰었다. 그는 여느 때처럼 눈매를 휘지 않았다.

"오셨어요."

은우는 재성에게 넌지시 인사를 건넸다. 슬쩍 고개를 숙인 그가 진건을 안아들고 방으로 곧장 들어갔다.

"어떡해요."

은우는 재진을 보며 울상을 지었다. 재성의 비밀을 알고 있는 재진으로서는 그가 유독 예민하게 구는 걸 이해했지만, 그녀의 입장에서는 당황스러울 수도 있었다.

"생각보다 좀 많이 놀랐나 봐. 녀석이 일에 있어서는 워낙 철두철미해서, 괜히 혹시나 하는 노파심에 그러는 건데 내가 다시 잘 얘기할 테니까 염려 마. 응?"

재진이 그녀를 안심시키려 토닥였지만, 은우는 여전히 걱정이 되었다. 어째서인지는 몰라도 오늘 재성을 보니, 마치 주인에게 폭력을 당했던 강아지가 다시 또 누군가 저를 때릴까 봐 잔뜩 몸을 움츠리면서도 이를 드러내고 있는 것 같다는 느낌을 받았다.

아주 두려워하면서도, 잔뜩 날을 세우며 경계를 하는 상처 받은 강아지.

은우의 표정은 좀처럼 밝아지지 않았다.

"아빠도 무슨 일 있어?"

재성은 저도 모르게 잔뜩 굳어 있는 얼굴을 바라보는 진건에게 고개를 저어 보였다.

"아니야. 아무 일 없어."

"오늘 좀 이상해. 은우 누나도 무슨 일 있는 거 같고, 아빠도 그래. 오늘은 은우 누나가 크게 웃는 걸 못 본 거 같아. 누나는 웃는 게 더 예쁜데. 나는 웃는 누나가 더 좋은데."

"은우 누나가…… 그렇게 좋아?"

진건은 망설임 없이 고개를 끄덕였다.

"응. 너무 좋아."

"다른 누나가 진건이 보는 건……."

"누나도 진건이 떠난대?"

재성은 순식간에 진건의 눈에 눈물이 고이자 당황했다.

"누나도 다른 이모들처럼 진건이 떠난대?"

"아니야. 아니야, 진건아."

훌쩍거리며 손등으로 눈물을 훔치는 진건을 황급히 다독인 재성은 파르르 떨리는 눈꺼풀을 내려뜨렸다.

"미안해. 다 아빠 때문이야. 다 아빠 잘못인데 괜히 남을 탓했어. 은우 누나 떠나는 일 없어. 그런 일 절대 없어. 그러니까 울지 마. 아빠가 잘못했어. 울지 마, 제발."

재성은 눈물이 나오려는 걸 이를 악물고 참았다.

그래. 형의 말대로 아무 일도 일어나지 않을 거다. 절대 일어나지 않을 거다.

"그러게 내가 뭐랬어. 걱정 말라니까."

은우와 함께 엘리베이터에 오른 재진은 이제야 비로소 표정이 좀 풀린 그녀의 얼굴을 살피며 손을 잡았다. 진건을 데리고 방으로 들어갔던 재성은 30여 분 후에 거실로 나왔다.

[은우 씨, 미안해요. 내가 어른스럽지 못하게 괜히 은우 씨한테……. 직업이 그렇다 보니 기자라면 경계부터 하는 버릇이 있어서요. 은우 씨 친구가 기자인 거지, 은우 씨가 기자인 건 아닌데 내가 너무 예민했어요. 미안해요.]

재성의 사과에도 좀처럼 얼굴을 펴지 못하던 은우는, 그가 평소처럼 다정하게 웃고 나서야 안도의 한숨을 내쉬었다.

"새삼 많은 걸 느꼈어요. 나도 사실 연예인 열애설이든지 가십거리가 생기면 아무 생각 없이 수다를 떨고는 했는데, 당사자는 물론 소속사 관계자들은 발등에 불이 떨어진 거나 마찬가지일 테니 얼마나 가슴이 내려앉을지를 생각하게 됐어요. 함부로 판단하면 안 되겠구나. 루머 같은 것들을 무조건 믿으면 안 되겠구나. 주희는 내 친한 친구이지만, 재진 씨나 재성 씨 입장에서는 기자인 주희를 경계할 수밖에 없다는 걸 이해해요. 하지만 정말 걱정 마요. 나나 주희로 인해 회사에 피해 주는 일은 절대 없을 거예요."

진심이 느껴지는 은우의 말을 끝까지 경청한 재진은 짧게 숨을 내쉬며 머리칼을 풀썩였다.

"그리고…… 날 믿어 줘서 고마워요."

은우가 반성의 시간을 갖는 듯 진지한 얼굴로 손가락을 만지작거리며 그를 올려다보았다.

"화내지 않고 내 얘길 믿고 끝까지 들어줘서 고마워요. 실은 무서웠어요. 걱정했어요. 재진 씨가 오해할까 봐……."

엘리베이터 안이라 웬만하면 참으려 했는데 재진은 그럴 수가 없었다. 눈매를 축 늘어뜨린 채 힐끔거리는 그녀가 너무 사랑스러웠다. 설사 의도를 갖고 접근을 했더라도, 그랬더라도 그녀를 미워하기는 힘들었을 거라는 생각까지 들었다.

"믿어. 나는 네 말이면 다 믿어. 지구가 네모나다고 해도 믿어."

그는 그녀의 목덜미를 감싸 쥐어 끌어당겼다. 그녀의 입술은 여전히 포근하고, 혀끝은 짜릿할 만큼 달콤하고, 숨결은 뜨거웠다. 손에 힘을 주며 더욱 가까이 끌어당긴 그는 점차 노골적으로 그녀의 혓바닥을 쫓았다. 서로의 타액이 오가며 넝쿨처럼 혀가 엉키고 할딱이는 소리가 야하게 울려 퍼졌다.

저도 모르게 한쪽 손을 내려뜨린 그가 허리를 감싸며 몸을 맞대었다. 툭 불거진 욕망을 그녀가 느꼈는지 잠시 혀의 움직임이 멈추며 움찔거렸다.

"하아, 하아."

어느새 손은 그녀의 상의를 들춰 보드라운 살결을 쓸고 있었다. 그저 손이 허리에 닿아 있을 뿐인데도 그 역시 심장이 두근거렸다. 말캉거리는 그녀의 젖가슴을 쥐면 어떨까 하는 상상에 몸의 온도는 점차 뜨거워졌다.

다시 키스를 이어 가려 고개를 숙이는데 엘리베이터가 멈춰 섰다. 그제야 이성의 끈을 되찾은 그는 그녀의 입술을 닦아 주며 몸을 바로 했다.

두 사람이 더 오르고 다시 문이 닫혔다. 손을 잡고 있는 은우의 얼굴은 마치 홍시처럼 달아올라 있었다.

그녀는 온몸에서 느껴지는 뭔가 야릇한 기분에서 헤어 나올 수가 없었다. 허리춤에서 분명하게 느껴졌던 딱딱한 그 무엇이 무엇인지 알 것 같아 자꾸만 얼굴이 빨개졌다.

"참, 다음 주말에 꼭 시간 비워 놓도록 해. 바람이나 좀 쐬고 오게."

그가 그녀의 귓가에 대고 낮게 속닥거렸다.

"1박 2일."

**

"이해해 줘서 고마워."

-아니야. 오해 없이 잘 풀렸다니 다행이다. 나는 무엇보다 나 때문에 네가 피해 보는 일이 생길까 봐 숨기는 게 낫지 않을까 했는데, 오히려 내가 생각이 짧았던 거 같아. 네 말마따나 나중에 발각되면 그건 진짜 거짓말인 거니까 풀기가 쉽지 않겠지.

은우는 내심 걱정을 했었는데 웃으면서 얘기해 주는 주희에게 고마움을 표현했다.

"내가 말을 해 버려서 그 선배하고 너 사이가 서먹해진 건 아닌지 모르겠어."

-그 선배, 나한테 아무 말도 안 하던걸. 아무래도 류재성 씨가 별다른 말을 하지 않은 모양이야. 사람 좀 다시 보이네. 나는 솔직히 류재성 씨가 알게 된다면 파르르 떨면서 그 선배한테 난리를 칠 줄 알았거든. 선배도 내가 기자인 줄 모르

고 소개시켜 준 거지만, 류재성 씨 입장에서는 그 선배가 원망스러울 수도 있는 거니까. 그런데 선배가 아무런 말이 없는 걸 보면 선배는 이 일에 대해 전혀 모르는 거 같아. 류재성 씨가 친구 난처할까 봐 그냥 아무 말도 안 한 거 같아. 사실 애초부터 기자라는 걸 속인 내 잘못으로 인해 괜히 네가 욕먹고 선배가 욕먹을까 봐 노심초사했었는데, 정말 다행이야. 오히려 화는 네가 나한테 내는 게 맞는 거지. 왜 거짓말을 해서 중간에서 난처하게 만드는 거냐고 따져 묻는 건 너여야 맞는 거야. 그러니 미안해하지 마.

은우는 한결 편안해진 마음으로 주희와 통화를 끝낸 뒤 침대 위로 풀썩 쓰러졌다. 이제야 뭔가 모든 게 제자리로 돌아온 느낌이었다. 이틀 사이에 폭풍 같은 시간이 지나간 것 같았다. 이제 더 이상은 가슴 졸일 일 같은 건 없을 거라 생각하니 마음이 평온해졌다.

"하아. 그나저나……."

[1박 2일.]

은우는 나직이 속삭이던 재진의 음성이 생각나자 이불을 폭 뒤집어썼다.

1박 2일 여행을 가자는 건, 재진과 외박을 하게 된다는 건데…….

"마음의 준비를 해야 하는 건가? 꺄아! 역시 내겐 강기훈의 피가 흐르는 거였어. 난 절대 그런 걸 원하지 않는다고 생각했는데, 왜 벌써부터 미리 난린데. 하아, 어쩔 수 없는 이놈의 핏줄."

은우는 아까 엘리베이터 안에서의 키스를 떠올리며 몸을 또 꿈틀거리며 오두방정을 떨었다. 만약 그 공간이 엘리베이터가 아니었다면 뭔가 사달이 났을 거라는 생각이 들었다. 그동안 나누었던 키스와는 뭔가 느낌이 달랐고, 그가 옷을 들춰 속살을 더듬은 건 처음 있는 일이었다. 저 또한 처음 느껴보는 야릇한 기분에 정신이 다 몽롱해지고, 머릿속이 그냥 하얗게 비었었다. 조금 더 진행이 되었다면 자신 역시 그를 더듬었을지도 모른다.

"꺄아아!"

괜한 발차기를 해 대던 은우는 뭔가 중요한 게 생각난 듯 움찔거렸다.

강기훈.

갑자기 한숨이 나왔다. 기훈이 곱게 보내 줄 리 없었다. 이따금씩 주희의 집에서 잠을 잔 적은 있었지만, 남자와 단둘이 외박을 한 적은 당연히 없었기 때문에 반응이 어떨지 걱정이 되었다.

"아니 나도 성인인데, 내 몸 내가 알아서 하겠다는데 오빠면 다야?"

허공에 대고 눈을 흘기며 구시렁거리던 은우는 설사 재진과 단둘이 여행을 가게 된다 해도 신경 쓰이는 게 한두 가지가 아니었다.

재진은 서른넷이고 그만큼 여러 가지 경험도 있을 테지만, 자신은 아무런 경험이 없었다.

요새는 여자가 너무 순진하고 아무것도 몰라도 남자들이 별 매력을 못 느낀다는데, 재진 역시 저가 너무 나무토막처럼 뻣뻣하면 난감해할 것 같았다. 연애 경험이 있는 선배들에게 듣기로도 요즘은 여자라고 해서 잠자리에서 소극적이지는 않는다고 했었다. 오히려 남자 친구의 사랑을 듬뿍 받으려면 잠자리에서 잘해야 한다고 했었다.

"아아, 내겐 너무도 벅찬 일이야. 일단은 강기훈이 문제인데."

떨리지만 설레는 재진과의 여행을 놓칠 수는 없었다. 거짓말을 해 봤자 기훈의 레이더망을 피할 수는 없을 거다. 연애는 둘이 하는데 뭐 이렇게 신경 쓸 게 많은지 모를 일이다.

『당신의 세상에서』 2권에 계속…….